LES
MILLE ET UNE
FOLIES,
CONTES FRANÇAIS,

P A R M. N***.

Des Chevaliers Français tel eſt le caractere.
Voltaire, Zaïre, Act. II. Sc. III.

TOME SECOND.

A AMSTERDAM,

Et ſe trouve

A PARIS,

Chez la Veuve D u c h e s n e, Libraire,
rue S. Jacques, au Temple du Goût.

M. DCC. LXXI.

TABLE

DES *Hiſtoires & des Aventures contenues dans le ſecond volume.*

Tome II.

Fin de la Table du second Volume.

FAUTES A CORRIGER,

Omises dans l'errata qui est à la fin du Volume.

Pag. 214, *lig.* 21; je connais, *lisez*, je connus.

P. 263, *lig.* 2; la porte, *lisez*, la cloison.

Ibid. *lig.* 25; le trou de la serrure, *lisez*, la petite ouverture que j'y avais pratiquée.

P. 509, *lig.* 14; & tâché de se distinguer, *lisez*, & tâché même de se distinguer.

P. 413, *lig.* 15 & 16; en se tenant encore les côtés, *lisez*, en riant encore de toutes ses forces.

FAUTE A CORRIGER

dans la Préface.

Tom. I. p. 9. *lig.* 25; que je n'eusse eu un, *lisez*, que je n'eusse un.

LES
MILLE ET UNE
FOLIES,
CONTES FRANÇAIS.

SUITE DE L'HISTOIRE

DE COLIN.

CCCXXXIV^e FOLIE.

N F I N, ma chere Rosette, pourfuivit Colin, j'eus tout lieu de connaître que j'avais plusieurs compagnons de malheur. Cette découverte ne me consola point ; car je ne suis pas assez méchant pour me croire moins à plaindre, parce que d'autres souffrent avec moi.

Je t'aurais écrit ma funeste aventure, si mes occupations m'avaient permis de te donner de mes nouvelles.
D'ailleurs, dans le tems que je me préparais à t'informer de mon sort, le Régiment reçut ordre d'aller, en se pro-
menant, à cent lieues de la Ville où nous
étions. Comme s'il ne s'était agi en
effet que d'une petite promenade, les
soldats portaient outre le poids de leurs
armes, un gros havre-sac rempli de linge; aussi marchaient-ils tout courbés,
de même que des vieillards. J'eus le
plaisir de voir mes Racoleurs plier sous
le fardeau qui les accablait. On joignit
à ma charge plusieurs ustensiles qui servaient à la cuisine de la compagnie, le
tout surmonté du plat à barbe de notre
chambrée; de sorte que j'avais plutôt
l'air d'une bête de somme, que d'un
guerrier. Avais-je sujet de me plaindre,
tandis que mes compagnons gémissaient,
ainsi que moi, sous le faix de leurs ba-
gages? Il nous fallait pourtant faire dix
lieues par jour, brûlés du soleil ou
mouillés jusqu'aux os, couverts de sueur
& de poussiere, ou crottés jusqu'au som-
met de la tête.

CCCXXXV^e FOLIE.

Nous arrivâmes enfin au terme de nos courses, ou, pour mieux dire, au terme de notre pélérinage; car il ne nous était guères poſſible de courir. Les exercices recommencerent; & le maudit ſergent ſembla prendre à tâche que mes épaules fuſſent auſſi fatiguées que mes pieds.

Lâs d'éprouver ſon courage à frapper les nouvelles recrues, je réſolus de porter mes plaintes au Capitaine de la compagnie, perſuadé qu'il réprimerait la valeur de ſon ſergent. Monſieur notre Capitaine était d'une douceur charmante, honnête & poli pour tout le monde. Il eſt vrai qu'on lui trouvait un air ſingulier; il parlait en ſe pinçant les lévres, ſe ſervait de termes inintelligibles, ne marchait que ſur le bout du pied; ne ſentait point la poudre à canon, mais répandait après lui des odeurs fort agréables.

Je me rendis chez cet aimable militaire, après avoir bien étudié ma harangue. On me fit attendre deux ou trois heures dans ſon anti-chambre; j'admirai les grandes affaires que devait

A 2

avoir un homme à qui l'on avait tant de peine à parler. Il me fut enfin permis de tirer ma révérence; & je vis quelles étaient les occupations de mon Capitaine : comme j'entrais, son tailleur prenait congé de lui.

Il faut que je t'avoue, Rosette, une de mes balourdises, Je m'imaginai qu'un officier devait toujours être habillé en militaire. J'en avais bien rencontré quelques-uns dont la maniere de se mettre ne sentait point le guerrier; mais je croyais bonnement qu'ils étaient répréhensibles. Avec des idées aussi extravagantes, je fus bien surpris de voir mon Capitaine les cheveux frisés comme s'il avait voulu se grossir la tête & paraître plus grand; il pirouettait devant un miroir, en contemplant avec satisfaction l'habit qu'il venait de mettre, qui était d'un beau taffetas rouge, doublé de blanc, & garni de blonde.

CCCXXXVI^e FOLIE.

Un habit d'un goût aussi singulier, & les gestes du militaire devant son miroir, me firent penser qu'il allait jouer la Comédie, & qu'il répétait son rôle. J'avais souvent été de garde dans la falle du Spectacle; & il me parut que l'équipage du Capitaine lui donnait l'air d'un Acteur. Monsieur, lui dis-je, je ne veux pas vous déranger; déclamez votre Tragédie ou votre farce; l'habit de comédien vous sied à merveille. Ma naïveté fit éclater de rire Monsieur le Capitaine. Ce maraud-là, s'écria-t-il, est comique au possible. Mais je crois qu'il a dessein de m'insulter. Cette réflexion l'engagea de prendre sa canne & de m'en appliquer plusieurs coups sur les épaules, avant que je m'apperçusse que ce n'était point une illusion, comme au Théâtre.

CCCXXXVIIᵉ FOLIE.

Mes jambes me tirerent d'affaire. Quand je fus hors de péril, je me plaignis de ma deftinée, qui me condamnait à être mal-traité de tout le monde, & changeait même contre moi les caracteres les plus doux. J'étais le premier foldat qui n'eût point à fe louer de mon Capitaine. Je cherchai long-tems en quoi j'avais pu lui déplaire; à force d'y rêver, je me mis dans la tête la plus finguliere idée dont on fe foit encore avifé. La colere de mon Officier, dis-je en

A 3

moi-même, vient apparamment de ce que j'ai paru blâmer fa maniere de s'habiller. Si je vais lui faire mes excufes, elles ne répareront qu'à-demi mon impertinence : n'y aurait-il pas quelqu'autre moyen de la faire oublier ? Raifonnons un peu. Mon Capitaine, qui aime à être bien mis, ferait charmé d'avoir des imitateurs ; fi je m'habille auffi fingulierement, je fuis certain de me racommoder avec lui, puifque je montrerai que j'approuve fon goût, mieux que je ne le pourrais faire par des difcours.

Enchanté d'avoir trouvé un fi bel expédient, je courus chez un danfeur de la Comédie ; fans l'informer de ce que je me propofais, je le priai de me prêter, feulement pour une heure, un des habits qui lui fervaient au Théâtre.

CCCXXXVIII^e FOLIE.

J'avais gagné l'amitié de ce danfeur ; perfuadé que je voulais aller à un Bal, il eut la complaifance d'aller chercher au magafin de la Comédie ce que je lui demandais. Il m'aida même à m'habiller, treffa mes cheveux avec des ru-

bans, de diverfes couleurs, qui me def-
cendaient en touffes fur les épaules, &
me fit une frifure élégante. Je ne me
fentis pas de joie, quand je me vis couvert d'un petit habit de toile peinte,
dont la doublure contraftait furieufement, accompagné d'une vefte extrê-
ment écourtée, d'une couleur vive,
chamarrée de clinquans, & de galons
d'or faux, qui n'en avaient pas moins
d'apparence; le tout était relevé par une
large culotte de fatin blanc; un bas de
foie bien tiré me rendait la jambe fine; un efcarpin à talon rouge, fur lequel brillaient de belles boucles de diamans, me faifait le pied le plus joli du
monde, & un petit chapeau garni de
plumes me couvrait à peine le fommet
de la tête. Dans ce galant équipage,
un gros bouquet de fleurs artificielles
à la main, je me rendis chez mon Capitaine.

CCCXXXIX^e FOLIE.

L'obligeant danfeur s'était tant hâ-
té de me fervir, & mit fi peu de tems
à ma toilette, que le militaire dont je
voulais gagner l'eftime n'était pas encore forti. Ses laquais eurent beaucoup

de peine à me laisser pénétrer dans son appartement. Leur curiosité fut long-tems à se satisfaire ; ils me considé-rerent de tous les côtés, me firent cent questions, & penserent étouffer à force de rire. Impatienté de perdre des mo-mens précieux, je leur déclarai que j'a-vais des choses de la derniere consé-quence à communiquer à leur maître. Ils n'oserent plus alors me retenir ; mais en m'annonçant, ils assurerent le Capi-taine qu'il allait avoir la comédie, que mon habillement annonçait que je ve-nais devant lui faire quelques tours de passe-passe. Sans m'inquiéter de l'idée qu'ils donnaient de moi, je viens vous faire voir, Monsieur, dis-je à l'Officier, qu'on s'efforce de suivre votre exemple. Tenez, me voilà mis à-peu-près com-me quelques uns de nos guerriers ; il ne me manque que les odeurs, & les manchettes de dentelles.

CCCXL^e FOLIE.

Cette courte harangue, loin de le flat-ter, le fit rougir de colere ou de honte ; je ne saurais trop dire de quoi. Dans son premier transport, il fut d'abord tenté de m'arracher les yeux, ce que je connus au mouvement qu'il fit; il s'arrêta, me fixa quelque tems en silence, en paraissant réfléchir. Ensuite se tournant vers ses gens, qui étaient demeurés contre la porte, afin d'être témoins du plaisant spectacle qu'ils s'imaginaient que j'allais donner; régalez ce drôle-là, leur dit-il froidement, d'une volée de coups de bâton, & faites-le conduire au cachot. Monsieur le Capitaine dissimulait sa fureur, dans la crainte qu'on ne se doutât de ce qui la faisait naître, & qu'il ne parût trop sensible aux injures d'un simple soldat. Mais à travers sa feinte tranquilité, on appercevait son dépit & sa confusion.

Les laquais m'étrillerent d'importance; jamais, je crois, ils n'obéirent avec autant de zèle. Ils ne se feraient pas lassés de sitôt, si la Garde qu'ils avaient envoyé chercher, n'était venue me retirer de leurs mains, pour m'accompagner poliment jusqu'à la nouvelle demeure qui m'était destinée.

CCCXLIᵉ FOLIE.

On me renferma sous plusieurs clefs dans un endroit obscur, dont j'examinai à tâtons tous les meubles. Ils

A 5

confiftaient en quelques poignées de
paille, étendues par terre, deftinées à
me fervir de lit, une cruche pleine
d'eau, & une vieille chaife défoncée,
qui n'ayant que deux pieds, était ap-
puiée contre la muraille. Je vis bien
que le fafte ne régnait pas dans mon
habitation, & je jugeai, par fon peu d'é-
légance, que le Capitaine était dans une
furieufe colere. Il eft perfuadé, fans
doute, m'écriai-je, que j'ai agi mali-
cieufement; il croit que j'ai voulu tourner en ridicule fa maniere de s'habiller. Eft-il poffible que mes intentions
lui aient été auffi peu connues! Tout
ce qui m'arrive eft un effet de mon malheur. Je me vois puni comme coupable, tandis que je fuis fort innocent.

La prévention où je voyais qu'était
le Capitaine fur mon compte, me fit
craindre fa vengeance; il lui était facile
de faifir quelque prétexte pour m'attirer un févere châtiment. La peur me
prit; il me femblait à tout moment
qu'on venait me chercher & me conduire au Confeil de guerre, irrité que
j'eufe manqué de refpect à un Officier;
je croyais entendre prononcer ma fen-

tence, & voir déja ma tête servir de
but aux grenadiers du régiment.

CCCXLII^e FOLIE.

Afin d'éviter le danger que je courais,
je me mis à chercher les moyens de me
fauver de ma prifon. Il faut favoir que
mon cachot était très-différent des autres. Dans la petite Ville où notre régiment reçut ordre de s'établir, il n'y
avait point de prifon, de forte qu'on
fut contraint de choifir la maifon la
plus commode pour cela. Les chambres
hautes devinrent des cachots; on en
barricada les fenêtres; on n'y laiffa pénétrer qu'un faible rayon de jour. On
m'avouera que ces cachots-là n'étaient
pas fi affreux, fi dégoûtans, fi incommo-
des, que ceux que la barbarie des hommes a inventés, où l'efpéce humaine dé-
gradée, périt infenfiblement, au milieu
des plus grandes horreurs. Il m'était
encore plus aifé de me fauver de la
chambre obfcure, qu'on voulait bien
appeller cachot, que fi j'avais été dé-
tenu dans ces gouffres profonds, qui
fervent de monumens aux grandes Villes. Cependant lorfque je vins à réfléchir aux moyens que j'emploirais pour

m'échapper, je fus dans un terrible embarras. Brifez mes fenêtres, & defcendre dans la rue, la chofe était affez facile; mais je rifquais d'être apperçu par
les fentinelles qui rodaient autour de la
prifon. Je pouvais rompre ma porte;
mais de quel côté fuir enfuite? Tout
bien confidéré, je ne vis pas de meilleur
expédient, que de grimper par le tuyau
de la cheminée, afin de gagner les toits.

Malheureufement cette cheminée fe
trouva très-étroite; j'effayai en vain d'y
paffer tout habillé; je fus contraint de
me mettre tout nud. Je parvins fur le
toit avec beaucoup de peine. La nuit
était extrêmement noire; & peu accou-
mé à marcher fur les gouttieres, je craignais de faire quelque chute défagréable. Dans cette perplexité, une cheminée très-peu élévée fe préfenta devant
moi; je me baiffai pour regarder dedans,
réfolu, fi j'avais quelqu'indice qu'elle
ne dépendit point de la prifon, d'y
defcendre à tout hazard, & d'implorer
l'humanité des perfonnes chez qui elle
me conduirait. Admirez mon deftin!
Dans l'inftant que j'écoutais fi j'enten-
drai parler quelqu'un, le haut de la
cheminée, fur lequel je m'appuiais,

vînt à manquer, je roulai dans le tuyau, en trainant après moi un tas de pierres & de moilons, & je tombai dans une chambre, avec un fracas épouvantable.

CCCXLIIIᶜ Folie.

Ma chûte ne fut pas trop périlleu-se, puifque je tombai dans la premiere chambre; j'en fus quitte pour de légeres meurtriffures. Le hafard me fit trouver droit fur mes pieds dans le coin de la cheminée; j'y reftai quelques inftans, afin de reprendre mes efprits. Vers le milieu de la chambre, il y avait une table, autour de laquelle étaient affis plufieurs joueurs; un d'entr'eux perdait beaucoup, fans doute; avant de faire ma culbute, je l'entendais prononcer des juremens affreux; je voudrais, difait-il, que le diable m'emportât; oui, qu'il vienne, je le fouhaite, je le fouhaite; comme il achevait ces mots, je roulai avec fracas dans la cheminée. Il ne douta pas, ainfi que ceux qui jouaient avec lui, que je ne fuffe en effet le diable. J'avoue qu'on pouvait avoir peur à moins. L'heure indue, la maniere dont j'apparaiffais, la noirceur de mon corps & de ma figure, entierement couverts de fuie ; tout cela me donnait affez l'air d'un démon. Les joueurs, immobiles d'effroi, me regarderent un moment, fans ofer remuer ; moi, qui ignorais ce qu'ils penfaient fur mon compte, je fortis de ma cheminée, afin de les fup-plier de me laiffer évader. Leur frayeur augmenta, lorfqu'ils me virent appro-cher ; ils fe leverent en pouffant de grands cris, & s'enfuirent de la cham-bre, dont ils fermerent la porte.

Me voyant feul, je relevai les lumie-res qui s'étaient renverfées : l'or & l'ar-gent répandus fur la table me tenta ; je me hâtai de les ramaffer, & d'envelop-per mon tréfor dans un mouchoir, que je trouvai par hafard, & dont je fis une ceinture. Après avoir ainfi gagné les joueurs, fans m'expofer aux incertitu-des du jeu, je remontai par la chemi-née, & regagnai ma prifon, où je paffai tranquilement le refte de la nuit, en-chanté de la bonne-fortune que ma courfe nocturne me valut.

CCCXLIVᵉ FOLIE.

Le lendemain, je déclarai à celui qui m'apporta ce qui m'était néceffaire pour paffer la journée, que j'avais def-

fein d'acheter mon congé, & je le priai
d'en informer mon Capitaine ; il fit ce
que je lui demandai ; & je ne tardai pas
à voir paraître l'Officier que j'avais
tant irrité, en croyant lui faire ma
cour. Nous convînmes bientôt de prix ;
il m'en coûta la moitié moins qu'à un
autre. Je fus fort étonné d'une pareille
grace ; car je n'ignorais pas que Meffieurs les Capitaines font quelquefois
avides d'argent ; & qu'ils ont trouvé le
fecret de s'enrichir aux dépens du foldat, même lorfqu'il quitte les drapeaux.
Je comptai au plus vîte la fomme qui
devait me rendre la liberté ; mon Capitaine mit autant de diligence à m'ex-
pédier mon congé ; & me fit préfent de
ce viel habit d'uniforme, & de ce
fabre rouillé, qui n'eft bon que pour la
parade. Il me fallut attendre en prifon
que toutes les formalités euffent été bb-
fervées. Mon Officier vint lui-même me
remettre ma cartouche. Adieu, me dit-
il ; retourne au plutôt dans ton pays ; je
t'ai fait bon marché, afin de me débarraffer promptement d'un homme tel
que toi, dont je n'aime guères les mau-
vaifes plaifanteries.

C'eft ainfi que, lorfque je m'y atten-

dais le moins, je me vis hors de prison,
& qu'il me fat permis de venir vivre
auprès de mon aimable Rosette. Je rendis à l'obligeant Danseur les habits
qu'il m'avait prêtés, qui causerent mon
bonheur, en paraissant me précipiter
dans les plus cruelles disgraces: c'est ce
qui nous prouve qu'il ne faut jamais
désespérer de rien. Après avoir satisfait
à la reconnaissance, je songeai à contenter l'amour; je quittai une ville où
l'on parlera long-tems du diable, qui
faillit à tordre le cou à des joueurs, mais
qui se contenta d'emporter leur argent.
Je viens oublier, en voyant ma Rosette,
tous les maux que j'ai soufferts. --

CONTINUATION

des aventures étranges de Rosette,
& suite de l'histoire de Colin.

CCCXLV[e] FOLIE.

N E vous étonnez pas, Monseigneur,
poursuivit la jeune paysanne, si
j'ai si bien retenu l'histoire de Colin;
on se ressouvient toujours de ce que

nous difent les perfonnes qui nous inté-
reffent : il fuffit d'aimer, pour avoir de
la mémoire.

Je croyais qu'aucun obftacle ne m'en-
pêcherait plus d'époufer mon amant;
hélas ! qu'on a de peine à être heureux
dans ce monde ! Les richeffes de Colin
firent beaucoup de bruit dans le village;
on prétendit qu'il avait une fomme
confidérable en argent comptant. Je
riais des difcours qu'on tenait, dont
je ne fentais point la conféquence, &
qui redoublaient l'eftime de mon pere
pour Colin. Hélas ! quelques jours
avant notre mariage, tandis que mon
amant était auprès de moi, des voleurs
ouvrirent fon petit coffre, & emporte-
rent tout ce qu'il poffédait : voilà
comme le bien mal acquis ne profite
jamais.

Si mon berger avait été plus politique, il aurait caché le malheur qui venait de lui arriver. Dès qu'il eût vu que
fon coffre était vuide, au lieu de fe
comporter avec prudence, il fe mit à
parcourir tout le village, en criant que
des voleurs venaient de le ruiner. Il
courut enfuite me raconter fon infortune, en gémiffant, en s'arrachant les

cheveux. J'essayai de lui faire connaître
sa sottise; il avoua que j'avais raison,
& se mit de plus belle à se désespérer.

Tandis que Colin se corrigeait si bien,
mon pere entra & lui dit : je m'étonne
que vous ayez la hardiesse de vous présenter encore chez moi; sortez, ma
fille n'est pas pour vous. Colin voulut
faire ses représentations; mon pere le
prit par les épaules, & le poussa rudement à la porte.

CCCXLVI^e FOLIE.

N'admirez-vous pas la bisarrerie de
ma destinée? Quand j'étais sur le point
de me voir heureuse, c'était directement alors que j'allais être le plus à
plaindre. Les amis de Colin vinrent
prier mon pere de ne pas le réduire
davantage au désespoir, & de songer
que les choses étaient trop avancées,
pour qu'on pût rompre honnêtement
notre mariage. Il leur répondit qu'il
avait ses raisons pour agir de la sorte ;
qu'il s'était apperçu de plusieurs défauts
de Colin, qu'il était ivrogne, sans conduite, point économe, & ne ferait
jamais un bon ménage. Quand mon berger était riche, mon pere lui trouvait

d'excellentes qualités. Pour moi, j'aimais toujours Colin ; & depuis qu'il avait perdu fa fortune, je le trouvais auſſi aimable : on a prétendu que je ne reſſemblais pas à toutes les femmes.

CCCXLVII^e FOLIE.

Les amis de Colin obtinrent ſeulement de mon pere qu'il ne me marierait que dans deux ans, afin que mon berger pût ſe remettre de ſes pertes, & ſe rendre digne de m'épouſer. A force de prieres & de ſupplications, mon pere promit donc que, ſi Colin gagnait beaucoup de bien pendant deux ans, il ſerait mon mari. Mais il jura que, ce tems expiré, il me donnerait à un autre, ſi le berger n'avait pas fait fortune. Nous fûmes enchantés de la complaiſance de mon pere ; & c'était avec raiſon, puiſqu'il ſortit de ſon caractère pour nous accorder une pareille grace. Nous reſſentîmes une joie auſſi grande, que ſi nous nous étions vu enfin réunir pour toujours.

Colin réſolut de travailler avec tant d'ardeur, qu'il pût s'enrichir dans peu de tems. Après avoir roulé dans ſa tête

plufieurs projets, il ne favait quel parti
prendre, afin d'être fûr de faire bien
vîte fortune. Un ami qu'il avait au château de la vieille Dame, dont je vous
ai parlé, le tira d'inquiétude, en lui
indiquant le moyen de gagner dans peu
beaucoup d'argent. Adieu, Rofette,
me dit-il, je vais me faire Laquais.
Quoi! m'écriai-je, tu prends un état qui
non-feulement t'éloignera de moi, mais
qui va encore te déshonorer! Que tu es
fimple! me répondit-il; le déshonneur
gît dans la pauvreté, & non pas dans la
maniere dont on s'enrichit. Mais, lui
répliquai-je, ne ferais-tu pas mieux de
labourer la terre? J'aurais trop de peine, infifta-t-il; remarque que je choi-
fis le métier le plus commode de tous.
Si tu voulais me croire, tu te ferais
Femme-de-chambre; tu ferais alors une
Demoifelle, au lieu que tu n'es qu'une
pauvre payfanne. Dans le fein d'une vie
molle & oifive, j'amafferai des tréfors.
Ma foi, rien n'eft plus agréable que de
fervir, non un fermier de la campagne,
mais les riches habitans des villes; l'on
partage les plaifirs qui les environnent;
& l'on goûte encore la fatisfaction de
fe moquer d'eux.

CCCXLVIIIᶜ FOLIE.

Je ceſſai de faire des objections; je vis bien que l'exemple de la plûpart des jeunes gens du village & des environs, tentait mon cher Colin. Mais je me dis toujours en moi-même, que la charrue était le maître qui convenait le mieux à des payſans.

La vieille Dame qui protégeait mon berger, ne pouvant le prendre à ſon ſervice, le plaça chez un Seigneur de ſa connaiſſance, dont le château eſt tout proche du ſien. Dès le premier jour que Colin eut pris poſſeſſion de ſon nouvel emploi, on ne le reconnaiſſait preſque plus dans le village; il était auſſi bien mis que ſon maître. La métamorphoſe de mon amant ne s'étendit point juſqu'à ſon cœur; je le voyais tous les jours, nous nous répétions cent fois que nous nous aimions.

Le contentement que je goûtais ne fut pas de durée. A la fin de la belle ſaiſon, le maître de Colin retourna s'enfermer dans Paris; mon amant le ſuivit, ſans que mes larmes fuſſent capables de l'arrêter; il me jura en partant que je lui ſerais toujours chere. Moi, je ne prononçai aucun ferment , parce qu'il me parut que le véritable amour n'a pas befoin de rien promettre.

Il eft bien étonnant , me difais-je , que les riches & les grands Seigneurs ne fe plaifent qu'à dépenfer leurs revenus à Paris. Pourquoi ne vivent-ils pas plutôt dans leurs terres ? Ils enrichiraient leurs vaffaux , par la circulation de l'argent ; ils s'amuferaient avec moins de dépenfes; & les campagnes ne feraient pas fi pauvres. Mais , non contens de porter loin d'elles des tréfors qu'ils devraient y répandre , ils prennent encore à tâche de les dépeupler , pour remplir leurs antichambres d'une troupe de fainéans , & pour garnir le derriere de leurs caroffes de plufieurs grands coquins effrontés : les terres reftent en friche , & les jeunes payfannes périffent d'ennui.

SUITE

des aventures étranges de Rofette.

CCCXLIX[e] FOLIE.

VOILA ce que m'arracha la douleur de perdre mon amant; je vous
demanderais pardon de vous le répéter,
fi vous étiez comme ces grands Seigneurs, qui prétendent qu'on refpec-
te jufqu'à leurs travers. J'avais bien
raifon de m'affliger en voyant Colin
s'éloigner de moi; depuis qu'il eft parti,
je n'ai plus reçu de fes nouvelles. Le
Seigneur qui l'amena à Paris, ne le
garda pas long-tems; c'eft tout ce qu'il
m'a été poffible d'en apprendre. Ah! les
fermens ne fervent de rien en amour!
Colin a ceffé de m'aimer, après avoir
tant juré de m'être fidèle; & moi, qui
ne lui ai fait aucune promeffe, je chéris
toujours l'ingrat.

Cependant, les deux ans accordés par
mon pere, font bientôt écoulés. Si
mon berger ne revient pas, rempli d'a-
mour & chargé de richeffes, je ferai

forcée d'épouſer un homme qui m'eſt odieux. Le vilain Pierre-le-Roux a repris courage ; il s'obſtine à vouloir être mon mari. Je ne ſuis pas la ſeule qui le déteſte, ainſi que je vous l'ai dit ; ſon humeur bruſque & farouche le rénd l'horreur de tout le monde. Le bruit général, c'eſt qu'il eſt ſorcier ; on fait ſur ſon compte les hiſtoires les plus effrayantes. Mon pere eſt convaincu de la vérité de tout ce qu'il entend dire au ſujet de Pierre-le-Roux ; il lui a pourtant donné parole que je ſerais ſa femme, auſſi-tôt que les deux ans ſeront accomplis.

CCCLᵉ Folie.

Depuis le départ de Colin, je ſuis expoſée aux pourſuites de ſon affreux rival. J'ai beau chercher à l'éviter, je le rencontre partout ; je lui témoigne en vain combien je le hais ; il perſiſte toujours à chercher à me plaire. Il proteſte qu'il m'adore ; & il me ſemble qu'il me dit des injures ; au lieu que les choſes indifférentes que me diſait Colin, me paraiſſaient des douceurs.

Depuis quelque tems ſur-tout, je ſuis devenue la plus malheureuſe fille qu'il

y ait. Un *loup-garou* court chaque nuit
dans le village , en pouffant des heurlemens qui font trembler. La réputation
qu'a Pierre-le-Roux d'être forcier , a
fait juftement tomber tous les foupçons
fur lui. Mes meilleures amies n'ont pas
manqué de m'avertir de prendre garde
à mon futur ; & je ne veux plus fouffrir
qu'il m'approche.

Vous ignorez peut-être , Monfeigneur , ce que c'eft qu'un *loup-garou ?*
C'eft un homme , ou une femme , pof-
fédée du malin-efprit , qui court la nuit
par les rues , fous la forme de quelque
animal. Je ne pouvais douter que le
gendre futur de mon pere , ne fût en
effet le *loup-garou.* La nuit de tous les
Vendredis, j'entendais fous ma fenêtre
des heurlemens épouvantables. La curiofité me prit un foir de regarder au
travers des vîtres ; je vis au clair de la
lune , fur du fumier qui était auprès de
notre maifon , un gros chien noir , qui,
affis fur fon derriere , heurlait & aboyait
tout à la fois , & faifait autant de bruit
qu'une centaine de chiens enfemble.

CCCLIᵉ FOLIE.

Mon pere , ennuié du tapage affreux

que le *loup-garou* venait faire ſi ſouvent
auprès de chez lui, forma le deſſein de
s'en délivrer, & d'en débarraſſer en
même-tems le Village. Il chargea ſon fuſil de pluſieurs balles, ſe tint dans ma
chambre la nuit que le *loup-garou* avait
coutume de venir ; lorſqu'il l'entendit
heurler, il paſſa doucement ſon fuſil
par un trou, viſa bien, & tira, en in-
voquant les Saints du Paradis. Ses vœux
furent exaucés; le lendemain nous vîmes clairement que toutes les balles
avaient porté ; nous trouvâmes ſur le
fumier le gros chien noir roide mort:
ſi nous n'avions pas ſu que c'était un
loup-garou, nous l'aurions pris pour un
chien de berger.

CCCLIIᵉ FOLIE.

Je me crus alors défaite pour toujours du vilain mari que je devais avoir.
Dès qu'on fut informé du courage de
mon pere, & de ce qui était réſulté de
ſon adreſſe à bien viſer, on courut en
foule chez Pierre-le-Roux ; on ne le
trouva point ; ſa porte était fermée ;
preuve certaine qu'il avait été tué ſous
la forme d'un chien noir.

Je ne ſongeais plus à mon vilain fu-

tur , lorfque , quelques jours après que
fa mort fut devenue publique , & que
j'étais affife au bord du grand chemin ,
tout auprès du village , je le vis de loin
monté à cheval. Il s'approcha de moi
à bride abbattue , & me joignit , avant
que j'euffe penfé à fuir , tant fa préfence
me caufa de furprife. — J'ai bien des excufes à vous demander , me dit-il ; une
affaire de la derniere conféquence m'a
obligé d'aller à la ville , fans me donner
le tems de vous faire mes adieux ; j'y
ai refté jufqu'à préfent , afin de n'être
plus contraint de m'éloigner de vous de
fitôt. — Quoi ! m'écriai-je , vous n'êtes
donc pas mort ! Mon exclamation le fit
rire ; il rentra dans le Village , furprendre tous ceux qui le verraient.

CCCLIII^e F O L I E.

Quoique Pierre-le-Roux n'ait pas été
tué , il eft toujours certain qu'il eft forcier , & que mon pere donna véritablement la mort à un *loup-garou*, qui n'était
point du village , mais des environs.

Les frayeurs que m'infpirait le feul
afpect de Pierre-le-Roux , redoublerent
depuis fon arrivée. Il me fuffifait de
fonger à tout ce qu'on difait de lui ,

pour m'évanouir : l'idée qu'un pareil homme pourrait être un jour mon mari, me remplissait d'effroi. Mon pere se moquait de mes craintes & de mes terreurs; & me disait que mon intérêt devait l'emporter sur mes dégoûts. Je croyais voir sans cesse auprès de moi le vilain homme dont on voulait que je fusse la femme. Ce n'était pas seulement le jour que son image m'épouvantait, la nuit je me le représentais encore, & je ne dormais que d'un sommeil interrompu.

Un soir je me mis au lit, encore plus effrayée qu'à l'ordinaire; je commençais à m'endormir; je sentis trembler ma chambre, & j'ouvris les yeux toute épouvantée. J'apperçus une grande flamme contre mes fenêtres; un homme noir passa au travers d'un des carreaux de vître qui était cassé, & grandit considérablement lorsqu'il fut dans ma chambre; je reconnus Pierre-le-Roux; il était à califourchon sur un manche-à-balai. Je voulus crier, mais je n'en eus point la force; je sentais sur l'estomac un poids énorme qui m'étouffait. Le sorcier, après avoir voltigé quelques instans autour de mon lit, comme s'il

avait été monté fur un cheval aîlé,
s'arrêta vis-à-vis de moi, & me regardant d'un air furieux ; — tu dédaignes ma
tendreſſe, me dit-il. Tu vas ſavoir qui
je ſuis, & ſi l'on peut impunément
me braver.—Alors il me tira du lit, prit
dans ſa poche une boîte de fer-blanc,
remplie d'une eſpéce de pommade, il
m'en frotta, malgré ma réſiſtance, me
plaça devant lui ſur ſon manche-à-balai, & s'envola avec moi par la cheminée.

CCCLIVᵉ FOLIE.

Je ne vous exprimerai pas la frayeur
dont je fus ſaiſie en me voyant au milieu
des airs, entre les bras du ſorcier. Je
voulus appeller le Ciel à mon ſecours,
& je ſemblais avoir perdu l'uſage de
la voix. Pluſieurs petits démons portaient des flambeaux devant nous, afin
de nous éclairer. Nous paſſâmes au-
deſſus des plus hautes montagnes, nous
traverſâmes des mers immenſes. Pendant tout le voyage, Pierre-le-Roux
garda un profond ſilence ; & ce fut
pour moi une conſolation ; car dès que
j'entendais ſa terrible voix, tout mon
corps friſſonnait. Nous rencontrâmes

fur notre route plufieurs forciers, qui arrivaient de différens côtés, & qui allaient, fans doute, dans le même endroit ; de petits démons portaient auffi devant eux des flambeaux. Quand une troupe rencontrait l'autre , chacun pouffait de grands cris de joie; je remarquai qu'en joignant Pierre-le-Roux, les forciers firent beaucoup plus d'acclamations ; fans doute, à caufe de la proie dont il était chargé.

Cependant nous continuions de voler au milieu des airs ; je m'efforçais en vain d'appercevoir la terre ; elle n'était que comme un point ; quelquefois pourtant nous en approchions de près, & alors nous râfions le fommet des montagnes. J'étais perfuadée qu'on me tranfportait dans l'autre monde ; ce qui me faifait naître cette idée , c'eft que nous n'arrivions pas, & que nous allions extrêmement vîte. Je fentis enfin que nous nous abbaiffions vers la terre ; nous defcendîmes au milieu d'un rond d'arbres, fitué dans une plaine immenfe.

CCCLV^e FOLIE.

Je me trouvai entourée d'une foule innombrable de forciers, de tout âge,

de tout fexe, de tout état. Je vis plufieurs gens de ma connaiffance, que je
ne croyais pas rencontrer dans un tel
endroit. Tout le monde fe tenait de-
bout, dans un profond filence, & paraiffait rempli de refpect. Le lieu de
l'affemblée était éclairé par une multi-
tude de flambeaux attachés aux arbres,
plantés dans la terre, ou portés par des
démons.

Pierre-le-Roux me tenant fortement
par la main, fendit la preffe, me traîna
aux pieds d'un trône, fur lequel était
affis un monftre, dont l'afpect m'effraya
tellement, que je détournai la tête,
afin de ne plus l'envifager. Mon indigne
futur fe mit à genoux devant cette
horrible figure. - Beauté célefte, lui dit-
il, j'amene devant ton augufte tribunal
la jeune perfonne que j'honore de ma
tendreffe. Je te fupplie de permettre
qu'elle ait le bonheur de groffir le nombre de tes adorateurs. Une voix tonnante
fe fit entendre, & prononça ces mots :
- Expédiez-lui un brevet de forcellerie.
Alors la mufique du fabbat fe fit entendre; elle était compofée de chau-
drons, de cornets à bouquin, de heurlemens épouvantables; il femblait auffi

B 4

que tous les chats de l'Univers miau-
laſſent de compagnie. Pierre-le-Roux
me dit à l'oreille que j'entendais les
voix les plus mélodieuſes , & le plus
beau morceau de muſique de l'opéra
du diable. Je ne ſais point ce que c'eſt
qu'un opéra ; c'eſt , ſans doute , une
choſe qui fait beaucoup de bruit. Je
craignais de devenir ſourde ; heureuſement le monſtre aſſis ſur ſon trône, éter-
nua; l'infernale muſique s'arrêta auſſi-
tôt. Un diable vêtu en Procureur, ſuivi
d'une foule de Greffiers , d'Huiſſiers ,
de Notaires , s'approcha de moi , un
gros regiſtre à la main. – Ne promettez-
vous pas de ſuivre tous nos uſages , me
demanda-t-il en mettant ſur ſon nez de
larges lunettes , afin de me voir plus à
ſon aiſe. – Comme je ne répondais rien ,
il pourſuivit ſon diſcours :–D'abord vous
aurez l'honneur de baiſer le vénérable
derriere de ſa haute & baſſe puiſſance
Monſeigneur Satan. Non, m'écriai-je,
je ne veux point être ſorciere. Voyons ,
continua le démon qui me parlait , ſi
vous réſiſterez aux Tréſoriers de Monſeigneur ; nous ne voulons rien de force.
– Je vis s'avancer vers moi pluſieurs démons gros , courts & replets , pouvant à

peine foutenir la pefanteur de leur ventre énorme, habillés fuperbement, couverts d'or & de pierreries, & qui portaient fur leurs épaules plufieurs facs
remplis d'argent. Quoique leur figure
fût auffi hideufe que celle des autres
diables, je ne fais comment cela fe fit ;
mais leur laideur me révolta moins. Ils
poferent à mes pieds les facs dont ils
étaient chargés, en tirerent des poignées d'écus, me dirent qu'ils allaient
me compter tout ce que je defirerais,
& qu'ils feraient toujours prêts à pour-
voir à mes befoins, fi j'entrais dans le
refpectable corps des forciers. J'eus le
courage de m'écrier, que je ne com-
mettrais jamais un pareil crime, quand
même on m'offrirait tous les tréfors du
monde. Ma réfiftance caufa la plus
grande furprife ; je vis tous les forciers
& les diables fe regarder d'un air
étonné.

CCCLVI^e Folie.

Tout-à-coup un cri aigu s'éleva dans
les airs ; je ne vis plus perfonne, une
affreufe obfcurité fe répandit autour de
moi. J'errais depuis quelques inftans
fans favoir où j'allais, au milieu des

B 5

plus épaisses ténébres, & dans une campagne qui m'était inconnue, un globe de feu descendit du Ciel, m'enveloppa entierement, & roulant d'une vîtesse prodigieuse, m'enleva jusqu'aux étoiles. Il n'y avait point à douter que le démon ne cherchât à m'épouvanter, afin de vaincre ma résistance. Mais je me soumis à tout ce qui pourrait m'arriver, plutôt que de consentir aux propositions que l'on m'avait faites.

Je roulais depuis long-tems dans mon globe enflammé; c'était fait de moi, sans doute; le Ciel daigna me secourir. Un Ange parut, armé d'une épée étincelante; il toucha les flammes qui m'environnaient; le monde parut embrasé d'éclairs; le tonnerre gronda; la boule de feu dans laquelle j'étais renfermée, s'ouvrit avec un fracas horrible; je tombai dans un espace immense, où je ne rencontrais par intervalles que de faibles nuages, sur lesquels je me heurtais, & qui ne servaient qu'à précipiter ma chûte.

CCCLVIIᵉ FOLIE.

Je fus bien surprise, en me réveillant, de me retrouver dans mon lit aussi-bien

couchée que s'il ne m'était rien arrivé. Je
me levai, voyant qu'il était grand jour.
Mon pere me railla sur ma pareſſe, &
me fit compliment sur la longueur de
mon sommeil. Je lui contai la terrible
aventure que je venais d'éprouver ; il
ne fit que rire de mon récit. Piquée de
n'être même pas plainte, après tant de
fatigues, je courus confier à mes meilleures amies les choses inouïes qui m'é-
taient arrivées pendant la nuit ; & j'eus
encore le déſagrément d'être traitée de
viſionnaire. Après m'être ſérieuſement fâchée contre-elles, je les priai de ne point
apprendre à perſonne ce que je ne
leur avais dit qu'en ſecret. Mais comme
elles avaient auſſi leurs bonnes amies,
elles les inſtruiſirent myſtérieuſement
de mon aventure. Au bout de deux heures mon ſecret fut ſû de tout le Village.
Par une fatalité que je ne puis concevoir
perſonne n'ajoûta foi à mes diſcours ;
ce n'eſt pas qu'on ne crût Pierre-le-
Roux ſorcier ; mais comme, malheureu-
ſément, je m'étais trouvée au lit le
matin, on prétendait que je pouvais
avoir rêvé ce que je croyais réel.

Afin de convaincre les incrédules, j'engageai quelques gens réſolus à me ſuivre

chez Pierre-le-Roux; je me proposais de l'obliger par mes reproches à déclarer devant témoins son commerce avec le diable. Il était au lit depuis plusieurs jours, attaqué d'une grosse fiévre; ceux qui le soignaient dans sa maladie, protesterent qu'ils ne l'avaient pas quitté un seul instant; il parut d'ailleurs si peu comprendre tout ce que je lui disais, qu'on ne lui donna pas le tems de protester de son innocence; on fut persuadé qu'il était un honnête forcier; & l'on me traita par-tout de rêveuse. Voilà comment les méchans triomphent, au grand dommage des bons. Il est bien triste, en vérité, de ne pouvoir convaincre d'une chose dont l'on est certain! Vous êtes plus sage, vous, Monseigneur; & vous croyez mon aventure véritable, n'est-ce pas? quoiqu'elle soit inouie.

CCCLVIII^e FOLIE.

Le Baron se contente de répondre par un sourire; & la jeune paysanne continue. -- L'étrange aventure que je viens de vous raconter, dit-elle, & que je suis très-sûre qui m'est arrivée, augmenta les terreurs que je ressentais déjà; je fus encore plus susceptible de m'effrayer. Mon imagination frappée me peignait à chaque instant des diables, des sorciers; je n'osais m'écarter un peu loin du Village, dans la crainte qu'il ne m'arrivât quelque chose d'extraordinaire, & que, pour comble, on refusât de me croire.

Aujourd'hui pourtant je me suis enhardie; j'ai été me promener dans le petit bois dont vous m'avez vu sortir toute effrayée; à force de courir, je me suis sentie un peu fatiguée; la lassitude m'a contrainte de m'asseoir sur un gazon qui semble inviter au repos, & que des arbres touffus couvrent de leur ombre; mes yeux s'appésantissaient, j'allais céder au sommeil; un jeune sorcier s'est présenté tout-à-coup devant moi! jugez de mon effroi? Je me rappellai que je l'avais vû au sabat, & qu'il m'y regardait fort attentivement. Tremblante comme la feuille, j'ai voulu me lever & prendre la fuite. — Ne craignez rien, m'a-t-il dit; je n'ai point dessein de vous faire de mal. - Tout en parlant, il s'est assis à mes côtés.

Il s'en fallait de beaucoup que je fusse rassurée; peignez-vous ma frayeur

par la description naïve que je vais vous
faire du sorcier. Il a au moins six pieds
de haut; son visage est noir, brûlé; ses
cheveux sont rouges & crépus; ses yeux
étincelans; des tourbillons de flamme
& de fumée sortent de sa bouche.

CCCLIX^e FOLIE.

Je tâchais en vain de m'éloigner
d'un homme d'une physionomie aussi
peu prévenante; il s'obstinait à se placer contre moi; plus je me retirais tout
doucement d'auprès de lui, plus il s'approchait. Dans la crainte que je ne lui
échappasse, il m'a saisie par le bras, &
tout mon corps a frissonné quand il m'a
touchée. Sa main était si brûlante, qu'elle m'a pénétrée jusqu'aux os; il semblait
qu'on appliquait sur mon bras un fer
rouge: la douleur m'a fait aussi-tôt pousser un grand cri: — Hélas! lui ai-je
dit, vous me brûlez! —

— Je vais vous lâcher, m'a-t-il ré-
pondu en riant, si vous ne cherchez
point à vous enfuir, & si vous souf-
frez que je vous raconte mon histoire,
qui ne sera pas bien longue. — J'ai
promis tout ce qu'il a voulu; satisfait
de ma soumission, il a cessé de me re-

tenir avec fa main brûlante , & m'a parlé de la forte.

AVENTURES MERVEILLEUSES

d'un Sorcier.

CCCLX^e Folie.

Si je vais vous apprendre mes aventures, c'eſt afin de gagner votre confiance, en vous montrant que je n'ai
pas toujours été ſorcier, & que c'eſt
même par accident que je le ſuis devenu. Trop ſenſible à la douceur d'aimer les jolies femmes, je ne réprimai
point en moi le penchant que je me
ſentis pour l'amour ; ce penchant , me
diſais-je , eſt la marque d'un cœur tendre ; il ne déshonora jamais un honnête-homme : il eſt ſi naturel de rendre hommage à la beauté !

Après avoir brigué les faveurs de toutes celles qui me charmerent, j'aimai ,
ou plutôt j'adorai, une très-belle perſonne, qui me parut digne d'exciter la
paſſion la plus vive. Elle était dans la
premiere jeuneſſe , mais grande, bien
formée ; la fineſſe de ſa taille lui don-

nait l'air d'une Nymphe. Il était impoffible de foutenir, fans émotion, l'é-
clat éblouiffant de fon teint; les fleurs
pâliffaient auprès d'elle; & fa phyfionomie douce, fon air de modeftie & de
candeur, achevaient de féduire tous
ceux qui la voyaient.

Je fatisfis au vœu de la Nature, j'aimai fon plus parfait ouvrage. Mes foins
furent reçus fans hauteur, fans coquetterie; je crus même démêler qu'ils ne
déplaifaient pas. Au milieu de l'ivreffe
que je goûtais, un de mes amis vint
me dire, que l'intérêt qu'il prenait en
moi l'obligeait de m'avertir que j'étais
amoureux d'une infigne forciere. Dans
la fureur que m'infpira un tel difcours,
que je traitais d'affreufe calomnie, je
penfai immoler l'ami qui prétendait me
fervir. Hélas! m'écriai-je, les femmes
feraient donc bien trompeufes, fi celle
que je cheris n'était en effet qu'une
forciere!

CCCLXI^e FOLIE.

Je continuai de me livrer à ma tendreffe; mon amour fut infenfiblement
toucher la jeune Beauté; chaque jour
je faifais de nouveaux progrès, qui re-

doublaient mon ardeur, & me condui-
firent au comble du plaifir. Qu'un bonheur qui n'eft point amené par grada-
tion eft infipide! Qu'il eft doux de n'ê-
tre heureux que par degrés! La moindre
faveur eft une volupté, qui rend la derniere plus piquante. --

Je vous répéte mot à mot les paroles
du forcier, dit la jeune payfanne en
s'arrêtant; il n'y a guères qu'une heuré
qu'il vient de m'entretenir, ainfi fon
difcours doit m'être encore préfent;
d'ailleurs j'ai toujours paffé pour avoir
beaucoup de mémoire. Vous voyez bien
auffi, Monfeigneur, que je vous rapporte ingénuement tout ce qu'il m'a dit;
même des chofes auxquelles je n'entends
rien.

Après ce petit avertiffement, Rofette
reprit l'hiftoire du forcier, racontée par
lui-même.-Ma maitreffe me permit bientôt de coucher avec elle. Une nuit l'A-
mour me réveilla; car dans le malheur,
comme dans la félicité, il eft ennemi
du fommeil; je fus bien furpris de ne
point trouver ma tendre amie auprès
de moi, je l'appellai tout doucement,
croyant qu'elle était dans la chambre;
& je ne reçus aucune réponfe. Allarmé,

Inquiet, je fautai du lit, afin de la cher-cher. Je ne la trouvai point non plus dans la chambre; & je ne pus concevoir comment elle en était fortie, puifque la porte était fermée en-dedans, de même que les fenêtres. Je me recouchai, efpérant qu'aumoins elle ne tarderait pas à revenir. Malgré mon impatience & mon agitation, je me rendormis. Le grand jour me réveilla; en ouvrant les yeux j'apperçus ma maitreffe à mes côtés, qui dormait profondément; & rien n'anonçait par où elle était ren-trée.

CCCLXIIᵉ FOLIE.

Impatient de m'éclaircir de ce myfte-re, je la tirai brufquement par le bras, & lui demandai d'où elle venait. La quef-tion parut la furprendre. Mais s'écria-t-elle, je n'ai point partie d'auprès de vous; je ne conçois rien à ce que vous voulez dire. J'eus beau lui foutenir que j'étais certain qu'elle m'avait quitté pendant une partie de la nuit; elle me répon-dit toujours que je me trompais, & qu'il fallait apparamment que j'euffe pris les illufions d'un rêve pour une réalité.

Je fus contraint de me taire, & d'a-

voüer que je pouvais en effet être dans
l'erreur. Cependant je m'apperçus plufieurs nuits de la même chofe. Elle, dif-
paraiffait, fans que je compriffe par où
elle était fortie; le matin je la trouvais
auprès de moi, fans que je puffe deviner par quel moyen elle était rentrée.
Je n'ofai rien dire, parce qu'elle m'aurait encore traité de vifionnaire, & que
je craignais de la fâcher par mes foupçons.

CCCLXIII^e Folie.

L'ami dont j'avais reçu fi mal les avis
au fujet de ma maitreffe, eut la complaifance d'oublier mes emportemens, &
de me rendre une vifite. Je lui contai
ce que j'étais très-fûr d'avoir vu. Je ne
fuis point furpris, me répondit-il, de
ce que vous m'apprenez; je fais depuis
long-tems que votre belle maitreffe eft
une fameufe forciere. Des gens qui ont
éprouvé fes fortiléges, m'ont inftruit
de fon commerce avec le diable. Je voulais vous prévenir des dangers auxquels
vous vous expofiez, en vous attachant
à une pareille femme; fi vous m'aviez
cru, vous l'auriez fuie avec autant
de foin que vous l'avez recherchée. Sa-

chez que toutes les nuits elle court les
rues en *loup-garou*; il vous eſt facile de
vous éclaicir de la vérité; épiez-la dès
ce ſoir contre la porte de ſa maiſon;
vous la verrez ſortir ſous quelque forme hideuſe.

Je fus plus docile qu'autrefois, je
remerciai mon ami de ſes conſeils, il
m'inſtruiſit de ce que je devais faire; &
je me préparai à ſuivre ſes leçons. Un
peu avant minuit, je me rendis à mon
poſte; il faiſait un très-beau clair de
lune; je me plaçai du côté de la rue où
regnait l'obſcurité. Il y avait à peine un
moment que j'étais en ſentinelle, quand
je vis ſortir au travers de la porte de
ma maitreſſe un petit chien blanc, qui
ſe mit auſſi-tôt à courir, en pouſſant
des heurlemens affreux. Je tirai promptement mon épée, & frappant dans
l'ombre du petit chien, je m'apperçus
que j'avais bleſſé le *loup-garou* à une pâte, parce qu'il redoub'a ſes cris, & la
vîteſſe de ſa courſe, en repandant beaucoup de ſang. Je trouvai par terre,
à la place où j'avais donné le coup d'é-
pée, un doigt tout ſanglant; je le ra-
maſſai, & l'enveloppai avec ſoin dans
mon mouchoir.

CCCLXIV^e F*OLIE*.

Je me retirai chez moi, pénétré de douleur. Je ne pouvais plus douter que ma maitresse ne fût forciere; & cette cruelle certitude me désespérait. Le lendemain je voulus la voir, afin de lui reprocher ses crimes, & de la faire renoncer, s'il était possible, à ses occupations diaboliques. On me dit à sa porte qu'elle n'y était pas: j'entrai ; on m'avoua qu'elle était très-malade, & hors d'état de parler à personne. A force de prieres, on me permit de la voir. Je trouvai ma belle maitresse au lit, qui se plaignait beaucoup des douleurs qu'elle souffrait. Je la pressai en vain de m'apprendre quel était son mal, elle tenait une de ses mains sous la couverture; je jugeai que c'était celle où je l'avais blessée ; je la tirai malgré elle, & vis que sa main était enveloppée de linge. O ciel! m'écriai-je, feignant l'étonné, que vous est-il donc arrivé, ma chere amie? Hélas! me répondit-elle, en soupant hier au soir je me suis coupé le doigt; je n'osais vous découvrir un malheur occasionné par ma mal-adresse, dans la crainte de vous

cauſer trop de chagrin. Ceſſez, re-
pris-je, d'inventer tant de menſonges;
je ſuis convaincu de la ſincérité dont
ſe piquent les femmes. En achevant ces
mots, je lui montrai le doigt qui lui
manquait, & la couvris de confuſion.

CCCLXVᵉ FOLIE.

Elle ſe remit bientôt de ſon trouble,
& ſe jetta ſur moi, dans l'inſtant que
je m'y attendais le moins, ſe ſaiſit de
ſon doigt coupé, l'approcha de ſa main,
prononça quelques paroles barbares;
le doigt ſe rejoignit ſur le champ, &
ſa bleſſure fut entiérement guérie. Etonné de ce prodige, je reſtai immobile à
la même place. -- Je vois bien, me dit-
elle, que c'eſt toi qui a eu l'audace de
me bleſſer cette nuit. Tout autre qui
me ferait moins cher, ne tarderait pas
à s'en repentir. Mais j'oublie le mal que
tu m'as fait, en faveur de ma tendreſſe, & parce que je ſuis perſuadée
que tu ne ceſſeras pas de m'aimer. - La
paſſion que m'inſpirait ma maitreſſe,
ſembla prendre de nouvelles forces; je
ne fus point épouvanté d'adorer une
ſorciere. Eh! ne pourrait-on pas regarder toutes les jolies femmes comme

expertes dans l'art des fortiléges ? Elles
nous fubjuguent, nous enchaînent, &
nous contraignent d'obéir à toutes leurs
volontés. Elles rendent les héros pol-
trons, & les lâches courageux; fédui-
fent le fage en dépit de lui-même; donnent de l'efprit aux fots & de la ftupi-
dité aux favans; enfin, il n'eft forte
de merveille qui ne foit opérée par
le pouvoir de la beauté.

Ravi, entraîné par les charmes de
ma jeune maîtreffe, je commençais à
lui jurer de nouveau l'amour le plus
tendre & le plus conftant, lorfque je
m'apperçus d'une métamorphofe tout-
à-fait imprévue, qui m'obligea de m'arrêter tout court, au milieu de mes
fermens. Ses beaux yeux devinrent petits, & parurent bordés d'écarlate; fon
teint s'évanouit, pareil à une rofe qui
fe fane & perd fes couleurs; fon vifage fe rida; fa bouche fe fendit jufqu'aux oreilles; fon nez recourbé def-
cendit vers fon menton, qui, de fon
côté, s'éleva en pointe; en un mot,
à la place d'une jeune perfonne toute
charmante, je ne vis plus qu'une vieille
décrépite & hideufe.

HISTOIRE

D'UNE VIEILLE SORCIERE.

CCCLXVI^e FOLIE.

NE vous effrayez pas, mon fils, me dit la Sorciere. Le malheur qui m'arrive est votre ouvrage. Comme la douleur de ma blessure m'a empêchée d'aller au sabbat la nuit passée, le diable me punit d'avoir manqué de paraître dans la grande assemblée, qui se tenait directement hier, en m'ôtant le pouvoir qu'il m'avait donné d'embellir mes attraits: vous m'avouerez que la vengeance qu'il prend doit m'être bien sensible. Mais je me flatte de le fléchir. Vous m'avez cru jeune, sans doute; sachez que je n'ai guères moins de deux cents ans; & que vous complettez la centiéme douzaine d'amans qui ont eu le bonheur de mériter ma tendresse.

J'ai toujours possédé un cœur bienfaisant, continua la vieille Sorciere; après avoir fait un grand nombre d'heureux

reux

reux dans ma jeuneſſe, je me déſeſ-
pérai de ne pouvoir plus contribuer
à la félicité de mon prochain, quand
l'âge eut un peu flétri mes charmes.
J'avais beau témoigner mes bonnes
intentions, par mes regards, par mes
diſcours, on ne ſe ſouciait plus de contribuer à mes ſages deſſeins.

Retirée dans ma chambre, je me dé-
ſeſpérais de l'ingratitude des hommes,
qui les éloignait de moi, tandis que
j'étais toujours la même à leur égard.
Quelque choſe tomba dans ma cheminée ; c'était une groſſe boule noire,
qui ſe changea en un petit homme vieux
& vôuté. — Je ſuis ſorcier, me dit-il ;
je prends part à tes chagrins, & je viens
les diſſiper. Tu rajeuniras ; tes charmes
vont reprendre leur éclat, à condition
que je ſerai le premier qui ſe reſſenti-
ra de la bonté de ton ame. —

CONCLUSION

de l'histoire de la vieille Sorciere.

CCCLXVII^e FOLIE.

MES heureuses inclinations me firent accepter le marché. Le petit homme me frotta d'une certaine graisse : soudain il se transforma en boulle noire, sur laquelle je montai. Toujours roulant, toujours culbutant, toujours faisant la cabriole, j'arrivai, sur ma singuliere voiture, dans un endroit rempli de monde & très-illuminé. Il y avait sur un trône une espèce de bouc, les yeux flamboyans, le maintien grave & sévere, pour lequel tout le monde paraissait avoir un profond respect. Le petit homme, me tenant par la main, me présenta à ce personnage d'importance. Sublime esprit, lui dit-il, qui commandes dessus & dessous la terre, tu vois à tes pieds ma belle maitresse. La noble assemblée ne put s'empêcher d'éclater de rire du choix d'un de ses membres ; pour moi, j'avoue que j'eus un peu honte, croyant qu'on me railfait. Le petit homme, s'appercevant à ma rougeur de ce qui se passait dans mon ame, me dit de baiser l'auguste derriere de Monseigneur Satanas, que je voyais sous la forme d'un bouc, & que je deviendrais jeune aussi-tôt, & d'une beauté parfaite. L'envie de me voir encore courtisée me décida sans peine à faire ce qu'on me commandait : combien de femmes ne seraient pas plus difficiles, si on leur offrait, au même prix, de rétablir leurs charmes délabrés ? Je me mis à genoux, le Diable me présenta obligeamment son énorme fessier, que je baisai avec beaucoup de respect. Dans l'instant je sentis en moi un changement extraordinaire ; mille cris de joie faillirent à me rendre sourde : on me présenta le cul d'un chaudron, parfaitement bien étamé, en guise de miroir, dans lequel je vis que j'étais devenue très-jolie ; j'eus longtems de la peine à me reconnaître. Satanas me menaça de me remettre dans ma premiere décrépitude, & dans ma premiere laideur, si je manquais chaque soir à venir lui faire la cour. Je n'ai eu garde jusqu'à présent d'oublier d'aller toutes les nuits au sabat ; & depuis près d'un

fiécle & demi, je jouis de la douceur de
faire des heureux ; occupation qui doit
être chere à tous les cœurs bien nés.

SUITE

des aventures merveilleuſes du Sorcier.

CCCLXVIII^e FOLIE.

JE demandai à l'obligeante Sorciere,
poursuivit le Sorcier qui me racon-
tait ſon hiſtoire, pourquoi elle ſe trans-
formait en *loup - garou*, & s'en allait
heurlant par les rues. Serait-ce encore là,
lui dis-je, une de vos obligations ; & pré-
tendez-vous par-là obliger votre prochain ? Vous ſaurez, mon fils, me répondit-elle, que, ſitôt que Satanas nous a reçus au nombre de ſes fidéles ſerviteurs,
ce qu'il fait en nous imprimant ſes armes
ſur la feſſe gauche, nous acquérons le
pouvoir de nous métamorphoſer en
quelque animal qu'il nous plaiſe de
choiſir. Une heure avant d'aller au ſabat, une force à laquelle nous ne ſau-
rions réſiſter, nous contraint à quitter
notre forme ordinaire, & à devenir

loup-garou ; c'eſt - à - dire, chien ou cheval, bœuf ou cerf, ainſi que bon nous ſemble. Mais alors nous goûtons des plaiſirs indéfiniſſables ; un doux cha-touillement nous ravit en extâſe ; ne pouvant ſoutenir l'excès de la volupté que nous reſſentons, nous courons les rues, en proie aux plus grandes délices. Les cris qu'on nous entend pouſ-ſer, que le vulgaire appelle des heur-lemens, ne ſont que des articulations de voix un peu fortes, des eſpèces de ſoupirs, cauſés par les ſenſations déli-cieuſes que nous éprouvons. Je vous dé-couvre là, mon fils, de grands ſecrets, continua la vieille Sorciere, & qui ſe-ront toujours ignorés des hommes.

CCCLXIX^e FOLIE.

Mais j'ai gardé trop longtems ma figure déſagréable, pourſuivit-elle ; je vais me faire rendre celle qui me va-lut tant de conquêtes. Il faut que je me tranſporte au ſabat qui ſe tient à la Chine, où il eſt actuellement mi-nuit. Attendez-moi ici, je ſerai bien-tôt de retour. A ces mots, elle ſaute du lit, arrache ſa chemiſe, tire d'une caſſette, fermée à pluſieurs clefs, un

C 3

petit pot de porcelaine, rempli d'une pommade jaune ; elle s'en frotte tout le corps, & fort dans l'instant par le trou de la serrure.

CCCLXXe FOLIE.

Un départ aussi prompt m'étonna ; & je ne pus concevoir comment elle avait passé par le trou d'une serrure. J'admirai les effets merveilleux qu'opérait une simple pommade. La cassette qui renfermait un pareil trésor, était restée ouverte ; je pris le vase à la pommade, je l'examinai avec soin. Une violente tentation me saisit d'éprouver par moi-même le pouvoir de cette pommade ; j'essayai en vain d'y résister ; elle se rendit maître de ma raison, de mes craintes. Rempli d'impatience, & comme agité de fureur, je déchirai mes habits, & employai toute la pommade merveilleuse à me frotter entièrement le corps ; appréhendant que, si je l'épargnais, le prodige ne s'opérât qu'à demi. Tout-à-coup mes os semblèrent se fondre, je m'apperçus que mes pieds ne touchaient plus la terre, que j'étais aussi léger qu'une plume ; je sentis mon corps s'allonger prodigieufement, jufqu'à ce qu'il fût devenu affez mince pour pouvoir paffer par le plus petit trou. Je m'élançai au travers des fentes de la porte, & je me vis au milieu des airs, emporté par une force irréfiftible. Ce n'était pourtant qu'avec horreur que je me confidérai fous la fineffe d'un cheveu, & dans mon exceffive longueur. Tout m'affurait que je n'étais plus moi-même, tandis qu'une voix intérieure me difait le contraire. Je reffemblais à un brin de paille, à un fétu emporté au gré des vents.

CCCLXXIᵉ FOLIE.

Je fupportai courageufement ma métamorphofe, & m'abandonnai à ma deftinée. J'arrivai auprès d'un fuperbe édifice, bâti dans la campagne, où un coup de vent me fit pénétrer. Je me trouvai dans une falle magnifique, enrichie des plus belles peintures. J'étais à peine dans ce palais enchanté, que je repris ma forme ordinaire. Plufieurs luftres de cryftal étaient chargés de bougies, qui répandaient une odeur délicieufe; de grandes glaces s'élevant jufqu'à la voute, repréfentaient une enfilade d'appartemens à perte de vue. Une foule de muficiens, placés dans une gallerie de marbre blanc, enchantaient les oreilles par une douce harmonie, après que les yeux avaient été éblouis de l'éclat dont ils étaient frappés. Je ne doutai pas que je ne fuffe dans une falle de bal, d'autant plus qu'elle me paraiffait remplie de mafques; mais dont les déguifemens étaient fi affreux, que je m'étonnai que le Prince qui donnait une fi belle fête, eût permis qu'on s'habillât d'une maniere auffi effrayante.

Confondu parmi une troupe de mafques, je m'apprêtais à parcourir la falle; on m'arrêta par le bras; je vis avec furprife que c'était mon antique maitreffe, qui n'avait point encore quitté fa décrépitude. Elle m'attira dans un coin, & me dit en me paffant la main fous le menton : c'eft, fans doute, un excès d'amour qui t'a porté à me fuivre, mon cher enfant : tu es ici dans notre grande affemblée de la Chine; tu ne faurais me marquer plus publiquement ta tendreffe, qu'en te faifant initier aujourd'hui dans nos myfteres de forcellerie. O ciel! m'écriai-je, moi devenir un infâme forcier! Non, non, je ne le ferai jamais.

CCCLXXIIᵉ FOLIE.

A peine avais-je prononcé ces mots, que je crus que le monde entier s'écroulait. D'affreux coups de tonnerre fe firent entendre, la terre trembla ; tout ce qui était autour de moi difparut. Les diables & les démons s'envolerent ; la falle, les peintures, les glaces, les luftres, s'abîmerent avec fracas. A l'éclat des lumieres que répandaient un nombre infini de bougies, fuccéda une épaiffe obfcurité ; à peine me refta-t-il un faible rayon de jour, pour me laiffer diftinguer que j'étais dans une vieille mâfure, remplie d'immondices, & le repaire des hibous & des ferpens. Je ne pouvais faire un pas fans enfoncer dans une terre fangeufe, ou fans marcher fur quelques couleuvres, dont les fifflemens me glaçaient d'effroi ; je n'ofai m'approcher des murailles qui s'écroulaient à chaque inftant, dans la crainte d'être englouti fous leurs ruines.

CCCLXXIIIᵉ FOLIE.

Cependant l'efpérance me foutenait ; je préfumai que je ne tarderais pas à fortir de ce lieu d'horreur. Dans cette

C 5

idée, je marchai longtems avec courage. Mais, hélas! je ne pus me dégager des ruines & des insectes venimeux
qui m'environnnaient. Mes efforts ne
servirent qu'à m'enfoncer davantage
dans mon affreuse prison, qui semblait
prête à tout moment à s'abîmer sur
ma tête. Souvent la voûte sous laquelle
je venais de passer, s'écroulait derriere
moi, & découvrait d'autres voûtes
chancelantes. La faible lueur qui m'é-
clairait s'éteignit insensiblement; je
n'eus plus d'autre lumiere que celle
qui partait des yeux étincelans des ani-
maux qui s'apprêtaient à me dévorer.
J'errai, sans doute, plusieurs jours au
milieu des débris & dans le sein des
ténebres. Je luttai contre la faim & contre les approches de la mort Epuisé
d'abstinence & de fatigue, je tombai
mourant & sans force, n'attendant plus
que mon dernier instant.

CCCLXXIVe FOLIE.

Mes yeux, à peine ouverts, furent
frappés tout-à-coup d'une lumiere,
qui paraissait venir de très-loin. A me-
sure qu'elle s'approchait, je discernai
qu'elle était portée par une femme.

Quand je pus voir clairement les objets, je reconnus ma maitreffe; mais plus belle qu'elle n'avait jamais été. Elle paraiffait ne toucher qu'à fa feizieme année. Un déshabillé galant relevait encore fes charmes. Elle tenait une écuelle d'argent, pleine d'un excellent confommé, dont l'odeur feule rétabliffait mes forces. — Tu veux donc mourir, me dit-elle, en s'affeyant auprès de moi? Dis un mot, & tu vas fatisfaire ta faim. Hélas! que j'avais tort de croire que tu payais ma tendreffe par un égal amour! Si tu perfiftes à refufer l'offre qu'on te fait de te rendre un habile forcier, tu termineras miférablement tes jours; au lieu que tu jouiras d'une vie délicieufe, chéri d'une maitreffe, dont les graces ne font peut-être pas à dédaigner. — Le confommé & la vue d'une jolie femme, furent vaincre ma réfiftance; je m'écriai que j'étais difpofé à faire tout ce que ma tendre amie m'ordonnerait. Un fourire enchanteur témoigna fa fatisfaction. Elle me donna l'excellent potage, que j'eus bientôt avalé; elle me rendit enfuite une de fes belles mains, que je baifai avec tranfport, & qui m'enleva au travers des voûtes de la mâfure ; lefquelles s'ouvrirent fans bruit pour nous laiffer paffer.

CCCLXXV^e Folie.

Après que nous eûmes volé quelque tems dans les airs, un froid mortel vint me faifir. Mon fang fut prefque entiérement glacé, par le vent du Nord & les frimats. Ma belle maitreffe me tranfporta au fommet d'une haute montagne, dans un palais de glace & de neige, entouré de brouillards. En me pofant au milieu de ce fingulier édifice, elle me dit que nous étions en Laponie. Rien n'était plus bifarre & plus frappant que le fpectacle qui s'offrit à mes yeux. Les colonnes & les voûtes de glace, femblaient être d'un feul diamant ; la neige formait les ornemens d'architecture ; & des groupes de nuages compofaient les fiéges. Des lampes monftrueufes, en forme de baleine & de divers autres poiffons, répandaient une lumiere qu'on avait de la peine à foutenir. Malgré le froid exceffif, ce lieu était réchauffé par un trône de feu, fur lequel était affis un grand homme noir, tenant dans fa main, au lieu de fceptre, une flâme, qui s'élevait en pyramide. Suivant les conseils de ma maitresse , je m'avançai auprès de cet étrange monarque, devant lequel je mis un genou en terre. Pour répondre à ma politesse , il me présenta son vilain derriere , que je baisai respectueusement , mais avec un peu de dégoût. Cette cérémonie achevée , le Greffier de Belzébut vint d'un air grave me poser sur la fesse un fer brûlant , qui me fit pousser les hauts-cris.

CONCLUSION

des aventures merveilleuses du Sorcier.

CCCLXXVI.ᵉ FOLIE.

LES démons & les forciers se prirent alors par la main, & furent enlevés tous à la fois dans un nuage , qui les transporta au milieu d'un vaste pré , où l'on avait planté un grand rond d'arbres. Arrivé dans cet endroit champêtre , nous nous mîmes à danser tous ensemble , toujours en tournant , de maniere que nous décrivions un cercle. Je ne sais si les pieds des forciers & des diables ont une vertu brûlante ; mais je remarquai que l'herbe fur laquelle nous venions de danfer, était abattue & féchée. Voilà pourquoi l'on rencontre fouvent à la campagne des gazons détruits & foulés, où même l'herbe ne croît jamais, phénomène dont l'on ne peut rendre raifon.

C'eft-là, Rofette, que j'eus le bonheur de vous voir, continua le forcier. Vous me charmâtes dès l'inftant que vous parûtes. Que j'enviai la félicité de Pierre-le-Roux! Je me promis de vous chercher dans le monde, & de vous déclarer mon amour. J'ai déjà parcouru les trois quarts de l'Univers; il n'y aurait point eu d'endroits où je n'euffe pénétré, afin de vous découvrir.

SUITE
des aventures étranges de Rofette.

CCCLXXVIIᵉ FOLIE.

EN achevant le récit de fes aventures, continue toujours Rofette, le forcier a voulu me baifer la main; je l'ai retirée bien vîte. Je n'étais point du tout flattée d'avoir fait une telle con-

quête. Mon nouvel amant , loin de fe
rebuter du dégoût que je témoignais,
fe difpofait à m'embraffer ; je l'ai re-
pouffé avec horreur. Je m'appercevais
que fes yeux devenaient plus enflammés ;
je ne doutais pas de fes mauvais deffeins. Eperdue du danger qui me ména-
çait , j'ai fait un effort fur moi-même,
j'ai trouvé des forces dans ma frayeur.
Je me fuis débarraffé de fes bras ; & me
fauvant au plutôt hors du bois , j'ai pris
ma courfe tout au travers des champs.
C'eft alors , Monfeigneur, que mes cris
vous ont frappé; vous avez eu la bonté
de venir à mon fecours ; & je fuis perfuadée que vous avez vu le vilain forcier qui me pourfuivait. --

CCCLXXVIIIᵉ FOLIE.

Comme Rofette finiffait fon étonnante hiftoire, un payfan s'approche
d'elle tout effoufflé , & lui remet un
mouchoir, qu'elle avait oublié fur le gazon où elle venait de dormir. - Tenez,
lui dit-il dans fon langage ruftique, v'là
ce qui vous fervait tout-à-l'heure à vous
garantir des moucherons pendant votre
fomme. Je vous ont apperçu repofer,
tandis que je coupions du bois ; j'ons

fait du bruit tout doucement, à celle fin
de ne pas vous interrompre. Mais, morgué! j'avons été bian furpris de vous
voir tout-à-coup prendre vos jambes à
vote cou, & trimer dans le bois, que
çà était une marveille. Voulant vous
rendre bravement ce que vous aviez
pardu, j'ons couru après vous ; mais
j'avons pris un autre chemin que le
vote ; tant il y a que j'avons arpenté
un peu de terrein. C'eft, fans doute,
queuque fonge qui vous brouillait l'efprit, quand vous vous êtes réveillée en
criant de même qu'un Chantre au lu-
trin, & que vous vous êtes mife enfuite
à vous farvir fi bian de vos jambes ? --

SUITE DE L'HISTOIRE

du Baron d'Urbin, & des aventures de
Rofette.

CCCLXXIX^e FOLIE.

L E difcours du payfan fait conclure
à Rofette que le forcier n'était
vifible que pour elle feule. Monfieur
d'Urbin a la complaifance d'approuver
cette idée.

- Le Baron ne borne pas là ſa galanterie. Il a l'honneur de ſervir d'Ecuyer
à la jeune payſanne. Il la reconduit
juſques chez elle, en lui tenant les diſcours les plus galans. -- Il n'eſt pas étonnant, lui dit-il, que vous inſpiriez de
l'amour à l'heureux Colin, & à tous
les ſorciers de l'Univers ; il ſuffit de vous
voir pour vous aimer. Ah ! ſi vous alliez
à Paris, vous feriez bien d'autres conquêtes ; & dans peu de jours vous auriez
un beau carroſſe. Dans cette ville célebre, les jolies femmes y ſont rarement
dans l'indigence. --

Roſette écoute d'un air modeſte les
complimens du vieux Baron ; elle lui
fait à tout moment de profondes révérences, le viſage couvert de rougeur,
les yeux baiſſés, les mains jointes ſur
ſon buſc.

CCCLXXXᵉ FOLIE.

Cependant le Baron, après avoir
conduit la jolie payſanne juſqu'à ſa
porte, ſe retire rempli des plus douces
eſpérances. La ſimplicité de Roſette le
porte à croire qu'il n'aura pas de peine
à en triompher. Quelle félicité n'envi-
ſage-t-il pas à regner ſur un cœur in-

nocent, qui ne connut jamais l'impofture ! Ah ! pour un habitant des villes, pour un grand Seigneur fur-tout, c'était-là un plaifir bien délicieux & bien rare.

Transformé en Tircis, en Céladon, Monfieur d'Urbin fuit par-tout la bergere dont il eft amoureux. Les politefles, les attentions dont il comble Rofette, la font confidérer davantage ; les payfans ne lui parlent plus qu'avec refpeƈt & chapeau bas. Notre nouveau Céladon, habillé galamment, fe rend le premier fous l'ormeau, où s'affemble tous les Dimanches au foir la Jeuneffe du village. Là, il admire la jambe fine, le pied léger, de la beauté naïve dont il prétend faire la conquête. Il ne fe contente pas d'être fimple fpeƈtateur ; emporté par fa paffion, il veut danfer avec la bergere un branle de l'ancienne cour, dont il ne fe ferait point mal tiré, fi fa goutte ne l'avait repris mal-à-propos. Les bons villageois font édifiés de voir gambader avec eux leur vieux Seigneur, qui ne craint pas de déroger en partageant leurs ruftiques plaifirs.

CCCLXXXI^e FOLIE.

Monſieur le Baron n'épargne rien pour tâcher de plaire à la jeune payſanne. Il lui fait de petits préſens ; chaque jour il lui envoîe, ou de beaux rubans, ou une corbeille de fleurs. Il lui offre ſouvent auſſi de jolis oiſeaux, qu'il ne va pourtant point dénicher lui-même. L'adroit Baron ne donne que des bagatelles à la bergere, afin de ne pas l'effaroucher, en découvrant trop vîte ſes deſſeins amoureux.

Les manieres galantes & les procédés du bon Seigneur, charment l'ame reconnaiſſante de Roſette ; elle ſe ſent pour lui beaucoup d'amitié, & un profond reſpect. Ce n'eſt pas là tout ce que demande Monſieur d'Urbin. Il prend patience, perſuadé qu'il fera naître par la ſuite des ſentimens qui le flatteront davantage. La maniere dont on reçoit les careſſes qu'il oſe haſarder, n'eſt cependant pas trop propre à lui donner des eſpérances. S'il eſſaye à déranger le fichu de la belle, on rougit de colere, on lui coigne les doigts bien ſerré ; veut-il dérober un baiſer, on le repouſſe avec force ; & tout en

lui difant : Finiffez donc , s'il vous
plaît, on lui applique en riant de furieux coups de poing , dont il fe reffent
pendant plufieurs jours. Une réfiftance
auffi opiniâtre ne s'eft jamais vue , felon
notre vieux Baron ; il ne revient pas de
fa furprife. Il ferait moins étonné , s'il
confidérait que les ufages de la campagne font un peu différens de ceux des
villes.

CCCLXXXII^e FOLIE.

Les amans ne fe contentent pas de
foupirer , de baifer difcrettement la
main de leur maitreffe ; ils defirent un
bonheur plus réel , quoiqu'ils s'efforcent tous de foutenir le contraire. Les
paffions les plus refpectueufes tendent
auffi au même but. Monfieur d'Urbin
ne borne point fes plaifirs à contempler
les charmes de la bergere ; il voudrait
que fon amour fe terminât comme celui
des autres , fans fonger aux obftacles
qui pourraient l'empêcher de fe rendre
heureux , quand même il parviendrait
au comble de fes fouhaits. Outre les
fortes raifons que le Lecteur devinera
fans peine , qui devraient détourner le
Baron de fes projets amoureux , il a en-

core à craindre la réfiftance de la robufte payfanne. Mais, ce dernier article l'inquiette le moins; les raifons que
j'ai fait entrevoir, lui caufent un peu
plus d'allarmes.

Décidé pourtant à s'expofer à tous les
dangers du tête-à-tête, il envoie chercher
Rofette, fous prétexte qu'il a des chofes
à lui dire de la derniere conféquence,
qui regardent fon cher Colin. En fallait-
il davantage pour faire accourir au plus
vîte la bergere? Elle quitte fes occupations, & fe rend avec empreffement auprès du vieux Seigneur. Le
Baron, affectant un air myftérieux,
lui fait traverfer le jardin, une partie
du parc, & la conduit dans une grotte
obfcure, où il l'engage à s'affeoir à fes
côtés, fur un banc de gazon. La naïve
payfanne le fuivait tranquilement; elle
fe figurait qu'à la ville comme à la campagne, les gens d'un certain âge devenaient d'une fageffe exemplaire.

CCCLXXXIII^e FOLIE.

Elle a bientôt lieu de s'appercevoir
de fon erreur. Notre vieux Baron, fans
perdre de tems, fait les approches de
la place qu'il prétend emporter d'affaut;

il garde un profond filence, en hafar-
dant des careffes, qui, commencent
d'allarmer la pudeur de l'innocente
payfanne. -- Eh ! bien, que voulez-
vous me dire de Colin ? demande Rofette un peu furprife. -- Oh ! par ma
foi, répond le Baron, en agiffant
toujours, je veux vous apprendre que
je me propofe de remplacer Monfieur
Colin, & d'imiter ce qu'il ferait, fans
doute, avec vous en pareille occafion,
s'il n'eft pas un nigaud. -- Ces paroles, & les tentatives du vieillard, étonnent tellement Rofette, qu'elle oublie
un inftant de fe défendre. -- Quoi !
s'écrie-t-elle, vous autres habitans des
villes, vous ne vous croyez donc jamais vieux ? Ah ! que les villageois font
bien plus fages ! --

Piqué de ce difcours, qu'il regarde
comme une efpece de défi, Monfieur
d'Urbin attaque la payfanne avec une
nouvelle ardeur. Il recevait avec joie les
foufflets, les coups de pied, les égratignures de fa belle maitreffe ; il était
parvenu à lui tenir fes mains trop mu-
tines ; quand il fent tomber fur fon dos
une grêle de coups de poing, en même
tems qu'on le tire rudement par la baf-
que de fon habit.

Nous verrons ailleurs quel eſt le ſecours inopiné qui arrive à Roſette; il
eſt tems de retourner au Marquis.

SUITE DE L'HISTOIRE

DU MARQUIS D'ILLOIS.

CCCLXXXIVᵉ FOLIE.

LE Lecteur doit ſe rappeller que
Monſieur & Madame d'Illois menent actuellement une vie qui charme
tout le monde. Aucun d'eux ne contre-
dit plus la mode & les uſages; auſſi les
regarde-t-on comme des gens de la
meilleure ſociété. Pour comble de per-
fection, ils ſont unis dans leur ménage
en gens d'une naiſſance diſtinguée;
c'eſt-à-dire, qu'ils ſe voient très-rare-
ment, ne ſe parlent preſque jamais, &
ont éloigné leurs appartemens le plus
qu'il leur a été poſſible.

Afin de faire connaître en peu de
mots combien la femme de Monſieur
d'Illois eſt étrangere à la ſociété de
ſon mari; il me ſuffira de rapporter ce
trait. Un des nouveaux amis du Marquis, & qui lui rend de très-fréquentes

vifites, lui dit un jour : -- J'ai entendu
parler d'une jolie femme qui porte votre nom, dont l'humeur eſt charmante.
Je voudrais me faire préfenter chez elle ;
ſerait-elle votre parente, ou la con-
naîtriez-vous, par haſard ? -- Le Marquis ſe contente de répondre, qu'il
croit avoir quelque idée de cette fem-
me-là ; mais qu'il ne la voit que dans
les ſociétés où par haſard il ſe rencontre
avec elle. -- Et il change bien vîte la
converſation.

CCCLXXXV^e FOLIE.

La plus ſinguliere mode qui ait fixé
un moment l'inconſtance françaiſe,
vient tourner tout-à-coup les têtes légeres de nos aimables petits-maîtres ;
on peut prédire que ſa durée ſera d'autant plus longue, qu'elle eſt tout-à-fait
ridicule. Le regne de cette extravagante mode ne paraît point prêt à finir
de ſitôt ; reſte à ſavoir s'il le ſera quand
j'aurai ceſſé d'écrire une partie des folies de notre nation, & des erreurs
humaines.

Les gens du bon ton, les agréables,
la foule des petits-maîtres de tout état,
ne ſe piquent plus d'être mis avec élégance ;

gance ; ou ne veulent étaler que le foir
l'art de leur parure. On imagine qu'il
eft du bel ufage de courir les rues le
matin habillé en poliſſon ; c'eft ce qu'on
appelle fe mettre *en chenille* ; nom qui
convient à merveille à des gens qui ont
l'éclat & la légereté des papillons, auſſi-
tôt qu'ils ont repris leur air naturel.

A l'exemple de ce qu'il y a de mieux,
en France, & de la troupe fubalterne
des petits-maîtres, le Marquis ne fe
montre plus, pendant une grande partie de la journée, que vêtu en vrai
poliſſon. Il court à pied tout Paris, fes
cheveux en défordre, relevés par un
peigne, un petit chapeau fur l'oreille,
la cravate de foie autour du cou, le
frac de drap, lefte & court, bien bou-
tonné ; la jambe ornée d'un bas de fil
gris ; & une petite badine à la main.
C'eft dans ce fingulier équipage qu'il
rend vifite à fes maitreffes, & à fes
meilleurs amis ; fans avoir honte d'ê-
tre confondu avec le peuple, & affron-
tant avec courage les dangers auxquels
fon traveftiffement peut l'expofer.

CCCLXXXVIᵉ FOLIE.

La métamorphofe de nos jolis papil-

lons *en chenilles*, c'eſt-à-dire de nos
aimables Seigneurs, leur procu e la ſatisfaction de reſſembler au menu euple,
en même tems qu'elle fait joui'r celui-ci
de la douceur de ſe rendre tout-à-fait
reſſemblant aux gens de condition.
Cette biſarre métamorphoſe eſt cauſe
auſſi qu'il arrive tous les jours dans la
capitale des aventures fort ſingulieres,
par les différens *quiproquo* qu'elle oc-
caſionne.

Le Marquis d'Illois, les cheveux mal
peignés, ſon petit frac couvert d'écla-
bouſſures, un très-petit couteau de
chaſſe au côté, l'air tout à la fois galant & tapageur, parcourait légerement un matin les rues de Paris. Sa
bonne-mine, & ſa taille haute & déga-
gée, font impreſſion ſur un fameux
Racoleur, qui l'obſervait depuis quelques inſtans, & qui eſt loin de ſoupçonner qu'un habit auſſi mince lui cache
un homme d'une naiſſance diſtinguée.
Notre militaire, croyant avoir trouvé
ſa proie, s'approche du Marquis, les
ſourcils froncés, l'œil hagard & furieux.
— Eh! l'ami, lui dit-il, en le ſaiſiſſant
au collet, de quel droit portes-tu des
armes? Ignores-tu la ſévérité des ordon-

nances? Monfieur d'Illois veut faire le brave ; mais le bras vigoureux qui le tient ne lâche point prife. La Garde accourt au bruit, & les mene tous les deux chez le premier Commiffaire.

CCCLXXXVII^e FOLIE.

Le Magiftrat fubalterne écoute la déclaration du fameux Racoleur, qui s'eft cru obligé d'arrêter un jeune homme portant le couteau de chaffe, ou l'épée ; car c'eft la même chofe, dit-il, felon les termes de l'ordonnance ; il l'arrête, continue-t-il, afin d'en faire un foldat, s'il n'aime mieux languir en prifon pendant plufieurs années. Le Marquis s'amufant de l'aventure, s'apprête à répondre ; le Commiffaire lui impofe filence d'un ton terrible ; le parcourt de la tête aux pieds ; & jugeant de la perfonne par fon équipage : -- Voilà, s'écrie-t-il, de nos batteurs de pavé, qu'on ne faurait mieux faire que d'enrôler. D'ailleurs, ce coquin-là eft affez bien bâti ; ce ferait dommage de ne lui point faire porter le moufquet : allons, vîte la cocarde ou le ca ot.-

Cette maniere de rendre juftice furprend un peu Monfieur d'Illois, qui avant de fe faire connaître , protefte qu'il n'a commis aucune mauvaife action , qui puiffe mériter le moindre châtiment ; que la pauvreté eft le feul crime dont il foit coupable. Voyant que fes difcours pathétiques font inutiles, le Marquis change de langage ; il déclare fon nom & fa naiffance.

Le Magiftrat fubalterne & le fameux Racoleur , frappés comme d'un coup de foudre, tombent à fes pieds , lui demandent pardon. -- Non , non , Meffieurs, s'écrie le Marquis : c'eft rendre fervice au Public que de vous faire punir. -- Et il fort, fans écouter ni leurs excufes , ni leurs prieres.

Qu'arrive-t-il de cette aventure ? Le demi-Magiftrat eft caffé ; & le fameux Racoleur condamné au cachot pour fix mois. C'eft ainfi que Monfieur d'Illois a du moins le bonheur de faire une bonne action dans fa vie, & qu'il peut fe vanter de l'avoir échappé belle : s'il n'avait pas été un grand Seigneur , en aurait-il été quitte à fi bon marché ?

CCCLXXXVIII^e FOLIE.

Le Marquis n'eft pas toujours auffi fage qu'on vient de le voir. Emporté

par l'exemple & les conseils de ses nouveaux amis, jeunes évaporés, il donne
dans une débauche outrée. Dans son
déshabillé, qui lui fait si bien garder
l'*incognitò*, muni pour le coup d'une
longue épée, & suivi des jeunes fous
qu'il prend pour modeles ; il visite toutes ces maisons consacrées au plaisir,
qui n'ont de charmes que pour les malheureux sans mérite, contraints d'acheter des bonnes-fortunes. En un mot,
Monsieur d'Illois, trop épris de la beauté, la chérit jusques dans les tristes
victimes du désordre & de l'indigence.
Il va rendre hommage à des graces ef-
frontées, qui s'attendrissent dans un
même jour en faveur de tous ceux qui
les payent.

Livré à ses nouveaux penchans, notre
Marquis applaudissait les travers de ses
compagnons ; il venait de parcourir
avec eux plusieurs des asyles secrets où
l'Amour même rougit du culte qu'on
lui rend ; lui & sa troupe s'étaient fixés
dans un des plus obscurs, & se prépa-
raient à s'y bien réjouir. Tout-à-coup
des cris perçans se font entendre dans
la chambre prochaine, séparée de la
leur par une simple cloison ; ils distin-

guent la voix de plufieurs perfonnes ;
qui paraiffaient dans une agitation extrême. Nos braves, le Marquis à leur
tête, volent au lieu d'où partent le bruit
& les clameurs.

CCCLXXXIX^e FOLIE.

Ils trouvent la porte fermée. Ils ont
beau frapper à coups redoublés, on ne
fe preffe point de leur ouvrir ; fans
doute qu'on ne fe foucie guères de leurs
fecours. Cependant comme les cris recommencent, après un inftant d'inter-
ruption, ils enfoncent la porte , &
entrent en foule dans la chambre, l'é-
pée à la main.

Les objets qui s'offrent à leurs yeux,
n'ont nullement befoin du fecours de
leur valeur. Ils voient une jeune fille
évanouie, & un homme d'un certain
âge, à quelques pas d'elle, qui s'arrache les cheveux, en pouffant des cris
épouvantables. La maitreffe du lieu fert
d'ombre au tableau ; toute échevelée,
elle court tantôt à la jeune fille, & tantôt au vieillard, tâchant de diffiper l'é-
vanouiffement de l'une, & de calmer
le défefpoir de l'autre. — Allons, allons,
dit-elle à la premiere en lui faifant ref-

pirer de fortes odeurs, reprenez vos
efprits; tout cela n'eft qu'une bagatelle:
vraiment, dans notre état, on en voit
bien d'autres.... Vous faites l'enfant,
dit-elle enfuite au défefpéré vieillard;
vous ne vous attendiez pas à une telle
aventure dans nos maifons de plaifir.
Eh! morbleu! pourquoi y veniez-vous? –

CCCXC^c FOLIE.

Ce difcours & tout ce qu'ils voient,
n'apprennent point à nos jeunes gens de
quoi il s'agit. Ils veulent en vain faire
parler l'homme qui s'arrache les cheveux; il ne les écoute pas. La jeune perfonne, revenue de fon évanouiffement,
ne fait que pleurer; l'honnête maitreffe
du logis eft trop occupée pour répondre
aux queftions qu'on lui fait; de forte
que le Marquis & fa compagnie courent
grand rifque d'être long-tems fans rien
comprendre à la fcène dont ils font témoins. L'un d'eux, plus curieux que les
autres, prend Madame *Honefta* par les
oreilles, & la menace de la jetter par
la fenêtre, fi elle ne les inftruit à l'inftant de tout ce qu'ils ont envie de favoir. Ces manieres polies touchent la
Dame. – Eh! mon dieu! mes braves

Cavaliers, s'écrie-t-elle, je n'ai rien à
vous refuser; il est de mon devoir de
contenter tout le monde.

HISTOIRE

d'un Libertin, & de sa Fille.

CET homme est une de mes meilleures pratiques; il y a pourtant
plusieurs mois qu'il n'est venu visiter
ma maison. L'ingrat a cherché par lui-
même les plaisirs qu'il trouve rassemblés
ici. Vous n'imagineriez jamais comment
il s'y prend pour toucher le cœur des
Demoiselles complaisantes qui voltigent
dans les promenades. La méthode est
neuve, & tout-à-fait divertissante. Il ne
manque pas chaque jour de se rendre
dans les jardins les plus fréquentés; dès
que l'obscurité commence à se répandre, il s'enfonce dans les allées, afin
de chercher de ces femmes qui répon-
dent aux désirs de l'Amour, avant
qu'on ait la peine de les aimer. Dans
la crainte de faire quelque *quiproquo*,
il présente à toutes les belles qui passent
auprès de lui, un pain d'une livre, dans

lequel il y a un bon pigeon tout rôti;
& de l'autre main, il montre un écu.
Celles qui favent le myftere, ne man-
quent pas de l'aborder; les autres con-
tinuent leur chemin. Il eft vrai que le
fignal ne fut pas compris d'abord ; mais
la patience & les foins de l'inventeur,
l'ont enfin mis en réputation. Vous
voyez bien que la beauté qui daigne y
répondre, eft paiée de fa complaifance,
& reçoit encore de quoi fouper.

CCCXCI^e Folie.

La tentation, ou un retour de mémoire, a engagé cet homme fpirituel
à me rendre vifite aujourd'hui. Il m'a
demandé des nouveautés, comme les
Lecteurs en demandent aux Libraires.
Quoiqu'il n'eût pas fon petit-pain, ni
fon pigeon rôti, je lui ai procuré Mademoifelle, qui ne demeure chez moi
que depuis quelques jours. J'avais à peine
fermé la porte de la chambre, que je
les ai entendu fe récrier ; je fuis rentrée
au plus vîte, croyant qu'un fujet important les obligeait à faire tant de bruit ;
ce Monfieur d'un air furieux a fermé
les erroux; & j'ai compris la caufe de
fes fougueux tranfports. La belle baga-

D 5

telle vraiment ! Il a reconnu fa fille, &
Mademoifelle a retrouvé fon pere.

Qu'eft-ce qui n'eft pas expofé, pour
peu qu'il ait vécu, à rencontrer par-
tout des enfans de fa façon ? & doit-on
être furpris de revoir tout-à-coup
un pere qu'on n'attendait nullement ?
Il y en a tant que l'on ne connaît pas!
Sans écouter mes raifons, ce Monfieur-
là voulait tuer fa fille, & Mademoifelle
s'eft évanouie, comme un enfant. Je me
fuis mife au milieu d'eux, en levant
les épaules de leur fimplicité.-- Tu menes
une vie auffi infâme, s'écriait le vieillard que je retenais de toutes mes forces: voilà donc où t'a conduit ton
amour pour ce maudit Officier! Après
t'avoir enlevée, déshonorée, il t'a fans
doute abandonnée à ton mauvais fort.
De défefpoir, j'ai quitté ma province.
Croyais-je te voir jamais auffi coupable,
auffi indigne de moi! .... Il difait bien
d'autres chofes, que j'ai déjà oubliées,
continue l'honnête - Dame. Les injures du pere réveillaient la fille, qui fe
mettait à crier auffi jufqu'à ce qu'elle
s'évanouît de nouveau; moi, me pro-
pofant de faire la paix, je criais avec
eux. Vous êtes accourus au bruit, vous

avez enfoncé la porte, vous avez vu ce qui se passait ; & vous en savez autant que moi. - -

CONCLUSION

de l'histoire du Libertin, & de sa Fille.

CCCXCIIe FOLIE.

PENDANT ce beau monologue, le vieillard se couvrait le visage avec ses mains, & paraissait extrêmement confus ; sa fille, toujours assise sur le lit, pleurait & jettait à la dérobée un coup d'œil sur les jeunes gens, spectateurs de son aventure. Quand l'honnête Dame eut marqué la fin de son discours par une forte toux, que la pétulance de ses paroles lui occasionne sans doute ; l'un des compagnons de Monsieur le Marquis, comme s'il n'avait attendu que l'instant où elle cesserait de parler, saute au cou du vieillard désespéré, en s'écriant : - - Eh ! c'est le vénérable Cristin, c'est mon meilleur ami ! - Parbleu ! la rencontre est unique ! Il faut la célébrer, ainsi que le bonheur qui vous

D 6

ramene cette brebis égarée. -- Tuons
vîte le veau gras, buvons à la santé de
cette tendre Veſtale, qui vient oublier
ſes égaremens dans le ſein paternel. --
Hélas! oui, réplique vivement la prétendue veſtale en s'adreſſant à Monſieur
ſon pere; je ne ſuis que depuis quelques
jours dans cette maiſon, où je me ſuis
comportée avec toute la décence poſſible; & j'allais la quitter, afin de mourir à vos pieds, ou d'obtenir mon pardon. -- Diſant ces mots, la ruſée perſonne ſouriait finement au Marquis &
à ſes compagnons, qui, entendant ce
que cela ſignifie, feignent de ne la
pas connaître, & proteſtent qu'elle a
édifié toute la maiſon.

Le vénérable Criſtin, enchanté de ce
qu'on lui apprend, embraſſe ſa fille, fait
apporter pluſieurs bouteilles de Champagne, qu'on décoëffe & qu'on boit
en réjouiſſance de ſon bonheur. On ſe
ſépare demi-ivres; le vieillard enmene ſa
fille, en aſſurant ſes amis, que, puiſqu'elle a toujours été ſage après avoir
été abandonnée par le militaire, ſon
indigne ſuborneur, il va la ramener
dans ſa province, où il ſe propoſe de la
marier avantageuſement.

SUITE DE L'HISTOIRE

du Marquis d'Illois; & commencement
de celle du Bourgeois-Gentilhomme.

CCCXCIII^e FOLIE.

QUELQUES jours après cette aventure, un des camarades de Monfieur d'Illois vient lui préfenter un
grand homme fec, dont la contenance
eft gauche, l'air niais, l'efprit des
plus lourds, le parler gras & embarraffé. Cet homme fi mauffade, fi peu
amufant, compte pourtant la plûpart
des jeunes Seigneurs au rang de fes
amis; favez-vous pourquoi? C'eft parce
qu'il eft riche & libéral. — Voilà le
Seigneur Aulnin, dit, en le préfentant,
le camarade de Monfieur d'Illois; il
brûle d'envie d'être des nôtres; vous le
connaiffez de réputation, ainfi je penfe
que vous me remercîrez du cadeau que
je vous fais. — Le Seigneur Aulnin, à
chaque phrafe de ce panégyrique, faifait de grandes révérences, comme s'il
voulait marquer par fes courbettes les

points & les virgules. Le Marquis met
fin à ſes ſaluts, en l'embraſſant avec
tranſport, & en le ſerrant tellement
que le pauvre homme eſt ſur le point
d'en étouffer.

Voilà donc le Seigneur Aulnin admis dans la turbulente ſociété du Marquis. Il eſt juſte de faire particulierement connaître au lecteur ce nouveau
perſonnage. Il a été jadis marchand de
drap, & eut le bonheur de gagner en
peu d'années des ſommes conſidérables.
Le commerce qu'il eut avec une foule
d'aimables Seigneurs, qui venaient dans
ſa boutique faire pluſieurs emplettes à
crédit, lui donna des idées de grandeur.
Se voyant très-riche, il s'aviſa de renoncer à ſa qualité de Négociant, qui
lui paraiſſait tout-à-fait ignoble ; il ache-
ta une charge qui l'annoblit. Madame
Aulnin, ſa tendre épouſe, ayant des
goûts différens, voulut vivre dans ſon
particulier. Il ne la chicana point ſur
ſes caprices, parce qu'il ſe piquait de
ſuivre les idées du grand monde. Il mit
tous ſes ſoins à faire une dépenſe pro-
digieuſe, à trancher du financier, afin
d'attirer auprès de lui les gens de condition.

CCCXCIV^e Folie.

Il n'a pas de peine à réuſſir dans ſes nobles projets. Sa table eſt délicatement ſervie, on y trouve la liberté avec la bonne-chere ; en faut-il davantage pour lui procurer des amis d'un rang illuſtre ? Mais le mérite de notre Négociant devenu Ecuyer, ne ſe borne point là. C'eſt un vrai tréſor que le Seigneur Aulnin pour les gentilshommes qui lui font l'honneur de prendre de bons répas chez lui ; il ne ſe contente pas de les régaler ſplendidement ; il forme avec eux des parties de plaiſir, ou bien il s'introduit dans celles qu'ils projettent, & défraye enſuite à ſes dépens toute la compagnie. Il allégue pour cauſe de ſa généroſité, qu'il eſt trop poli pour ſouffrir que des gens d'un rang au-deſſus du ſien payent chacun leur écot en ſa préſence. Perſonne ne l'empêche de montrer la bonne éducation qu'il a reçue ; on lui procure même de fréquentes occaſions de faire paraître ſa politeſſe. Cependant, comme l'on n'a rien pour rien dans ce monde, les attentions du Seigneur Aulnin coûtent quelque choſe à ſes amis ti-

trés. Ils font obligés de le traiter avec
une certaine confidération; ils vantent
auprès de lui fa noblesse, fes qualités
éminentes, & l'appellent à tout propos Monfieur le Marquis; ce qui caufe
au bon-homme une joie des plus vives.

CCC XC Vᵉ F o l i e.

Les marques d'amitié dont Monfieur
d'Illois honore le Seigneur Aulnin,
l'éloge qu'il fait de fa magnificence &
des talens de fon cuifinier, lui gagnent
l'eftime de notre Bourgeois-Gentilhomme, qui ne peut plus fe divertir que
dans la compagnie de fon cher Marquis.

Le bon-homme fe fentant un jour de
la meilleure humeur du monde, vient
propofer à Monfieur d'Illois une partie
fine. -- On m'a parlé, lui dit-il, d'une
très-jolie femme, logée depuis peu
dans un bel appartement, chez laquelle les honnêtes-gens font bien reçus,
moyennant une petite gratification; je
veux vous y donner à fouper. Ce qu'il
y a de plus piquant, c'eft qu'on eft introduit myftérieufement chez cette
femme, parce qu'elle eft mariée, &
qu'il ne faut pas que l'époux foit in-

formé de ce qui se passe : oh! rien de plus comique. La Dame nous verra avec plaisir ; un de ses intimes, dont j'ai fait la connaissance depuis trois jours, l'a prévenue de la visite secrette que je dois lui rendre ; mais sans me nommer, afin de mettre de la discrétion dans mes plaisirs. -- Le Marquis accepte la proposition ; le Seigneur Aulnin, charmé de sa docilité, lui jure qu'il ne lui en coûtera rien, attendu qu'il se charge de tous les frais.

Sur le marché, il veut encore le mener à l'Opéra. Notre Négociant annobli a peut-être besoin que le secours de ce voluptueux Spectacle le prépare à ses bonnes-fortunes. En sortant du Théâtre, où tout concourt à enflammer les sens, il vole avec Monsieur d'Illois trouver la divinité qu'on lui avait dépeinte si douce, si charmante. Le Seigneur Aulnin, bien instruit par son ami de ce qu'il fallait observer, fait arrêter le carrosse dans une rue voisine de celle de la Dame, & gagne à pied l'asyle secret du plaisir, tenant le Marquis par la main. Arrivé à la porte, il frappe trois coups respectueusement & tousse trois fois ; à ce signal, une soubrette éveillée, l'œil brillant, la mine friponne,

ouvre & les introduit dans le fanctuai-
re.- Soyez les bien venus, leur dit-elle,
pendant qu'ils traverfaient plufieurs pièces fuperbement meublées ; la place n'eft
point encore prife ; & Madame eft en
train de fe bien divertir.--Ils arrivent
enfin dans un charmant boudoir, où
la Nymphe attendait fes adorateurs
dans un déshabillé lefte & galant. Ie
Seigneur Aulnin tendait les bras pour
l'embraffer ; il la regarde, & refte immobile, comme s'il était tout-à-coup
pétrifié. La Dame de fon côté l'envifage, elle pouffe un grand cri, & s'é-
vanouit. Ce cri diffipe l'efpece de léthargie de notre Bourgeois-Gentilhomme, il entre en fureur, fe jette fur la
Déeffe avant qu'on fonge à l'arrêter, la tire par les cheveux, lui applique une grêle de foufflets & de coups
de poing, en jurant qu'il va la tuer.

CCCXCVI^e FOLIE.

On trouvera peut-être les fougueux
tranfports du Seigneur Aulnin un peu
excufables, quand on faura que cette
belle Nymphe eft fa femme. Sa tendre
moitié occupait une autre maifon que
celle de fon cher époux, & le voyait
à peine une fois par an ; fes domefti-

ques mêmes ne le connaiſſaient pas. La
liberté dont elle jouiſſait lui permit de
ſatisfaire le penchant de ſon cœur. Peu
contente des ſoins d'une demi-douzai-
ne d'amans, elle voulut que ſes charmes euſſent la gloire d'augmenter, juſqu'à l'infini, le nombre de ſes adorateurs.
Elle ſe montra dans le monde ſous un
autre nom que le ſien, laiſſant lire dans
ſes yeux qu'elle ne ſe piquait pas d'ê-
tre cruelle. Ceux qui éprouverent ſa
douceur, la mirent en réputation; l'on
ſut bientôt quel était le juſte prix. Elle
jouiſſait depuis pluſieurs années de la
confiance des honnêtes gens, quand elle
rencontre le Seigneur Aulnin ſi mal-à-
propos. En femme d'eſprit, elle gagnait de l'argent, que ſon mari lui re-
fuſait, & elle ſavait ſe procurer du
plaiſir, qu'il était incapable de lui donner.

CCCXCVIIᵉ Folie.

L'évanouiſſement de Madame Aulnin ne ſe ſerait par diſſipé de ſitôt,
ſi ſon époux avait été moins brutal;
mais le moyen, dans ſa poſition, de
reſter évanouie avec décence? Les ſouf-
flets, les coups de pied dans le ventre,

& les autres mauvais traitemens du
Bourgeois en fureur, la rappellent à elle-
même ; & fans s'expliquer, fans dire
un feul mot, elle fe met à rendre au
Gentilhomme de fraîche date, les coups
qu'il lui prodigue. Une ripofte auffi vive change la face de la fcene ; ce qui
n'était dans l'inftant qu'une fimple efcar-
mouche, devint un petit combat. Le
Marquis, que l'étonnement avait rendu fpectateur tranquile, & qui ne peut
comprendre la caufe d'une auffi étrange entre-vue, fe jette enfin au milieu
des combattans, & parvient ; après beaucoup de peine, à les féparer. Notre nouveau Gentilhomme, ci-devant Marchand
de Drap, le vifage couvert d'égratignures, un œil poché ; certain de la honte de fon front, & n'ofant découvrir
fa difgrace au Marquis, rajufte fa perruque & fe retire d'un air confus, en
jurant qu'il va faire renfermer la malheureufe qui déshonore une illuftre famille.

– Expliquez-moi donc cette énigme,
Madame, s'écrie Monfieur d'Illois que
le départ du Marchand acheve de furprendre. Que fignifie tout ce que je
vois ici depuis un quart-d'heure ? Eh ! Ce

n'eſt rien, Monſieur; répond la Dame en tâchant de réparer le déſordre
de ſa coëffure. Cet homme qui vous a
conduit chez moi eſt mon mari; il s'a-
viſe de trouver mauvais la vie que je
mene, comme ſi j'allais contre-carrer
ſes actions. — Le Marquis, en éclatant
de rire, prend congé de la Dame qui
ne peut le retenir dans l'état affreux où
vient de la réduire ſon combat.

Depuis cette aventure Monſieur d'Illois ne voit plus le Seigneur Aulnin;
il apprend pourtant qu'il continue toujours à bien régaler les gens de condition qui l'honorent de leur amitié, &
à payer généreuſement tous leurs plaiſirs.

SUITE DE L'HISTOIRE

du Marquis d'Illois.

CCCXCVIII^e FOLIE.

MONSIEUR d'Illois continue auſſi
de ſe livrer à mille folies, qui
lui font bientôt oublier le Bourgeois-
Gentilhomme ainſi que ſa fidelle moi-

tié. Les courses qu'il fait en *chenille*, c'est-à-dire métamorphosé en polisson, lui procurent trop d'amusemens, pour qu'il soit prêt à s'en dégoûter. Loin de se lasser d'être confondu parmi le peuple, il cherche même les moyens de rester plus long-tems sous sa bizarre forme ; il ne tarde pas à trouver ce qu'il desire.

Je crois avoir dit plus haut que sa nouvelle société n'est composée que de jeunes gens ; docile à tout ce qu'exigent les travers de pareils amis, & surpassant même leur extravagance, il court toutes les nuits dans les rues, s'amusant à frapper aux portes, à casser les lanternes, & à battre les passans. Ai-je besoin d'avertir qu'il est alors bien accompagné ? Sans cette précaution, quelques bras roturiers pourraient l'étriller d'importance. Il goûte encore d'autres plaisirs nocturns. On prétend, mais-je n'ose l'affirmer, que le Marquis & sa troupe demandent la bourse à ceux qu'ils rencontrent la nuit ; dans la crainte, sans doute, qu'elle ne devienne la proie des voleurs.

CCCXCIX^e FOLIE.

Une nuit que les promenades ont été plus longues qu'à l'ordinaire, la fatigue, ou une nouvelle idée de débauche, conduit Monfieur d'Illois & fes compagnons dans un cabaret. Affis fur des bancs autour d'une table craffeufe, éclairés par un bout de chandelle, ils boivent jufqu'au jour, traités dans la tabagie comme des gens du commun : le Cabaretier n'a garde de penfer, en voyant leurs habits, qu'il a l'honneur d'avoir chez lui des perfonnes d'un rang diftingué. La liqueur bachique échauffe nos jeunes cervelles; ils chantent en chorus, & font retentir tout le quartier du bruit de leurs voix difcordantes.

Les vapeurs d'un gros vin falfifié font difparaître la joie, & amenent les querelles; nos ivrognes, à demi-couchés fur la table, vantent les attraits & boivent à la fanté de leurs maitreffes; chacun préconife la. fienne, & pretend qu'elle furpaffe celle de fon camarade; des juremens fe mêlent aux preuves que l'on allégue. -- Quoi ! ma chafte maitreffe ne vaut pas celle que tu cheris? -- Non vraiment. -- J'en ai donc

menti ! Par la mort ! tu me le paîras ! –
Et une bouteille vole à la tête du malheureux, qui, parant le coup avec son
bras, la renvoie frapper son voisin ;
c'est le signal du combat. On se jette
tout ce que l'on trouve ; le Marquis
reçoit au travers du visage les débris
d'un énorme pâté. Aussi-tôt le desir de
la vengeance s'empare de tous les es-
prits ; chacun sans raisonner se choisit
un adversaire, lui saute bravement aux
cheveux. Pour le plutôt fait, pour s'é-
pargner la peine de courir aux épées,
on se régale de vigoureux coups de
poing. La table est renversée, les verres sont brisés en piéces, les bouteilles
& les pintes roulent sur le plancher ; des
flots de vin se mêlent au sang qui cou-
lent du nez de nos athlétes. Pour augmenter l'horreur de ce mémorable combat, le bout de chandelle qui, tout en
brûlant, flottait dans la liqueur bachique dont la salle était inondée, est enfin englouti dans les torrens de vin. Que
d'actions de valeur sont ensevelies dans
l'obscurité ! Monsieur d'Illois sur-tout
se couvrirait d'une gloire immortelle,
si les exploits de ce combat nocturne
s'étaient passés au grand jour.

Le

Les Garçons du cabaret accourent aux cris des vaincus & des vainqueurs. Les combattans se séparent, chargés de lauriers, & vont chez eux se faire panser de leurs meurtrissures. Le Marquis regagne son Hôtel, un œil presque hors de la tête, le visage bigarré. d'égratignures, & marqueté de diverses couleurs; regrettant plusieurs de ses dents perdues dans la bataille, & le corps tout disloqué.

C D^e F O L I E.

Les querelles d'ivrognes ne sont jamais de longue durée ; les jeunes Seigneurs que nous venons de voir se battre avec tant d'acharnement, oublient leur animosité dès le lendemain de leur combat, & n'en sont pas moins bons amis. Malgré la vive impatience qu'ils ont de se rassembler, ils sont contraints d'attendre que l'art des Esculapes ait fait disparaître la trace des coups de poing qu'ils se sont trop généreusement prodigués. Au bout de deux mois, ils se trouvent à-peu-près guéris, & recommencent leurs courses nocturnes, & leurs promenades du matin en habit de polisson.

Tome I I.　　　　　　　E

Monfieur d'Illois eft obligé de porter pendant très-long-tems un large emplâtre fur fon œil malade, ce qui défigure un peu fa bonne mine. Avant de pouvoir fe montrer décemment dans le monde, il eft auffi contraint de recourir à un habile Dentifte, qui, à la place de fes dents caffées, lui en pofe d'artificielles.

Aguerri par les nobles cicatrices qui lui reftent de fon combat à coups de poing, & auffi fier que s'il les avait gagnées en répandant fon fang pour la patrie, il vifite tout feul, ou fuivi feulement de fes plus affidés, les maifons confacrées au plaifir. Je ne fais par quel hazard fon nom & fa naiffance font enfin connus des Beautés complaifantes auxquelles il offre fon hommage ; fans doute que quelque indifcret leur a révélé le myftere. Cette découverte augmente dans leur efprit le mérite du Marquis ; elles mettent tout en ufage pour lui plaire ; on fe doute bien que leurs efforts font intéreffés ; mais elles favent paraître tendres & paffionnées, lorfque l'amour feul de l'argent les guide & les infpire. Cependant les *honoraires* qu'elles reçoivent de Monfieur d'Illois, ne font guères plus confidérables que ceux qui viennent d'un amant d'un rang obfcur : loin de les paier en grand Seigneur, il ne les régale fouvent que d'une volée de coups de canne, foit par avarice, ou afin de mieux garder *l'incognitò.*

CDIᵉ FOLIE.

—Allons voir la petite Rofette, dit un foir le Comte d'Arbannes au Marquis; elle eft chez la maman dont tu aimes tant l'humeur; & nous y trouverons d'ailleurs de jolies filles. — Monfieur d'Illois, pour toute réponfe, s'arme de fon épée de trois pieds & demi, qui l'accompagne toujours dans certaines bonnes-fortunes, & fe jette dans fa voiture avec le Comte auffi muni d'une énorme rapiere.

Selon leur ufage, ils defcendent de carroffe à quelques pas de l'honnête maifon où ils ont deffein d'aller. Enveloppés dans leur habit de chenille, qui les déguife à merveille, ils s'approchent de l'afyle des divinités toujours prêtes à recevoir l'hommage des hommes, & frappent rudement à la porte. On vient leur dire que ces Demoifelles font occupées, & ne peuvent leur donner au-

dience. Ils se mettent en fureur, prétendent qu'elles doivent tout quitter
pour eux ; & pénétrent dans la maison
l'épée à la main. Le bruit qu'ils font,
attire une troupe de tapageurs, dignes
piliers de ces respectables demeures,
qui s'entretenaient en particulier avec
les Nymphes qu'on demandait si cava-
lierement. Quoique la partie ne soit
pas égale, Monsieur d'Illois, secondé
du brave Comte qui la lui a proposée,
les attaque, les pousse. Comme les
épées des valeureux champions sont
de part & d'autre extrêmement longues, on est très-long-tems sans pouvoir s'atteindre ; & l'on se porte pourtant de terribles bottes. L'on voit regner la guerre dans un lieu consacré à
l'Amour. Dans la chaleur de la bataille, le Marquis, par un coup de mal-
adresse, passe son épée au travers du
corps d'un de ses adversaires ; il reçoit
en même tems une blessure considérable ;
le Comte est aussi grièvement blessé : les
ferrailleurs, aveuglés par la colere, oublient, pour la premiere fois, qu'il est
d'usage entr'eux de ne tirer qu'au
lles.

CDII^e FOLIE.

Le cliquetis des épées, les cris des
Grâces tremblantes d'effroi, peu accou-
tumées au fang qu'elles voient couler,
font accourir plufieurs efcouades de
Guet, qui, bayonnette au bout du fu-
fil, entourent les combattans, les fai-
fiffent, les défarment. -- Un homme tué!
Cela devient férieux. Quel eft le meur-
trier? C'eft cet homme-là, répond-on,
en montrant le Marquis. -- On allait
lui mettre les menottes & traiter le
Comte avec la même politeffe : ils tirent
à part le Sergent, lui apprennent ce
qu'ils font, en lui gliffant une douzaine de louis dans la main. Cet *à parte*,
fait un effet beaucoup plus fenfible que
ceux de la Comédie.--Ce font ces co-
quins-là qui méritent d'être punis, s'é-
crie le Sergent, & non ces deux Meffieurs. Allons, allons ; les menottes, & qu'on ait foin de leur ferrer les
pouces d'importance; ils n'ont qu'à s'attendre d'aller faire un tour à bicêtre.
Pour ces charmantes Demoifelles, je ne
défefpere pas d'avoir l'honneur de les
voir conduire à l'hôpital. — Cela dit, on
donne aux tapageurs confternés des

E 3

manchettes qui ne font guères élégantes; & le Sergent, avec quelques-uns
de fes foldats, accompagne refpectueu-
fement Monfieur d'Illois & le Comte
jufqu'à leur carroffe.

CDIII^e Folie.

Tant d'aventures défagréables, les
rifques qu'il vient de courir, & fur-
tout les coups que lui procure quelquefois fon déguifement, rendent Monfieur d'Illois moins curieux des maifons
de plaifir, & des belles Dames qui les
habitent; il fe dégoûte auffi de fon
habit de chenille; il en gratifie un des
pages de fa cuifine, réfolu de ne fe
montrer dans le monde que d'une maniere convenable à fa naiffance. Il ne
veut plus être chenille pendant une
grande partie de la journée; il fe reffouvient qu'un petit-maître doit être toujours papillon. Ce ne font point là fes
feuls projets de réforme. Il confidere
qu'un homme de fon mérite n'eft guères flatté des complaifances qu'on achete à prix d'argent; qu'il femble alors
que fa bourfe feule ait des charmes;
& qu'il fe mette au rang de ces mortels difgraciés de la nature, qui, fans

argent, n'auraient point de bonnes-fortunes. Ces réflexions le frappent; il prend le parti de faire des conquêtes dont son amour-propre ait lieu d'être satisfait.

Monfieur d'Illois s'apperçoit bientôt qu'il n'eft pas difficile à un aimable cavalier de réuffir auprès du beau fexe. Toutes les femmes font coquettes: les unes font un peu plus de façons que les autres; voilà l'unique différence. En général elles font charmées de s'entendre dire qu'on les aime; & ce fentiment les conduit à faire bien des faux-pas. Notre Marquis, devenu homme à bonnes-fortunes, n'a pas foupiré trois jours aux genoux d'une tendre Beauté, qu'il a vaincu tous fes petits fcrupules; le nombre de fes triomphes augmente tous les jours; il peut à peine y fuffire; il ne lui en coûte, pour être heureux, que des mines étudiées, des foupirs étouffés qu'on a foin de faire entendre, des billets-doux qui peuvent s'adreffer à plufieurs, & quelques phrafes galantes, qu'il va répéter de belle en belle. C'eft à fi peu de frais qu'il jouit de la douceur d'être un conquérant, & de fe convaincre qu'il ne faut pas toujours aller dans les maifons de plaifir , pour rencontrer des femmes complaifantes. Celles du grand monde ont un mérite bien digne de féduire ; elles aiment *gratis* ; & très-fouvent même elles paient leurs galans. Mais la vie de l'homme à bonnes-fortunes ne laiffe pas d'avoir fes défagrémens, fes fatigues.

CDIVᵉ FOLIE.

Pour fe mettre en réputation, Monſieur d'Illois débute par la Marquife d'Illery. C'eft une femme qui paraît compofée de deux êtres différens. Elle a cinquante ans à fon lever ; elle n'en a plus que vingt après fa toilette, & ceffe d'être d'accord avec fon baptiftaire. Elle s'eft mife en grand crédit dans le monde , par l'hiftoire de fes faibleffes, par un jargon que l'on appelle de l'efprit, & par fes talens à donner l'ufage & les belles manieres à fes amans. Le jeune Seigneur qui veut s'introduire dans la fociété avec éclat, doit acquérir fes bonnes graces ; il eft fûr de devenir l'idole de toutes les femmes, perfuadées qu'on ne peut manquer d'être un cavalier accompli, quand on a appartenu quelque tems à une Dame auffi célébre.

Peu enorgueillie de ſes grandes qualités & de ſa réputation, la Marquiſe
d'Illery reçoit ſans fierté les hommages
qu'on vient lui rendre ; elle ſe fait même
un plaiſir d'être utile aux jeunes gens qui
brûlent de la noble envie de ſe diſtinguer ;
elle écoute Moñſieur d'Illois avec cette
indulgence, compagne du vrai mérite, ſi
différente de la morgue & de la hauteur
des talens médiocres. Il a le bonheur
de plaire, & de ſe voir bientôt avec
ſa maitreſſe du *dernier mieux*.

Les amans vulgaires s'efforcent de
cacher leur tendre liaiſon ; Monſieur
d'Illois, inſtruit de ce qui ſe pratique,
raconte tout haut à l'oreille de ſes amis
comme il eſt avec Madame d'Illery ; il
fait tant de confidences, que perſonne
n'ignore ſon commerce ; c'eſt tout ce
qu'il demande. Madame d'Illery, non
moins diſcrette, ſe comporte ſi prudemment, que ſon intrigue avec Monſieur
d'Illois devient une nouvelle publique.

CDVᵉ FOLIE.

-- Au moins, mon cher Marquis, lui
dit-elle, ayez grand ſoin de cacher notre
liaiſon ; je ſerais au déſeſpoir, ſi l'on
venait à la découvrir. Vous êtes le

E 5

premier de mes amans qui ait eu le pouvoir de toucher mon cœur ; car j'ai un
tel penchant à la fidélité, que j'ai même
été capable d'aimer conftamment mon
mari. -- Soyez tranquile, répond Monfieur d'Illois ; la difcrétion eft ma vertu favorite. -- Le Lecteur doit admirer la fincérité dont ils fe piquent l'un
& l'autre.

. Cette femme fi fidelle, fi conftante,
eft folle du Marquis pendant trois jours ;
le quatrieme elle le prie de ne plus
l'ennuyer par fes vifites. Il fe retire,
honteux d'avoir été prévenu, fe promettant bien de mieux fe comporter à
l'avenir.

Il trouve bientôt le moyen de fe confoler de cette petite difgrace : la conquête de Madame d'Illery l'a mis à la
mode ; il n'était auparavant qu'un
homme ordinaire.... Eh ! combien eft-
il dans le monde de galans Cavaliers qui
ne brillent que par la célébrité des maitreffes qu'ils ont eues !

CDVIᵉ FOLIE.

Depuis que Monfieur d'Illois a eu
l'honneur d'être l'amant de Madame
d'Illery, toutes les femmes fe difputent
la gloire de le charmer ; celles qui peu-

vent réussir à lui plaire, se flattent de
prouver leur mérite. Il soutient ses
bonnes-fortunes en héros. Cependant le
procédé de Madame d'Illery lui revient
toujours dans l'idée. Dans la crainte d'é-
prouver encore le même désagrément,
il se livre à de sérieuses réflexions, qui
lui font conclure qu'il ne doit garder
une maitresse que huit jours tout au plus.

Une si sage conduite acheve de le
rendre un homme charmant, & de lui
procurer le sort le plus heureux. Il
prend son congé avant qu'on le lui
donne; il évite l'embarras de le ren-
voyer, & à plusieurs honnêtes-femmes
la mortification d'avoir un amant d'une
constance éternelle.

Monsieur d'Illois oublie un jour les
arrangemens qu'il a pris, soit par faute
de mémoire, soit qu'un peu de distraction s'en mêlât. Certaine Comtesse
venait de le mettre au rang de ses
amis, & lui témoignait beaucoup d'a-
mour. Au lieu de rompre à propos avec
sa nouvelle maitresse, il a l'étourderie
de se rendre chez elle, sans songer que
sa semaine est finie; il la trouve dans
les bras d'un autre. Il allait se plaindre;
la Comtesse le prie de se rappeller qu'ils

E 6

en font au neuvieme jour de leur connaiſſance. Le Marquis, voyant que les
choſes ſe paſſent dans l'ordre, n'a rien
à dire, & ſe retire ſatisfait.

CDVIIᵉ FOLIE.

M. d'Illois continue longtems à jouer
le rôle d'homme à bonnes-fortunes, &
celui de petit-maître. Je vais faire re-
marquer combien ces deux perſonnages
font pénibles à repréſenter; outre que
je travaillerai à l'éloge de mon héros,
je ferai ſentir en même tems le mérite
des aimables Seigneurs qui jouent toute
leur vie ces deux rôles fatiguans.

Le petit-maître n'a aucun repos; il
s'agite ſans ceſſe, & diſparaît comme
un éclair. Va-t-il aux Comédiens Français, il n'attend pas que la pièce ſoit
finie; il court aux *Italiens*, chanter quelque ariette plus haut que les Acteurs.
Dans tous les ſpectacles en général, il
n'eſt occupé que du ſoin de ſe montrer; il ſemble n'y être venu que pour
lorgner effrontément toutes les femmes;
que pour faire des *mines*, des ſignes aux
plus jolies, qui ſouvent ne l'ont jamais
vu, afin de perſuader qu'il eſt du dernier mieux avec elles. Après avoir été ſi

attentif à la pièce qu'on repréfentait, il court en faire la critique, & dire fon avis fur les talens des Acteurs. Lorf-que le jour commence à paraître, il fe retire chez lui, excédé, anéanti. Il ne quitte la plume oifeufe que quand le foleil eft à plus de la moitié de fon cours; auffitôt le foin de fa parure l'occupe. Enfin, fes cheveux font arran-gés avec art, il eft décidé fur l'habit qu'il doit mettre, il a confulté affez longtems tous fes miroirs; fa toilette eft achevée; il fe preffe d'aller faire ad-mirer fes nouvelles graces; il s'enfonce dans le même tourbillon qui l'empor-tait la veille, & continue chaque jour de s'y livrer.

La vie de l'homme à bonnes-for-tunes eft auffi agitée, foit que l'amour le comble réellement de fes faveurs, ou qu'il ne foit heureux qu'en appa-rence. Toujours en mouvement, il vole de belle en belle, débiter fes phrafes louangeufes, & les tendres fadeurs, qu'il appelle du fentiment. Il faut com-pofer un nombre prodigieux de billets-doux, & répondre à ceux qu'on peut recevoir. Quand l'heure indue invite tout le monde à goûter les douceurs

du sommeil, l'homme à bonnes-fortunes ne jouit pas du repos. Il va souvent se morfondre sous les fenêtres d'une
de ses maitresses; ou bien, enveloppé dans son manteau, il s'introduit fur-
tivement chez quelque Beauté sensible,
au risque d'être roué de coups, s'il
a le malheur d'être découvert. Voilà
quelle est la vie de l'homme à bonnes-
fortunes & du petit-maître. D'après cette
légere esquisse des peines & des travaux qu'elle fait éprouver, qui ne s'é-
tonnerait de la voir chérie par tant de
gens, entr'autres par le Marquis d'Illois ?

SUITE DE L'HISTOIRE
de la Marquise d'Illois.

CDVIII^e FOLIE.

LA Marquise n'est guères plus sage.
Nous l'avons vu, se perfectionnant
peu-à-peu dans les usages du monde,
y faisant même des progrès très-rapides,
se séparer de son mari, prendre un lo-
gement différent du sien, & vivre avec
autant de liberté, que si elle était

veuve. Afin de ne point éprouver l'ennui dans fon efpèce de viduité, elle
a foin de fe faire une fociété charmante, compofée de jeunes folles & de
fémillans étourdis. Portée à la joie, aux
plaifirs, elle fe livre à tous les amufemens, avec une vivacité qui dénote
la pétulance de fon caractere. Elle
ignore ce que c'eft que la triftefse : fi
elle éprouve de légeres impreffions de
chagrin, c'eft lorfque tous fes caprices ne font pas fatisfaits ; encore
ces triftes impreffions font - elles bientôt effacées. Remplie d'une gaieté folle,
rien n'arrête fon enjouement ; on la
voit toujours rire; fes idées ne fe fi-
xent fur rien, pour embraffer trop d'objets à la fois, qu'elle ne confidere qu'autant qn'ils peuvent la divertir. Vou-
drait-elle fe donner la peine d'avoir de
la mémoire ? C'eft bien affez qu'elle fe
reffouvienne des parties de plaifir qu'on
lui fait former : & combien de fois fes
femmes ont-elles été obligées de les
lui rappeller! Accoutumée à ne jamais
réfifter à fes defirs, elle n'épargne rien
pour fatisfaire fes fantaifies, auffi diverfes, auffi variées que les fleurs d'un
parterre. Voilà le dernier coup de pin-

ceau que je donnerai au portrait de Madame d'Illois; ses actions & ses folies vont dorénavant la peindre.

CDIX^e FOLIE.

Un jour qu'elle croyait goûter les charmes de la promenade, couchée nonchalamment au fond de son carrosse, tandis que ce ne sont véritablement que ses chevaux qui se promenent, les cris d'un petit chien viennent frapper ses oreilles. Elle regarde & apperçoit un Savoyard, qui, ayant attaché une corde au cou à une espèce d'épagneule, la traînait vers la riviere. -- Ah! la jolie bête, s'écrie la Marquise; arrêtez, cocher, que je la voye, que je la baise un instant. -- Cette bête si charmante est une petite chienne cagneuse, dont le poil est presque tout tombé de vieillesse; ceux à qui elle appartenait, dégoûtés de ses infirmités, & craignant que l'âge ne la fasse mourir à leurs yeux, s'étaient décidés à la faire noyer. La Marquise ne peut se lasser d'admirer & de caresser cette jolie chienne. - Voudrais-tu me la vendre, mon ami, dit-elle au Savoyard? Le drôle était fin; il n'a garde de découvrir ce qu'il allait faire du laid animal qu'il voit tant fêter. Il feint qu'il venait laver chaque jour dans la riviere ce précieux tréfor, en attendant qu'il fe préfentât des acheteurs pour l'acquérir. -- Je l'ai gardée longtems, continue-t-il, parce que j'ai deſſein de la vendre fort cher. -- Le ruſé Savoyard s'apprêtait en tremblant à demander un louis d'or ; la Marquiſe, qui s'attendait qu'il allait exiger une groſſe ſomme, & impatiente de poſſéder la jolie chienne, ſans lui donner le tems de fixer un prix, tire ſa bourſe, dans laquelle il y avait au moins cinquante louis, la met entre les mains du Savoyard étonné, & fait fouetter grand train, enchantée d'avoir acquis à ſi bon marché, le plus charmant des *toutous.*

CDX^e FOLIE.

Ravie du tréfor qu'elle poſſede, impatiente d'en jouir à ſon aiſe, les plaiſirs de la promenade lui deviennent inſipides ; elle ſe hâte d'arriver chez elle, où elle met tout ſon monde en mouvement. L'un frotte & ſavonne ſa chere épagneule, l'autre la peigne ; ſes femmes s'empreſſent à lui faire un collier élégant, & à lui attacher aux oreilles & à la queue plufieurs touffes de ruban couleur de rofe.

La Marquife trouve que la parure releve les charmes de fon *toutou*. Elle ne peut plus s'en féparer; elle le porte partout avec elle, le fait coucher dans fon lit; & pendant une partie du jour le tient fur fes genoux, quoiqu'il foit d'un poids affez lourd. Madame d'Illois pouffe la tendreffe qu'elle a pour fa chienne, jufqu'à la nommer *Marquife*; nom qui lui paraît exprimer le mérite & les attraits dont elle eft douée.

Certaine femme, que le mariage avait décorée du titre de Marquife, qui, à-peu-près auffi folle que Madame d'Illois, & qui, par fympathie, fent pour elle une grande amitié, vient un jour lui rendre vifite. Après les premiers complimens, Madame d'Illois tout-à-coup s'écrie : ma chere Marquife, que je vous aime! -- Vous ne fauriez me faire un plus grand plaifir, répond la Dame. -- Des gens fans goût m'ont foutenu que vous étiez remplie de défauts; ils ofent vous trouver dégoûtante. --Hélas! Madame, chacun' a fes ennemis; à quoi fervent les foins qu'on prend

à la toilette? -- Va, Marquife, je laiffe
dire ceux qui médifent de toi; tu n'es
vieille qu'à leurs yeux. -- Peut-on paraître âgée, lorfqu'on a tout au plus
vingt-cinq ans? -- Je prouverai, ma
chere Marquife, qu'on a tort de te
donner feulement quinze années. - Vous
êtes trop flatteufe. -- Tu poffédes mille
talens, tu danfes à ravir. -- Les leçons
des meilleurs maîtres ont été mifes à
profit. -- J'en fuis perfuadée. Ton aboie-
ment même enchante mes oreilles.
-- Ah! Madame, vous plaifantez : on
a de la voix, perfectionnée par la
mufique. -- Quoi! Marquife, tu fais
fa mufique? Viens, que je t'embraffe. -

La Dame fe leve & s'avance vers Madame d'Illois, qui, prêtant un autre
motif à fon action, fe hâte de tirer de
fa niche l'épagneule qu'elle chérit; &
la lui préfentant : -- embraffez-la donc
auffi, Madame, lui dit-elle, puifque
vous faites fi bien fon éloge. - La Dame
s'apperçoit alors qu'elle a pris pour elle
des difcours qui s'adreffaient à une
chienne. Trop perfuadée de fon mérite,
& ignorant la nouvelle acquifition de
Madame d'Illois, il lui paraiffait tout
fimple de croire que c'était à elle feule

qu'on parlait. Défefpérée de fa méprife, elle fe retire confufe, ayant encore le défagrément d'être houfpillée par *Marquife*, qui femble fe moquer d'elle, & qui a même l'audace de lui mordiller les jambes.

CDXIᵉ FOLIE.

Quelques jours après cette fcène comique, Madame d'Illois donne un grand dîner, dont elle a elle-même réglé les entrées avec fon Cuifinier. Il n'y avait point de plats dans ce magnifique repas qui ne lui eût coûté des heures entieres de réflexions ; car, malgré fa frivolité, elle fait réfléchir dans deux actions importantes de fa vie ; lorfqu'elle donne à manger, & lorfquelle eft à fa toilette.

. On ne venait que de fe mettre à table ; on n'en était qu'au premier fervice ; la bonne-chere redoublait la gaieté des convives, quand une des femmes de Madame d'Illois entre dans l'appartement toute effrayée & toute en larmes. -- Eh ! mon Dieu ! s'écrie-t-elle en fe tordant les mains, le grand malheur ! -- Sans s'expliquer davantage, elle dit deux ou trois mots à l'oreille de Madame d'Illois, qui ne l'a qu'à peine entendue, qu'elle fe leve de table, avec tant de précipitation, qu'elle la renverfe, & culbute auffi quelques-uns des convives, qui ne s'attendaient point à ce choc violent. Sans faire attention au défordre qu'elle vient d'occafionner, la Marquife fort de la falle, en répétant plufieurs fois: —ah! je n'y furvivrai pas. –

Voilà comment ce dîner fut interrompu, où l'on fe promettait tant de s'amufer ; tant-pis pour ceux qui y font venus avec bon appétit.

CDXIIe FOLIE.

Cependant l'on ignore la caufe de la douleur de Madame d'Illois. Les femmes qui font à table commencent toujours par s'évanouir, en attendant qu'elles fachent de quoi il s'agit. Le refte des convives, compofé d'aimables étourdis, de charmans petits-maîtres, femblent oublier leur gaité, leurs folies ordinaires; ils fe regardent d'un air trifte, & ne favent quelle contenance tenir.

Les meilleures amies de la Marquife, après être revenues de leur frayeur, la fuivent, afin de la confoler; infen-

fiblement tout le monde les imite, &
cherche notre belle affligée. Il n'eft point
facile de la trouver ; on la déterre enfin dans un cabinet reculé où elle s'eft
renfermée. Les femmes fe mettent auffitôt à pleurer avec elle. On la quef-
tionne longtems avant d'être inftruit du
trifte événement qui trouble fes plaifirs.
—Le feu ferait-il à la maifon, lui demande l'un des convives? Ah! plût-au-
Ciel que ce ne fût que cela, répond-
elle! —Venez-vous d'apprendre la mort
du plus cher de vos parens, ou de vos
amis, lui dit l'autre? — Serais-je fi fenfible à ce malheur? —Vous avez donc
fait quelque perte confidérable, qui dé-
range votre fortune? — Hélas! oui, s'é-
crie la Marquife, en redoublant fes
fanglots, je viens de faire une grande
perte, que je ne pourrai jamais réparer. Ma petite chienne eft morte! Cette
jolie bête a defcendu dans la cour, fans
qu'on y prît garde ; & les roues d'un
équipage qui entrait lui ont paffé fur
le corps. Voyez fi le malheur que j'é-
prouve n'eft pas terrible! —

CDXIII^e FOLIE.

Abforbée dans fa douleur, Madame

d'Illois refte renfermée pendant huit jours, occupée fans ceffe à pleurer, & ne voulant voir perfonne. Tous fes amis emploient en vain leur éloquence dans un nombre infini de lettres, pour tâcher de la confoler; on ne fait plus comment diffiper fon chagrin, qu'on trouve d'ailleurs bien fondé.

C'en était fait des jours de la Marquife, fi une de fes intimes amies, fans employer aucun difcours, ne trouvait le moyen de lui faire oublier la perte qu'elle vient de faire. Quel fecret met-elle donc en ufage? Elle la traite à-peu-près comme ces veuves défefpérées, qu'on engage à effuyer leurs larmes auffitôt qu'on peut remplacer le défunt. Cette fage amie envoie à la Marquife un ferin tout-à-fait charmant, qui fiffle & parle le plus joliment du monde. Madame d'Illois refufe d'abord de jetter les yeux fur le gentil petit oifeau; mais comme s'il avait de la connaiffance, en approchant de la belle affligée, il fe met à fiffler avec tant de grace, & à prononcer fi bien les phrafes mignardes qu'on lui avait apprifes, qu'elle prête l'oreille à fon ramage, & ne peut s'empêcher enfuite de fixer le petit chantre emplumé. Il lui paraît tout-à-fait joli, elle trouve ses talens admirables; & dans l'instant la chienne est oubliée.

C'est avec le plus grand enthousiasme que Madame d'Illois chérit son serin; elle ne songe, elle ne parle que serin. Il faut que tous ceux qui l'abordent lui entendent répéter vingt fois l'éloge de l'oiseau dont elle s'est engouée. Elle l'a placé dans une vaste cage, d'un bois & d'un travail précieux, ornée de pintures élégantes; ce petit palais, habité par l'heureux volatil, lui coûte au moins mille écus. Elle seule veut prendre soin de son cher oiseau; ses mains délicates lui donnent à manger, & ne lui refusent aucun service. Le petit animal reconnaissant passe des matinées entieres perché sur le doigt de la Marquise, tandis qu'il semble accompagner de son ramage la douce voix de sa maitresse, qui, dans le déshabillé le plus galant, laisse souvent écouler les heures de sa toilette.

CDXIVᵉ FOLIE.

Madame d'Illois s'arrache pourtant quelquefois d'auprès du petit animal qu'elle chérit si vivement. Elle court
dans

dans vingt cercles publier le mérite de l'aimable oiseau , & faire admirer le deſſein de ſa robe , & l'élégance de ſa coeffure.

Parée avec tout le ſoin poſſible , elle vole chez la Ducheſſe de.... qui , par un billet preſſant , l'avait invitée à ſouper. Elle y trouve un cercle nombreux , compoſé de tous les agréables & de toutes les petites-maitreſſes de ſa connaiſſance. – Ah! ma chere , lui dit la Ducheſſe , vous êtes charmante d'être venue ce ſoir , & vous avez mille graces à rendre à votre heureuſe étoile. Vous verrez un homme divin , digne d'être adoré , que tout le monde s'arrache , qui fait les délices de ceux qui le poſſedent. Je ſuis au comble de la joie. Je l'attendais depuis trois mois , car il faut le retenir long-tems d'avance ; enfin nous l'aurons ce ſoir. -- La Marquiſe demande en vain quel eſt cet homme incomparable. Au lieu de lui répondre poſitivement , on s'écrie qu'elle eſt à plaindre de ne l'avoir pas encore vu ; quel ſéjour de cet homme à la campagne , & les ſociétés dont il fait le bonheur , ont empêché la Marquiſe de

Tome II. F

le rencontrer. C'eſt l'ornement de la France. Il réunit en lui les plus grands talens, ajoute-t-on.

Au milieu de tous ces éloges, prononcés avec enthouſiaſme, la porte s'ouvre à deux batans. Ah ! le voilà, le voilà ! C'eſt lui, c'eſt lui ! s'écrie tout le monde à la fois. La Marquiſe attendait quelque perſonnage célebre, auſſi craint-elle un peu d'ennui ; le Valet-de-chambre de la Ducheſſe la tire d'inquiétude ; il annonce un Abbé. Elle voit paraître un petit Abbé coquet, vif, ſémillant, vétu d'un habit de couleur, à boutons d'or, & dont la friſure d'un goût nouveau eſt relevée par un toupet à la grecque. Le charmant petit-collet, parfumé des plus douces eſſences, répand autour de lui les odeurs les plus ſuaves. Il aborde la compagnie en éclatant de rire, & en fredonnant un air d'opéra.

CDXV^e FOLIE.

Un pareil début raſſure la Marquiſe, & lui donne les meilleures eſpérances de l'homme qu'on venait de tant vanter. Elle l'examine avec attention, & ne tarde pas à concevoir pour lui la plus forte eſtime.

Monfieur l'Abbé s'eft à peine affis,
qu'il commence à débiter les nouvelles
du jour, en tirant, prefque au bout de
toutes fes phrafes, une belle boîte d'or
de chacune de fes poches. -- La petite
Comteffe, dit-il, s'eft raccommodée
avec fon mari; l'on prétend qu'elle a
fes raifons pour cela. Cette grande Marquife dont la taille ne finit point, n'a
plus le Chevalier; la vieille Préfidente
le lui enleve; favez-vous pourquoi?
C'eft que notre Chevalier était accablé
de dettes, & qu'il voulait une voiture
brillante. Mais écoutez le plaifant; nos
Demoifelles de l'Opéra embraffent férieufement la réforme. L'une d'entr'-
elles a congédié tous fes amans, pour vivre avec fon tendre Céladon, auquel elle
fait un fort. Une autre de ces Divinités
charmantes vient d'être furprife en fla-
grant délit par le gros Duc, qui a découvert en même tems qu'une grande
partie de fes dons fervaient à l'entretien
d'un des favoris de la belle. --

La volubilité du petit-collet n'eft
point prête à fe modérer. Onze heures
fonnent, on vient avertir que le fouper eft fervi; on fe met à table, où l'on
refte jufqu'à quatre heures du matin.

Monfieur l'Abbé continue d'être un homme charmant ; il décoche mille épigrammes, raconte un grand nombre d'anecdotes fcandaleufes ; & découpe toutes les viandes avec une grace, une légereté, qui ne permettent point de douter de fon mérite.

Avant la fin du fouper, Madame d'Illois eft affurée que le petit-collet eft un prodige ; elle devient une des grandes admiratrices de fes talens, & renchérit fur les éloges dont on le comble. Le fouper finit enfin, fans qu'on fe foit apperçu des heures qui fe font écoulées. En s'éloignant d'un homme qui lui paraît fi digne de fon eftime, la Marquife le conjure de venir la voir, & lui protefte qu'elle fera au comble de fes vœux, s'il daigne lui rendre fouvent vifite.

CDXVIᵉ FOLIE.

Les prieres d'une jolie femme font des ordres qu'on fe fait un devoir d'éxécuter. Monfieur l'Abbé eft trop galant pour ne pas fe rendre aux invitations de la Marquife ; dès le lendemain matin il fe préfente chez elle. On ne pouvait arriver plus à propos ; Madame

d'Illois était à sa toilette, elle avait besoin de conseil.

Enchanté de la maniere gracieuse
avec laquelle on le reçoit, l'Abbé va
montrer à la Marquise combien il est
utile à la toilette des Dames. Il refuse
le siège qu'une des femmes lui avance ;
& pirouettant sur le talon, il dit à la
Marquise : -- Les circonstances vous
obligent, Madame, d'implorer mes
services. La plûpart de mes confrères
se sont fait une brillante réputation ; à
force d'assister à la toilette des belles,
ils connaissent toutes les finesses de l'art,
& peuvent donner des conseils à la coquette la plûs habile. Je me fais gloire
de marcher sur leurs traces. -- A ces
mots, l'Abbé prend un peigne, & d'une
main légere, il boucle avec grace les
cheveux de Madame d'Illois ; il choisit
ensuite le bonnet le mieux monté, l'attache lui-même fort adroitement. Bientôt les femmes de Madame d'Illois ne
font plus que spectatrices, & se voient
surpasser par le petit-collet. Il voltige
autour de la Marquise, ainsi que le papillon près de la fleur que ses baisers
embellissent. Il peint les sourcils de
Madame d'Illois ; il colore ses joues

d'une légere nuance de rouge , dont
l'éclat adouci , marié à la blancheur du
plus beau teint , imite ce vermillon qui
releve les charmes de la jeuneffe; ou
bien cette couleur vive que la pudeur
fait naître. Pour achever fon ouvrage ,
l'Abbé place une mouche *affaffine* au
coin de l'œil, & une autre auprès de
deux lévres de rofe , afin de rendre encore leur fourire plus malin. Jamais
Madame d'Illois n'a été fi jolie ; jamais
petit-collet n'a paru fi expert dans l'art
de la toilette.

CDXVIIᶜ FOLIE.

Le goût de Monfieur l'Abbé décide
la Marquife fur la robe qu'elle doit
mettre. Madame d'Illois, fe trouvant
habillée une heure plutôt que de coutume , prend le parti d'engager à dîner
l'homme fameux dont elle admire les
talens fublimes. On dreffe une petite
table dans fon appartement; affife vis-
à-vis de fon cher Abbé , fes genoux
prefque preffés par les fiens , elle éprouve
une fatisfaction infinie, qui éclate dans
fes yeux.

Le petit-collet n'eft point embarraffé
dans le tête-à-tête que lui procure fa

bonne-fortune. Il fait les honneurs de la table de Madame d'Illois , agit avec une aifance qui marque l'ufage qu'il a du monde. Sa converfation pétille d'ef-prit ; fes idées fe fuccedent rapide-ment , & difparaiffent comme l'éclair ; il adreffe de jolies chofes à la Marquife , fans affectation , qui, paraiffant natu-relles , flattent davantage. Madame d'Illois eft de plus en plus enchantée de fon convive ; la joie regne dans leur pe-tit repas , tandis qu'on s'ennuie grave-ment dans ces feftins fomptueux , où le trop grand nombre des convives amene la contrainte , & chaffe la gaieté.

Le fruit fervi , les Domeftiques fe retirent, l'Abbé décoëffe une bouteille de Champagne ; & Madame d'Illois, plus en liberté , lui parle de la forte : -- Dites-moi, mon cher Abbé, pourquoi vous portez un pareil habit ? Car enfin, vous n'êtes pas Prêtre ; & je ne vois rien d'affez tentant dans cet équipage-là , pour engager qu'on s'en affuble. -- Le petit-collet fourit d'une telle demande , & répond avec fa volubilité ordinaire : -- Nous avons beaucoup plus d'obliga-tions à cet habit que vous ne penfez. Il eft vrai qu'en le portant, nous trom-

F 4

pons ceux qui nous voient, puifque, loin d'être ce qu'il nous fait paraître, nous ne tenons à aucun état. Mais, il nous ouvre les meilleures maisons; il nous introduit far-tout auprès des femmes, qui ne fauraient fe paffer de chiens, de magots de la Chine, & d'un Abbé. --

CDXVIII^e FOLIE.

C'eft grand dommage qu'une converfation auffi intéreffante foit interrompue! On vient avertir Madame d'Illois que fes chevaux font mis; elle regarde à fa montre, & jette un grand cri, en voyant qu'il eft déja quatre heures. Elle fe propofe d'aller à *Long-champ*, c'eftà-dire, dans l'allée du bois de Boulogne qui conduit à cette Abbaye; elle n'a garde de manquer d'y paraître dans un jour où tout Paris s'y raffemble. Elle n'a point de tems à perdre, fi elle veut arriver à propos. Ce n'eft pas pour prendre l'air qu'elle defire cette promenade; c'eft afin de faire parade de fes chevaux & de fon équipage. Or, il eft important de prévenir la nuit.

Madame d'Illois, n'ayant pas le tems d'aller prendre perfonne, & perfuadée d'ailleurs que l'Abbé ne peut lui faire qu'honneur, le prie en grace de l'accompagner. Le petit-collet héfite un inftant; il a promis à plufieurs femmes d'être leur Ecuyer dans cette efpéce de courfe; malgré fes engagemens, il fe décide à fuivre la Marquife, parce qu'il fe reffouvient qu'il eft du bon ton de manquer à fa parole. Madame d'Illois, tranfportée de fe montrer publiquement avec un homme d'un auffi grand mérite, eft dans une impatience extrême d'être rendue à Long-champ. Les fix chevaux attelés à fa voiture, ont beau voler avec rapidité, elle les accufe de lenteur. Enfin, elle arrive dans l'allée où un nombre infini de carroffes femblaient accrochés les uns aux autres.

Dans cette bifarre promenade, la file des équipages va plus lentement qu'à l'entrée d'un Ambaffadeur. On refpire tout à l'aife la pouffiere, fi le tems eft beau; ou bien, s'il eft mauvais, l'on eft expofé au froid, qui fouvent fe fait fentir dans la faifon de cette fuperbe cavalcade. La plûpart des carroffes, vernis & dorés avec foin, & les fringans courfiers, ornés d'aigrettes, couverts de

F 5

magnifiques harnais, reviennent la plûpart du tems mouillés & remplis de
boue. Le grand Seigneur éprouve la
mortification d'être accroché par la
lourde voiture d'un petit Bourgeois;
l'orgueilleuse Duchesse voit son luxe
éclipsé par celui d'une fille entretenue.

CDXIXᵉ FOLIE.

Tandis que les désagrémens de cette
promenade font les délices de la Marquise, insensible à l'ennui de la marche
& à la bise qui souffle, parce qu'elle est
persuadée que sa voiture & ses chevaux attirent tous les yeux; l'Abbé mi-
naude en la regardant; lui sourit d'un
air mystérieux, & salue familiérement
toutes les femmes qu'il apperçoit. Il a
soin d'égaier la Marquise; il lui chante
tout bas plusieurs tendres couplets, qu'il
composa autrefois; & l'assure que ce
sont autant d'in-promptus que ses charmes lui inspirent. Changeant tout-à-
coup de façon d'agir, il cesse de chanter,
se met à rire de toutes ses forces, &
s'écrie: — Nous voilà donc, Madame,
dans le bois de Boulogne, si fameux par
tant d'aventures, les unes tristes, les
autres fort plaisantes! Que sa proximité

de Paris le rend commode! Que de fa-
geſſes ſe ſont égarées dans ſes différentes
routes, & n'ont jamais pu ſe retrouver!
Combien de prudes ont perdu ſous ſes
ombrages épais le vilain nom de cruelles! Il eſt fatal ſur-tout aux maris. Je
ne veux point révéler les ſecrets dont le
bois de Boulogne eſt dépoſitaire; mais
je vais vous faire part, divine Marquiſe,
d'une petite aventure arrivée à un Abbé
de mes amis, qui, n'étant qu'une plaiſanterie, peut ſe raconter, ſans indiſ-
crétion.

LE CHANTEUR PAR FORCE,

& le Danſeur malgré lui.

CDXX^e FOLIE.

L'ABBÉ dont je vous parle n'a pas
toujours eu le petit-collet; il fut
long-tems un aimable cavalier. Les projets qu'il forma tandis qu'il portait
l'épée & le plumet, n'ayant point réuſſi,
& un de ſes oncles promettant de lui
réſigner à ſa mort un bénéfice conſidé-
rable, il quitta l'équipage guerrier en

F 6

faveur d'un habit qui n'annonce que la paix. En attendant le trépas du bonhomme, qui ne se pressa guères de mourir, quelque envie qu'il eût d'obliger son neveu, le nouvel Abbé vint à Paris cultiver ses talens. Il a reçu de la Nature une très-belle voix ; aussi s'est-il perfectionné dans la musique, & a-t-il grand soin d'apprendre par cœur les meilleurs airs d'opéra. Mon cher confrère fait les délices de plusieurs sociétés, par la complaisance qu'il a de chanter lorsque les Dames l'en prient, & par le goût & la justesse avec lesquels il exécute les ariettes les plus difficiles. Vous m'avouerez que je fais-là son éloge : avec de pareils talens, on ne peut manquer actuellement d'être bien accueilli dans le monde.

CDXXIe FOLIE.

Mon confrère est persuadé que l'exercice est utile à la santé ; il fait souvent à pied, suivi d'un seul Laquais, de petites promenades aux environs de Paris. L'année passée, la belle saison le conduisit dans le bois de Boulogne. Après en avoir parcouru quelques allées, la lassitude l'obligea de s'asseoir à l'ombre d'un vieux chêne, dans l'endroit le plus écarté. Se voyant dans une agréable folitude, où il ne pouvait être entendu que des oiſeaux ſeulement, ſelon toute apparence, il mêla ſa voix à leur ramage. De jeunes gens, diſpoſés à ſe bien réjouir, venaient de dîner dans le bois, à peu de diſtance du lieu où s'était arrêté notre Abbé. Frappés de la voix qu'ils entendent, ils s'approchent doucement & environnent le chanteur, avant qu'il ait pu les appercevoir. Quand l'Abbé ſe vit au milieu d'une compagnie qu'il n'attendait pas, il ceſſa d'avoir du goût pour la muſique. Quoi! Monſieur l'Abbé, s'écrierent les jeunes gens, notre préſence vous fait taire! C'eſt pouſſer trop loin la modeſtie; continuez de grace. Mon cher confrere n'était nullement d'humeur à les contenter; on eut beau le prier, le preſſer, il perſiſta toujours dans ſon refus. Les jeunes gens ſe piquerent de ſon obſtination, ſoit qu'ils aimâſſent véritablement les belles voix, ou qu'ils ne cherchâſſent qu'à faire pièce au pauvre chanteur. L'un d'entr'eux ſe montra ſur-tout plus ardent à le tourmenter. Il tira ſon épée, les autres en firent de même; & mettant

tous enfemble la pointe de leurs armes
fur l'eftomac de l'Abbé, ils le menace-
rent de lui faire un mauvais parti, s'il
ne chantait à l'inftant. Notre muficien
épouvanté n'était guères en voix, il
chanta par force ; fes Auditeurs furent
pourtant fatisfaits ; & fe retirerent en
l'applaudiffant à plufieurs reprifes.

CONCLUSION

de l'hiftoire du Chanteur & du Danfeur
involontaires.

CDXXII^e FOLIE.

MON aimable confrère, confus de
la maniere impolie avec laquelle
on venait de le prier de chanter, ordonna à fon Laquais de fuivre celui des
jeunes gens dont il avait le plus à fe
plaindre ; il lui enjoignit de bien remar-
quer fa demeure, afin qu'il pût précifément la favoir. Après avoir vu le Domeftique fe mettre en état de lui obéir,
il fe hâta de s'enfoncer dans Paris,
ofant à peine lever les yeux, tant il
était honteux de fon aventure.

Le fidéle ferviteur revint bientôt
l'inftruire de ce qu'il defirait d'apprendre ; il avait fuivi le jeune homme jufqu'à la maifon qu'il occupait, & s'était
même informé de fa qualité. L'Abbé,
plus tranquile, depuis le retour de fon
Domeftique, fe coucha joyeux, & dor-
mit paifiblement. Il fe leva le lendemain
de tres-bonne-heure ; métamorphofé en
militaire, car il ne s'était point encore
défait de fes premiers habits, il fe rendit chez celui qu'il regardait comme le
principal auteur de l'affront qu'il avait
reçu. Je viens, lui dit-il, vous prier de
me rendre raifon de l'infulte que vous
& vos amis me firent hier ; allons nous
battre dans l'endroit où vous me forcâ-
tes de chanter, afin que mon honneur
foit rétabli dans le lieu-même où je fus
couvert de honte. Le jeune homme qui
fe fouvenait à peine de ce qui s'était
paffé la veille, ne s'attendait guères à
un pareil compliment, & ne reconnaif-
fait plus l'Abbé. Charmé du courage
qu'il montrait, il s'habilla au plus vîte,
monta avec lui en carroffe. Ils arriverent fous l'arbre antique où l'Abbé avait
chanté malgré qu'il en eût. Le jeune
homme fe preffe de mettre pourpoint

bas, & de dégaîner sa flamberge. Mais,
lorsqu'il se prépare à pousser quelques
bottes, son adversaire tire un pistolet
de poche, & le couchant en joue, le
menace de lui brûler la cervelle, s'il ne
fait exactement ce qu'il va lui ordonner.
– Vous m'avez contraint de chanter, lui
dit-il ; moi, je prétends que vous dan-
siez. C'est la vengeance que je dois prendre. Allons, morbleu ! dépêchez-
vous ; si vous aimez la musique, moi
j'aime la danse.-- Le jeune homme, at-
trappé à son tour, a beau protester qu'il
n'est point ingambe, & qu'il ne s'est
jamais piqué d'être bon danseur ; il faut
qu'il saute en dépit de lui ; il exécute
tout d'une haleine plusieurs pas de ri-
gaudons, une gavote & une allemande.
L'Abbé l'ayant bien mis à la nâge, lui
permet de reprendre ses habits, & de
retourner à Paris, montrer, par son
exemple, qu'il ne fait pas bon se
jouer aux gens portant calotte.

SUITE DE L'HISTOIRE
DE LA MARQUISE D'ILLOIS.

CDXXIII^e FOLIE.

CETTE hiftoire divertit extrême-ment Madame d'Illois ; elle ne peut l'entendre fans éclater de rire , fe fou-ciant peu de ce qu'on penfera d'elle en lui voyant garder fi peu de retenue : elle s'imagine qu'une femme de condi-tion eft au-deffus des bienféances.

Tandis que la Marquife eft attentive à écouter les contes plaifans du petit-collet, & que celui-ci eft occupé à la divertir ; la nuit arrive fans qu'ils s'en apperçoivent ni l'un ni l'autre ; tous les carroffes s'écoulent , ils font prefque feuls , avant de fonger qu'il eft tems de retourner à Paris.

L'obfcurité enhardit les amans ; Mon-fieur l'Abbé connaît trop les ufages du monde, pour ne pas profiter de ce demi-jour qui femble porter à la ten-dreffe , & endormir la pudeur ; il fait que , lorfqu'on fe trouve tête-à-tête avec une jolie femme , il ferait impoli de ne point lui parler d'amour. Il commence par saisir une des mains de la Marquise, sur laquelle il ose coller ses lévres. -- Je me suis exposé trop témérairement, s'écrie-t-il en continuant de couvrir de baisers la belle main qu'il presse entre les siennes avec transport. J'ai fait peu d'attention aux dangers que courait mon cœur dans un si charmant tête-à-tête; il est juste que l'Amour me punisse de mon audace. -- La Marquise se contente d'éclater de rire, & n'oppose qu'une faible résistance aux entreprises du petit-collet.

Qu'on ne soit point surpris de sa douceur; elle est folle de l'Abbé, & serait très-flattée de pouvoir en faire la conquête; aussi reçoit elle ses caresses avec joie, & ne s'occupe-t-elle que des moyens de céder décemment à un homme d'un tel mérite.

CDXXIVᵉ FOLIE.

Elle arrive à son Hôtel, plutôt peut-être qu'elle ne desirait; l'Abbé la conduit dans son appartement, & se prépare à prendre congé d'elle, persuadé qu'il a rempli tous les devoirs d'un galant Chevalier. La Marquise s'apperçoit

de fon deffein; voulant s'affurer qu'elle
le tient dans fes chaînes, avant qu'il
s'éloigne, elle le prie de lui tenir compagnie le refte de la foirée. — Je fuis
excédée, lui dit-elle non-chalamment;
je ne veux voir perfonne. Reftez avec
moi, mon cher Abbé. Je vais me faire
déshabiller, nous fouperons bientôt
après, vous permettrez enfuite que je
me mette au lit, & vous ne vous reti-
rerez que quand je ferai prête à m'endormir. Voulez-vous bien avoir tant
de complaifance ? continue-t-elle d'un
air tendre & enfantin. — Le Lecteur
doit fe douter de la réponfe du petit-
collet.

La Marquife fonne, fes femmes
viennent travailler à fa toilette de nuit;
c'eft-à-dire, qu'elles lui mettent un de-
mi-rouge, une grande coëffe avancée,
qui, lui cachant une partie du vifage,
donne un nouveau jeu à fa phyfionomie; elles finiffent par lui paffer une
légere robe. L'Abbé n'ofe point offrir
fes fervices à cette toilette-là, comme
à celle du matin; il fait qu'à l'une la
galanterie veut qu'on fe rende utile;
& qu'à l'autre, on doit fe contenter
de regarder. Il fe tient donc tranquile,

affis fur un fauteuil, feignant même
d'être occupé à lire une brochure qui
lui tombe fous la main ; mais jettant
des coups d'œil à la dérobée. La Marquife fe doute bien qu'il la regarde ;
elle répare lentement le défordre de
fon déshabillé, afin que les yeux du
fpectacteur ne perdent pas tout à-fait
leur peine. Tantôt une épingle fe détache ; quelquefois il lui en manque une,
qu'elle ne fe preffe guères de demander.
Pour ôter fes jarretieres, la Marquife
fe place de maniere, que l'Abbé puiffe
découvrir une jambe fine & faite autour.

CDXXV^e FOLIE.

L'heureux petit-collet eft loin de deviner les motifs qui font agir Madame
d'Illois ; il eft accoutumé à voir autant
de politique & de complaifance dans les
femmes d'un certain rang, fans que
l'Amour fans mêle, mais feulement
leur vanité. Madame d'Illois a beau
changer de chemife devant l'Abbé, il
y prend à peine garde ; tous les jours
dans le monde des perfonnes indifférentes lui ont procuré un pareil fpectacle.

La toilette de nuit étant finie, la

Marquife fe jette fur une chaife-lon-
gue , dans une pofture qui laiffe appercevoir en partie une jambe charmante ,
& le plus joli petit pied qui décora jamais les Graces. On met la table devant
elle , on fert, elle ne mange qu'un peu
d'entre-mets, afin de mieux jouer la malade ; & parce que d'ailleurs , il eft
ignoble d'avoir bon appétit pendant
deux repas dans le même jour ; pour
l'Abbé , il n'a garde de fe piquer de
tant de délicateffe , il mange de tout ,
en affaifonnant la bonne-chère qu'il fait
de traits piquans, de faillies vives, de
tendres propos ; la Marquife éclate de
rire à chaque mot qu'il prononce , &
la tête acheve de lui tourner.

Les hommes plaifans réuffiront toujours auprès des femmes ; il fuffit fouvent d'exciter leur bonne-humeur, pour
être certain de les attendrir. Le bonheur du petit-collet me fait naître cette
réflexion ; & ce n'eft pas le feul exemple
qu'on pourrait citer.

Après le fouper, la Marquife veut fe
mettre au lit ; mais elle a foin auparavant de confulter fon miroir. Ce n'eft
pas la circonftance qui l'oblige à cette
coquetterie ; il eft d'ufage qu'aucune

jolie femme ne fe couche jamais fans
avoir fait une efpèce de toilette. Madame d'Illois prie l'Abbé de s'affeoir
près de fon lit, & de lui lire une brochure nouvelle.....

Le petit-collet ne fait pas long-tems
la lecture ; outre, qu'il eft trop perfuadé
de fon mérite, & qu'il connaît trop le
monde, pour être timide ; il fe doute
des defirs dont la Marquife eft agitée.
Les regards qu'elle lui jette, les foupirs
qui lui échappent, fes yeux brillans &
pleins d'une douce langueur, découvrent à l'heureux Abbé ce qui fe paffe dans
fon ame. Madame d'Illois a lieu d'être
contente, & d'être fûre qu'elle eft ado-
rée par un homme chéri de toutes les
femmes ; l'Abbé ne la quitte qu'à la
pointe du jour.

CDXXVIᵉ FOLIE.

Notre Abbé coquet commence à
peine à fe glorifier de cette conquête,
qu'il a fujet de craindre de voir fa réputation éclipfée ; il eft menacé de perdre une partie de l'eftime que lui ont
acquis fes talens. C'eft le ferin de Madame d'Illois qui lui donne de fi juftes
allarmes. On ne parle que des qualités

de ce charmant petit oiseau ; on ne cesse
de se récrier sur sa gentillesse à siffler
plusieurs airs, sur la grace avec laquelle
il prononce nombre de jolies phrases :
le mérite de l'Abbé en fait moins d'im-
pression.

CDXXVIᵉ FOLIE.

Certaine femme retirée du monde,
parce que l'âge éloigne d'elle les adorateurs, entend louer si souvent le serin de la Marquise, qu'elle conçoit
une forte envie de l'avoir en sa posses-
sion. Elle ne desire pas seulement de le
voir, de le caresser un instant ; elle sou-
haite qu'il lui appartienne pour toujours.
Mais comment s'emparer du petit
animal? Outre qu'elle ne connaît pas
Madame d'Illois, que gagnerait-elle en
s'introduisant dans sa société? Et cependant elle ne peut vivre sans le serin.
A force de réfléchir aux moyens qu'elle
doit employer, elle pense qu'elle n'a
rien de mieux à faire que de s'insinuer
dans l'amitié de quelqu'un, qui, entrant
familiérement chez Madame d'Illois,
ait la facilité de dérober le précieux
oiseau. Elle apprend avec joie que l'Abbé
Frivolet, (c'est le nom de notre Abbé

petit-maître,) eft très-bien auprès de la
Marquife, & qu'il lui rend de fréquentes vifites. Elle avait vu autrefois le petit-collet dans plufieurs maifons; il lui
avait même fait la cour; fon caractère
lui eft connu; elle ne défefpere pas de
l'engager à fe faifir fécrettement du ferin, & à lui en faire préfent,

Il faut pourtant s'y prendre avec délicateffe. Cette femme adroite n'ignore
point qu'elle doit fe conduire avec beaucoup d'art, fi elle veut être certaine de
réuffir. Elle commence par reparaître
dans le monde, & par renouveller fon
ancienne amitié avec le petit - collet.
Elle feint de fentir pour lui la plus vive
paffion. Elle lui déclare qu'elle l'aime
de tout fon cœur, & le prie de la venir
voir quelquefois. Frivolet n'eft point
furpris des fentimens qu'il fait naître;
il eft accoutumé de fe voir l'idole des
femmes. Il eft comblé pourtant de cette
derniere preuve de fon mérite; l'âge de
fa vieille maitreffe le remplit de douces
efpérances pour fa fortune. Ses efpérances ne le trompent point; on lui fait de
riches préfens, dont il eft loin de deviner le but. Dans les tranfports de fa
reconnaiffance, il hafarde quelques careffes

1 reffes; on le laiffe faire; & il fe trouve
forcé de parvenir aux dernieres faveurs.

CDXXVIII^e FOLIE.

C'eſt ainſi que la vieille travaille à
mettre l'Abbé dans ſes intérêts; elle
l'enrichit, ne lui refuſe rien de tout ce
qu'il peut deſirer; & afin de ſe l'attacher
davantage, elle joint aux dons de ſes
tréſors celui de ſa perſonne. Elle aurait
peut-être auſſi bien fait de retrancher
ce dernier article, puiſqu'elle a deſſein
de s'attacher ſon amant pour plus d'un
jour. Mais comme elle eſt vieille & riche, Frivolet ſe pique de conſtance,
quoique ce ne ſoit guères ſon uſage, &
quoique ſon amour n'ait aucun deſir
à former. La généroſité de la Dame
l'engage à s'attacher ſérieuſement à elle,
& à la préférer même à la Marquiſe, qui,
malgré ſes grands progrès dans la connaiſſance des uſages du monde, eſt encore
aſſez ſimple pour ignorer qu'on achete
quelquefois des amans. D'ailleurs, l'Abbé
s'imagine qu'on l'adore à cauſe de ſon
mérite; & l'on ſait toujours quelque
gré à ceux qui flattent notre amour-
propre.

Le petit-collet eſt aſſidu à faire ſa cour

Tome II.   G

à sa prodigue maitreſſe. Il la trouve un
jour toute en larmes. A force de prieres,
il lui arrache enfin le ſujet de ſa douleur.
— Je ſuis déſeſpérée, lui dit-elle. J'ai
tant entendu faire l'éloge du ſerin de
Madame d'Illois, que j'ai la plus forte
envie de le poſſéder. Je ne puis vivre
plus longtems ſans ce merveilleux oi-
ſeau: ſi j'en ſuis encore privée pendant
quelques jours, je le ſens, j'en mourrai. Je
donnerais tout mon bien pour l'acquérir. Comment ſatisfaire un deſir ſi légitime? Madame d'Illois le chérit trop
pour en faire préſent, ou pour ſe ré-
ſoudre jamais à me le céder. Je n'ai
d'eſpérance qu'en vous, mon cher Abbé; ſi vous m'aimez, ſi vous vous inté-
reſſez à mes jours, vous me rendrez le
ſervice que j'attends de vous Je ſais
que vous allez très-ſouvent chez la Marquiſe; il eſt en votre pouvoir de lui
dérober ſon admirable ſerin, ſi vous
n'aimez mieux me voir mourir. —

CDXXIXᶜ FOLIE.

Frivolet, ſurpris de ce qu'on exige
de lui, s'efforce de détourner ſa vieille maitreſſe du projet qu'elle a formé:
il lui repréſente les difficultés de l'en-

treprife ; le ridicule dont elle fe cou-
vrira, fi l'on vient à favoir fon entêtement à défirer un ferin qu'elle n'a jamais vu. Mais il emploie en vain fon
éloquence ; il a beau lui promettre une
voliere des plus jolis oifeaux ; les pleurs,
le défefpoir de la Dame redoublent :
dans la crainte de perdre fes préfens,
il eft contraint de lui jurer qu'il va
faire en forte de lui procurer le ferin
dont elle eft folle.

CDXXXᵉ Folie.

L'intéret eft le feul motif qui porte Frivolet à tant de complaifance. Il
fe trouve pourtant dans un terrible
embarras, quand il réfléchit à l'entreprife dont il s'eft chargé. Vingt fois
il eft fur le point d'aller fe dédire ; mais
ce ferait renoncer aux liberalités de
fa vieille maitreffe. Il fe réfout donc à
tenter la fortune.

Quand Madane d'Illois refte chez
elle, fon cher ferin lui tient toujours
fidelle compagnie ; fi quelqu'un vient la
voir, elle fait placer fa cage à côté de
fon fauteuil, & adreffe plus fouvent la
parole à fon oifeau favori, qu'aux perfonnes qui font avec elle ; ce n'eft que

le foir feulement qu'elle a la force de
s'en féparer, lorfque le coucher du foleil femble inviter toute la nature à
jouir du repos. Alors on met le charmant animal fur la toilette, où il attend daus fa petite & fuperbe maifon,
couverte d'une riche étoffe de foie,
que les rayons du jour percent à travers les fentes des triples volets. L'Abbé fe décide à choifir l'obfcurité, pour
entreprendre le coup qu'il médite. Il
imagine auffi, afin que fon vol ne foit
pas découvert tout de fuite, de fuppléer
un autre ferin à la place de celui qu'il doit
emporter; c'eft-à-dire, qu'il fe propofe
de faire adroitement un efcamotage.

Il vient un foir, à l'heure qu'il à
projetté, rendre vifite à la Marquife,
cachant fous fon manteau une petite
cage, dans laquelle eft un jeune ferin
tout-à-fait femblable à celui dont il
veut s'emparer. Madame d'Illois allait
au fpectacle, & elle fe donne à peine
le tems de lui dire deux mots, & dif-
paraît comme un éclair, croyant qu'il
va fortir après elle. L'Abbé ne fonge
guère à la fuivre; il fe gliffe dans le
cabinet de toilette, il fe hâte de faire
fon échange, & s'efquive au plus vîte.

CDXXXI^e FOLIE.

Il femble que le jour où le fripon
d'Abbé dérobe le ferin de la Marquife,
foit pour elle un jour malheureux ; elle
s'apperçoit en rentrant à minuit, qu'elle a perdu une de fes boucles-d'oreilles,
dont les diamans étaient de la plus
belle eau, & montés avec une extrême
délicateffe : elle ne perd pas moins que
quinze mille livres. Qu'on juge de fa
douleur & de fes regrets. Il ne lui eft
pas facile de réparer cet accident ; &
il eft bien trifte à une femme de fe
voir privée d'un des principaux ornemens de fa parure. Mais Madame d'Illois ferait encore plus défefpérée, fi
elle favait qu'on lui a pris fon ferin.

Le matin, pendant fa toilette, elle
s'étonne du filence que garde le petit
oifeau ; elle a beau le careffer, lui répéter les jolies phrafes qu'elle croit
qu'il fait par cœur ; il s'obftine à fe
taire. — Quel fingulier changement,
s'écrie-t-elle ! Mon ferin a coutume de
faire entendre fon ramage, dès qu'il
voit le jour ; & maintenant il ne dit
pas un feul mot. —

L'attention de Madame d'Illois eft

détournée de ce prétendu prodige, par
les foins qu'elle fe donne pour retrouver fes diamans, elle envoie par-tout
où elle a été ; elle fait courir des billets, & mettre un grand nombre d'af-
fiches. Plufieurs jours s'écoulent fans
que la boucle - d'oreille ait été rappor-
tée , & fans que le ferin ait rompu
le filence. La Marquife, toujours prête
à lui attribuer les plus grandes qualités, croit deviner la raifon qui le rend
fi taciturne. -- Admirez mon ferin ,
dit-elle avec enthoufiafme, à tous ceux
qui viennent la voir, & lui témoigner
leur chagrin fur fa perte ; le pauvre
animal ne fiffle plus depuis quelques
jours; il a tant de connaiffance, qu'il
prend part au malheur qui m'eft arrivé. --

CDXXXIIᵉ FOLIE.

La vieille maitreffe de l'Abbé ne lui
a témoigné tant d'amour, & ne l'a
comblé de tant de préfens, que pour
l'engager à dérober le ferin , ainfi
que je crois l'avoir donné à entendre.
Sitôt qu'elle voit cet oifeau en fa pof-
feffion, elle fe réfout à ne plus feindre
avec Frivolet.

Loin de craindre du refroidiffement,

notre Abbé s'imagine au contraire
que la passion qu'il inspire va redoubler ; il se flatte que sa vieille
maitresse ne peut manquer d'être reconnaissante du service qu'il lui a rendu ; il se promet de puiser encore plus
largement dans son coffre-fort : rempli d'aussi douces idées, il se présente
chez la Dame ; on lui dit brusquement
à la porte, qu'elle n'est pas visible. Il
y retourne plusieurs fois, & on lui
fait toujours le même compliment. Il
est forcé de s'appercevoir que les caresses de sa vieille conquête étaient in-
téressées, & qu'on lui donne son congé, par ce qu'on n'a plus rien à lui
demander.

Furieux d'avoir été pris pour dupe,
& de l'affront qu'on fait à son mérite,
Frivolet publie par-tout les faveurs qu'il
a reçues de la Dame, qui, apprenant
son indiscrétion, n'en fait que rire. Elle
a raison de s'inquiéter si peu des véri-
tés racontées par le petit-collet. Mais
dans un siécle moins sensé que le nôtre,
où la complaisance des Dames terni-
rait leur gloire, elle serait deshono-
rée, pour avoir sacrifié sa vertu à la
forte envie de posseder un serin.

CDXXXIII^e FOLIE.

Madame d'Illois se console de la perte de sa boucle-d'oreille voyant que toutes les recherches qu'elle en a fait faire sont inutiles. Peu s'en faut même qu'elle ne soit fâchée d'avoir conservé celle qui lui reste; — car enfin, dit-elle, que ferai-je d'une seule boucle-d'oreille? Je serais moins embarrassée, si je les avais perdues toutes les deux. —

Outre la légéreté de son caractere, une autre raison contribue encore à la consoler de ses diamans. Une de ses parentes éloignées s'avise de mourir le jour même qu'elle a fait une perte si considérable, & qu'elle regarde avec tant d'indifférence, & de lui léguer une assez grosse somme, payable le lendemain de son décès; de sorte que Madame d'Illois, au moyen de cet héritage inattendu, se voit en état de réparer tout de suite sa perte. Elle se hâte de commander des boucles-d'oreilles beaucoup plus belles & beaucoup plus pesantes que celles qu'elle avait autrefois.

Comme elle se réjouit de l'éclat qui

va la fuivre, & de la mortification qu'éprouveront plufieurs femmes, quand on la verra fi richement parée, on lui rapporte la boucle-d'oreille qu'elle avait laiffé tomber, à laquelle elle ne fongeait déjà plus. Une efpéce de Philofophe l'avait ramaffée dans la rue ; & fe tenant prefque toujours dans fon cabinet, conferva plufieurs jours ce bijou, avant d'être inftruit à qui il appartenait. La Marquife eft prefque tentée de battre cet honnête-homme, qui vient déranger fes mefures. Si elle a été fàchée d'avoir perdu une partie de fes diamans, parce qu'il lui fallait réfléchir à ce qu'elle ferait de l'autre; elle éprouve à préfent une nouvelle perplexité.--Vous êtes un fot, dit-elle à l'honnête homme qui lui rapporte ce qu'il a trouvé; vous auriez dû garder ces diamans. Il faut avouer que je fuis bien malheureufe ! Je m'attendais de me parer de boucles-d'oreilles du dernier goût ; j'ai le guignon qu'un imbécile me rende les diamans que je voulais remplacer.--Le Philofophe moderne, furpris de fe voir fi mal reçu, gagne la porte fans mot dire, en réflé-

G 5

chiffant fur les bifarreries de l'efprit humain.

Cependant le ferin continue d'être taciturne ; la Marquife s'en étonne pendant quelques jours, & n'y fonge plus enfuite ; il lui devient tout-à-fait indifférent.

CDXXXIVe FOLIE.

Il paraît tout fimple à Madame d'Illois, de dépenfer l'argent qu'elle avait deftiné à l'achat de fes boucles-d'oreilles. Elle defirait depuis long-tems une voiture fuperbe. Charmée de pouvoir fatisfaire enfin fa vanité, elle ordonne qu'on lui faffe un magnifique équipage, qui puiffe effacer les plus beaux qu'on admire dans Paris ; elle donne carriere à fon imagination, trace elle-même le plan des peintures, des dorures, & des harnais dont elle veut que foient couverts les chevaux. Les plus habiles ouvriers travaillent d'après fes idées ; l'ouvrage s'acheve ; & les defirs de la Marquife font furpaffés.

La vue de la voiture qu'on vient de lui faire, la tranfporte de joie ; peu lui importe ce qu'elle lui coûte. C'eft un élégant vis-à-vis; les peintures font le fruit des travaux d'un artifte célébre, & forme des tableaux admirés des connaiffeurs. D'un côté, l'on voit une foule de petits Amours fe jouer en voltigeant avec des guirlandes de fleurs, & couvrir de rofes & de myrthe une Vénus à demi-nue couchée fur un lit de gazon. De l'autre, on apperçoit l'Amour aux genoux de Pfyché, faifant d'un figne élever un vafte palais. Sur le devant eft dépeint la déeffe de la Jeuneffe, recevant l'hommage de tout les Dieux. L'on voit ailleurs la naiffance de la mere des Grâces portée fur les eaux dans une conque marine, au milieu des divinités de la mer. Un vernis éclatant embellit encore toutes ces mignatures. En un mot, rien n'eft épargné pour orner ce merveilleux char; les foupentes font de maroquin brodé en or; les roues font dorées jufqu'au moyeu. Pour fupporter les pieds des laquais, on a placé derriere, en guife de couffin de cuir, un énorme fachet, bien rempli, garni de franges & de glands d'argent. Six chevaux anglais, d'une petiteffe extrême, font attelés à cette riche voiture. Ils ont fur la tête un grand nombre de plumes blanches; leurs harnais de soie de diverses couleurs, semés de rosettes à pierres brillantes, ne sont attachés aussi qu'avec des boucles de Stras; réfléchissant les rayons du soleil, ils semblent étinceler de mille feux, & éblouissent les yeux de tous ceux qui les regardent.

CDXXXV^e FOLIE.

Le premier jour que Madame d'Illois sort dans cette riche voiture, elle a dessein d'aller se montrer aux quatre coins de Paris, & particulierement aux boulevards. Elle recommande à son cocher de ne faire aller ses chevaux que le pas, afin qu'on ait le tems d'admirer l'élégance de son char, & tout le luxe qu'elle étale.

Ai-je besoin de dire que sa parure la rend aussi brillante que son équipage ? Elle est couverte de diamans; sa robbe est du dernier goût; & par les divers agrémens dont elle est ornée, la façon lui coûte aussi cher que l'étoffe. La Marquise nâge dans la joie; elle est certaine que sa voiture va frapper tous les regards, & sera le sujet des conversations de tout Paris, pendant plusieurs jours. Mais à peine a-t-elle traversé quelques rues, qu'elle entend s'élever de grandes huées, & crier arrête! Arrête! La populace court & s'ameute au tour de sa voiture, lui fait mille insultes, & lui jette des pierres. Une escouade du guet arrive, saisit les rênes des chevaux, & contraint le cocher de retourner bride, & de conduire la belle Dame qui est dans son brillant équipage, chez le premier Commissaire.

CDXXXVI^e FOLIE.

Etonnée de l'affront que lui attire sa magnificence, Madame d'Illois a beau s'écrier qu'on ne doit point manquer de respect à une femme de sa qualité ; on ne fait que rire de tous ses discours. Ses laquais veulent en vain prendre sa défense ; ils s'attirent une grêle de coups de poing & de bourades, & sont enfin contraints de céder au nombre : on les traîne liés & garottés, à la suite de leur maitresse. La Marquise se résout à supporter patiemment l'insulte qu'on lui fait, espérant qu'on punira bientôt ceux qui osent la traiter avec tant d'ignominie.

Elle arrive à la porte du Commissai-

re , & se flatte que cette fâcheuse
aventure va se terminer à son honneur. On l'oblige à descendre de carrosse, & on la conduit assez incivile-
ment à l'Audience du Magistrat subal-
terne, qui la fait rester trois grands
quarts-d'heure dans son anti-chambre,
avant de permettre qu'on l'introduise
auprès de lui. La Marquise, impatien-
tée d'un procédé aussi cavalier, fait
en vain représenter à Monsieur le Commissaire qu'elle a des affaires importantes, que l'heure de la promenade
se passe, & qu'il faut qu'elle aille à un
bal où elle est attendue. Il ordonne
enfin qu'on fasse comparaître cette *fem-
me-là*. Madame d'Illois entre précipitamment dans le cabinet du Juge, persuadée qu'à sa vue il va lui faire des
excuses. Mais il la reçoit avec un front
sévere, assis gravement dans un fauteuil. -- Ah! ah! Madame, lui dit-il,
je me réjouis de votre visite; vous faites
vraiment de belles affaires. -- La Marquise, avant de répondre, se prépare à se mettre dans une espece de chaise-longue,
où il lui paraît qu'elle sera fort à son
aise; on la saisit brusquement par le
bras, & on la force de se tenir de-
bout.

CDXXXVII^e FOLIE.

-- Il faut vous mortifier, continue le demi-Magiſtrat. Vous avez toutes un orgueil exceſſif. Mais, patience : on ſaura vous réduire l'une après l'autre ; commençons toujours par vous. N'avez vous pas de honte d'avoir un équipage ſi ſuperbe ? Vous voulez donc que les honnêtes femmes ſe pendent de déſeſpoir. -- Surpriſe de plus en plus de la maniere dont elle eſt traitée, Madame d'Illois laiſſe parler le grave Commiſſaire, ſans avoir la force de l'interrompre. La derniere phraſe de ſa harangue, piquant ſa vanité, la porte à prendre la parole. -- Sachez, lui dit-elle fiérement, qu'une femme de ma ſorte peut faire la dépenſe qu'il lui plaît, & peut vous faire repentir de votre audace. -- Je ſais depuis long-tems, réplique le Commiſſaire, qu'une femme de votre ſorte eſt prodigieuſement riche, grace à la folie des hommes. Mais malgré tout votre luxe, on ne vous en mépriſe pas moins. Vous deviez au moins laiſſer aux Dames de condition la principale choſe qui les iſtingue ; la livrée qu'elles font por-

ter à leurs domeſtiques. Pour éludet
la défenſe qu'on vous a faite de paraître dans votre bel équipage, vous
oſez faire prendre des livrées à vos laquais; c'eſt aggraver vos torts. Vous dou-
tez-vous à quoi va vous ſervir cette
magnifique voiture, qui vous coûte
tant d'argent? Conſolez-vous pourtant;
nous ne voyons que trop d'exemples
de gens punis de leurs folles dépenſes,
& que leurs carroſſes ont conduits à
l'endroit où le vôtre va vous mener. --
Cette mauvaiſe plaiſanterie eſt applau-
die par les ſpectateurs indifférens qui
entourent Monſieur le Commiſſaire. -
Je vois bien, s'écrie la Marquiſe, toute
rouge de honte & de colere, que vous
ignorez qui je ſuis. Pouvez-vous mé-
connaître la Marquiſe d'Illois? A ces
mots tout le monde éclate de rire;
le demi - Magiſtrat lui - même oublie ſa
gravité, & rit plus fort que les autres.

CDXXXVIIIᵉ FOLIE.

Madame d'Illois ne peut rien concevoir à la maniere dont on la traite. Ce
qui lui arrive eſt ſi peu naturel, qu'il
lui ſemble quelquefois qu'elle eſt af-
fectée des illuſions d'un ſonge. Plus elle

proteste qu'elle est véritablement la Marquise d'Illois, plus les éclats de rire redoublent autour d'elle. Voyant qu'on refuse de la croire, elle entre dans une colere épouvantable, s'agite, se démene, frappe des pieds, pleure de rage. Ce qui acheve de la désespérer, c'est qu'elle est forcée de prendre un ton suppliant, & de demander en grace au Commissaire, qu'il envoye donc chercher le Marquis d'Illois, afin qu'il vienne la reconnaître pour sa femme, puisqu'on persiste à mettre en doute la vérité. Mais en adressant cette priere, la Marquise fait un mouvement d'impatience, renverse une écritoire remplie d'encre, qui inonde la table consacrée aux procès-verbaux. Sans faire attention à ce désordre, le demi-Magistrat, honteux qu'on l'ait vu rire, répond d'un air grave. -- Le Marquis que vous desirez est sans doute de vos amis ; sa protection vous est fort inutile. Cependant par complaisance pour votre sexe, je veux bien qu'on l'avertisse de se rendre ici ; nous verrons comme il traitera sa chere moitié. --

La Marquise respire, quand elle a obtenu qu'on fasse venir son mari.

Le Commissaire, devenu poli, lui permet de s'asseoir sur un tabouret, en attendant l'arrivée du Marquis, tandis qu'il est étendu tres-mollement dans un large fauteuil.

SUITE DE L'HISTOIRE

du Marquis d'Illois, & de celle de la Marquise.

CDXXXIXe FOLIE.

LE commissionnaire dépêché vers Monsieur d'Illois, est persuadé que la Dame qui réclame le secours d'un aussi grand Seigneur, n'a l'honneur d'être que sa bonne amie. Il trouve heureusement le Marquis chez lui, & s'acquite de sa commission en conséquence des idées qu'il a formées. -- Une très-belle Dame, lui dit-il, qu'on retient chez un Commissaire, implore votre protection, & vous conjure de venir au plus vîte la délivrer de l'embarras où elle est. Elle ose se dire votre épouse, afin d'obtenir plus d'égards. Mais on n'est point la dupe de sa politique; tous les jours on emploie des

ruſes pareilles. — Le Marquis eſt loin
de ſoupçonner la vérité de l'aventure.
H s'imagine qu'il s'agit de quelque
belle de ſa connaiſſance ; les réponſes
du commiſſionnaire à ſes queſtions
achevent de le confirmer dans ſon
idée. Curieux de ſavoir au juſte quelle
eſt la Nymphe affligée, ou peut-être
par un mouvement de pitié, il s'in-
forme du lieu où il faut aller, & promet de s'y rendre au plutôt. Le dili-
gent meſſager court avertir le Commiſſaire de l'illuſtre viſite qu'il va recevoir.

Monſieur d'Illois ne fait pourtant
pas toute la diligence qu'il vient de
promettre ; il ſe fait long-tems attendre. Une affaire très-ſérieuſe l'occupait,
quand on accourut lui apprendre combien ſa préſence était néceſſaire ; il veut
la terminer avant de rendre le ſervice
qu'on deſire de lui. Reprenant donc
l'affaire importante qu'il avait interrompue, il reſte plus d'une heure renfermé avec ſon Tailleur, occupé à lui
tracer le plan d'un habit d'un goût nouveau, dont il était l'inventeur, & qu'il
ſe flatte de mettre à la mode.

CDXL^e FOLIE.

Il en coûta beaucoup à Madame d'Illois pour recourir à fon mari ; ce ne
fut qu'à regret qu'elle fe réfolut à une
pareille démarche ; le Commiffaire lui
paraiffait trop obftiné pour fe contenter d'un autre témoignage que de celui
du Marquis lui-même. Mais elle croit
au moins avoir lieu de penfer que Monfieur d'Illois, apprenant la bifarrerie
de fon aventure, ne tardera pas à voler à fon fecours. Dans quelle impatience ne l'attend-elle pas! & quel eft
fon étonnement de voir plufieurs heures
s'écouler, fans qu'il arrive, fachant qu'il
a promis de fe hâter! Le Magiftrat fubalterne fourit du retard du Marquis,
& juge par fon peu d'empreffement
qu'il ne s'agit point de venir réclamer
fa femme: c'eft directement ce qui de-
vrait lui prouver le contraire.

SUITE DE L'HISTOIRE

du Marquis d'Illois, & de celle du Bourgeois-Gentilhomme.

CDXLI^e FOLIE.

ENFIN Monfieur dIllois eft perfua-dé que fon Tailleur eft affez inf-truit; il fe jette dans fa voiture, & ordonne au cocher de le mener à toute bride; mais un grand nombre d'em-barras le contraint fouvent à s'arrê-ter. Tandis que fon carroffe fe dégage à peine, & roule lentement à la file de plufieurs charrettes, il voit paffer un homme couvert de haillons, dont la mine pâle, décharnée, l'air rêveur, la démarche faible, peu affurée, attef-tent l'extrême mifere. Le Marquis fixe machinalement ce malheureux; fes traits lui rappellent une idée confufe, il lui femble le connaître. Afin de s'éclaircir davantage, il l'appelle & lui fait figne de s'approcher. L'infortuné leve les yeux, rougit, & veut prendre la fuite; les voitures qui cotoyent les maifons l'empêchent de s'évader; le Marquis, le voyant de plus près, est certain qu'il ne se trompe pas, & s'étonne d'une telle métamorphose.

Quoi! c'est le cher Monfieur Aulnin, s'écrie-t-il, autrefois fi brillant, fi magnifique! Qui peut l'avoir réduit dans ce trifte état? --Hélas! oui, c'est moi, répond Aulnin rempli de confufion. C'est moi qui eus honte de la profeffion de Marchand de drap, dans laquelle mes peres s'étaient enrichis. Je quittai ma boutique & mon comptoir, après y avoir gagné auffi des fommes confidérables, pour acheter fort cher un vain titre de nobleffe, qu'on ne doit qu'au hafard ou qu'à fa fortune. Je voulus vivre avec les grands Seigneurs; afin de m'approcher d'eux, je fis des dépenfes prodigieufes. Mon orgueil fut quelque tems flatté des politeffes, des diftinctions que je recevais des gens titrés. Que je vous connaiffais mal, Meffieurs! J'eus l'honneur d'être de vos amis tant que ma dépenfe égala votre luxe, tant que je pus tenir table ouverte & vous prêter de l'argent. Lorfque mes fonds baifferent, vos amitiés fe refroidirent. Je ne fus plus à vos yeux qu'un petit Marchand de drap annobli depuis un jour. Au lieu d'ouvrir les yeux & de me corriger de ma folie, je vendis fecrettement ma charge, pour rappeller encore vos pareils auprès de moi. J'eus bientôt épuifé les reftes de ma fortune, & je me vis abandonné pour toujours de ceux qui m'aiderent à me ruiner.

Revenu trop tard de mes erreurs, je traîne dans l'indigence une vie malheureuse, que termineront dans peu le befoin & le repentir. Pourquoi ai-je rougi de mon premier état? pourquoi ai-je dédaigné le commerce de mes égaux?

CDXLIIᵉ Folie.

— Laiffons-là vos réflexions morales, répond M. d'Illois; & dites-moi des nouvelles de la charmante Madame Aulnin, qui recevait à votre infçu la vifite de nos jolis Seigneurs; mais qui, plus fage que vous, fe faifait payer de toutes fes politeffes?

— Quel plaifir avez-vous, réplique triftement le malheureux Aulnin, à me retracer des idées affligeantes? N'eft-ce pas affez que je vous découvre la mi-

sere où m'ont plongé mes égaremens?
faut-il que je vous révele encore les
désordres de ma femme, qui flétriffent
mon honneur? Mais il me semble que
le Ciel a permis que je vous aie rencontré, afin que la mortification que
j'éprouve aujourd'hui, me faffe expier davantage mes fautes. Je ne dois donc rien
vous taire de ce qui peut m'humilier.

Vous vous reffouvenez, fans doute,
que, croyant vous conduire chez une
de ces femmes galantes, livrées par état
à une vie débauchée, je vous menai
chez ma femme. Ma furprife égala ma
fureur; vous fûtes témoin des marques
que je donnai de l'une & de l'autre.
Revenu à moi-même, je me repentis
de n'avoir pas diffimulé devant vous
mon étonnement & ma colere; vous
auriez peut-être ignoré mon déshonneur. N'ofant foutenir vos regards, je
me hâtai de vous quitter, me promettant de toujours vous fuir, & de traiter mon indigne époufe comme elle le
méritait. Je n'eus le pouvoir d'accom-
plir qu'une partie de mes deffeins; il me
fut feulement facile de vous éviter : quand
je voulus faire renfermer ma félérate
de femme, je ne la trouvai plus.

J'ai

J'ai été très-longtems sans savoir ce qu'elle était devenue ; je ne viens que d'être informé de son sort. Dans la crainte de mon ressentiment, elle se hâta de changer de demeure ; elle alla s'établir dans un quartier éloigné, où elle prit encore un nouveau nom. A mon exemple, elle se piqua d'avoir des amis d'un sang illustre. Un Gentilhomme sut toucher son cœur ; elle vendit, pour le suivre, tout ce qu'elle possédait.

CONCLUSION

de l'histoire du Bourgeois Gentilhomme.

CDXLIII^e FOLIE.

Ce Gentilhomme ne cherchait qu'à vivre aux dépens des dupes. Il lui promettait de la conduire dans sa terre, où il la ferait passer pour sa femme. Mais après l'avoir ruinée, il l'a quittée tout-à-coup dans une Ville de Province, où elle est sans ressource, sans connaissance, & détenue même en prison pour des dettes qu'elle a contractées à l'au-

Tome II. H

berge. Elle aura tout le tems de fe repentir de fa mauvaife conduite. --

Monfieur d'Illois, voyant que l'embarras des voitures eft diffipé , ceffe de
faire des queftions ; il ordonne à fon
cocher de fouetter grand train ; & s'é-
loigne du malheureux Aulnin , en lui
riant au nez.

SUITE DE L'HISTOIRE

du Marquis & de la Marquife d'Illois.

CDXLIV⁺ FOLIE.

RIEN ne s'oppofe plus à la viteffe
de fes chevaux ; il arrive chez le
Commiffaire, qui s'impatientait à l'attendre. Dès que le Marquis paraît, le
front fourcilleux du Magiftrat fubalterne fe déride, il prend un air riant
& gracieux , & avance lui - même
un fauteuil.

Monfieur d'Illois ne s'attendait guère
à rencontrer fa femme. Les deux tendres époux fe contemplent un inftant
en filence ; ils ne s'étaient point vus de-

puis fix mois. Le demi-Magiftrat prend
le premier la parole. -- Mille pardons,
Monfieur le Marquis, de la peine que
je vous ai donnée. Madame m'ayant
demandé que je vous priaffe de vous
tranfporter ici, la complaifance qu'on
doit au-beau fexe m'a fait appointer fa
requête. Cette Dame, continue-t-il,
prétend qu'elle a l'honneur d'être votre
époufe; je fuis convaincu qu'il n'y a
rien de fi faux; n'ai-je pas raifon? --

Le malicieux Marquis, charmé d'a-
voir une occafion de s'amufer aux dépens de Madame d'Illois, feint de ne
la point connaître, & fe montre très-
irrité de fon audace. La Marquife ne
fait où elle en eft; elle s'écrie qu'il eft
naturel en-effet qu'un mari renie fa
femme; elle veut qu'on aille chercher
d'autres témoins de fa fincérité.

Après que Monfieur d'Illois s'eft bien
diverti de fon embarras, il déclare
que cette Dame eft la Marquife fon
époufe, & qu'il eft furpris qu'on ait
ofé l'arrêter, puifque fes gens portaient
fa livrée; il jure qu'il fera punir les au-
teurs d'un tel affront. Le Commiffaire
change de couleur à ce difcours imprévu; craignant les fuites d'une affaire

H 2

qu'il s'eſt attirée par ſon entêtement,
il ſe jette à genoux, & ſupplie qu'on
daigne lui pardonner.

CDXLV^e FOLIE.

La colere du Marquis n'eſt qu'une
plaiſanterie; pour Madame d'Illois, elle
ſe venge ſur la perruque du Commiſſaire de ce qu'elle vient de ſouffrir;
elle la tire malignement tantôt d'un
côté, tantôt de l'autre. Laſſe d'en déranger l'économie, & de nuire par con-
ſéquent à la gravité magiſtrale, elle fait
grace au Juge ſubalterne, qui ſe releve
tranſporté de joie. -- J'ai commis une
grande faute, Madame, lui dit-il; &
c'eſt faire l'éloge de votre cœur que
d'oublier mes torts. Je vous repréſen-
terai pourtant que je ſuis en effet un
peu excuſable. On avertit tous les Com-
miſſaires de Paris, qu'une femme plus
célebre par ſa beauté que par ſes vertus, a deſſein de ſe montrer dans une
voiture extrêmement riche; & l'on nous
enjoint de la faire conduire à l'hôpital, ſi elle oſe enfreindre la défenſe
qu'on lui a faite. Le haſard permet que
vous ſortez, Madame, dans une voiture à-peu-près ſemblable à celle qui

nous est défignée: vous voyez donc que je ne fuis pas fi coupable. Il eft vrai que vorre afpect feul aurait dû me dé‑couvrir que vous étiez une perfonne de naiffance; car, il eft facile de démêler au premier coup-d'œil une Dame de condition d'avec une femme entretenue. Auffi je ne puis concevoir mon aveuglement. ⸺

Ce compliment, fi rempli de juftelle, acheve d'adoucir la Marquife, & fait fourire Monfieur d'Illois. Notre Magiftrat, s'appercevant que fon éloquence eft approuvée, continue fa harangue. ⸺Je crois que la forte horreur que j'ai pour le vice, m'a féduit, & m'a fait trop arrêter aux apparences. De tout tems j'ai détefté les filles du monde. Elles me paraiffent dignes des plus grands châtimens; jamais je ne leur ai fait la moindre grace: comment un honnête-homme peut-il defirer leurs careffes? ⸺

CDXLVIᵉ FOLIE.

Monfieur le Commiffaire allait continuer de prouver fon éloquence & fa fageffe; mais fes auditeurs prennent congé de lui, en admirant fes vertus.

La Marquife, en fortant, court comme
une folle, ne prenant point trop garde
à ce qu'elle fait ; elle renverfe étour-
dîment un paravent, qui, à demi-plié,
fornrait un angle dans la chambre du
Magiftrat fubalterne. La chûte du paravent laiffe voir une petite couchette
qu'il dérobait aux yeux ; & fur cette
couchette une jeune perfonne, dont le
déshabillé & la mine effrontée, annoncent fans équivoque la profeffion.
Monfieur & Madame d'Illois éclatent
de rire à cette apparition imprévue.
La jeune perfonne, fans fe déconcerter, s'avance vers le Commiffaire ; en
lui difant : -- Parbleu! vous me faites
bien attendre ; croyez-vous que j'aie
le tems de m'amufer de la forte ? --

Le Magiftrat, déconcerté, cherchant
en vain à fe juftifier, refte longtems
immobile, la bouche ouverte, les yeux
fermés, la tête baiffée, & les bras pen-
dans. Pour augmenter encore fa confufion, le Marquis s'écrie : -- Je fuis donc
témoin de vos fredaines, Monfieur le
Juge intègre ! vous arrêtez les filles,
vous déclamez contre elles, & vous
êtes en fecret le meilleur de leurs amis! --

CDXLVIIᵉ FOLIE.

Ces reproches ne font que trop vrais;
ils accablent Monfieur le Commiffaire,
qui, après beaucoup d'efforts, par-
vient un peu à fe remettre. Quand il
peut cacher une partie de fon trouble,
il effaie de tourner la chofe en plaifanterie, & fe met à rire plus fort que
les autres. — Bon! bon! s'écrie-t-il,
c'eft une bagatelle qui ne mérite pas
qu'on y faffe attention. Si j'ai d'abord
paru embarraffé, ce n'était point à
caufe de la grandeur de ma faute, mais
parce qu'il eft certains fecrets qu'on eft
fâché de révéler. Mademoifelle, fe pro-
pofant de s'établir dans mon quartier,
eft venue fe ranger fous ma protection,
ainfi que cela fe pratique; j'allais lui
faire payer les droits, comme de jufte,
quand plufieurs affaires, entr'autres l'arrivée de Madame la Marquife, m'en
-ont empêché. Ainfi je me flatte d'être
en regle; on ne faurait trouver que je
néglige les priviléges de ma charge. —

Les plaifanteries du Commiffaire
n'ont point la réuffite qu'il s'en promettait. Madame d'Illois fort en lui
jurant de publier par-tout fa mauvaife

conduite. Le Marquis le menace à fon rour de découvrir tout fon manége, afin de lui faire recevoir la récompenfe qu'il mérite.

Ils ne cherchent qu'à l'effrayer, afin de le rendre fage par la fuite. Mais ils apprennent bientôt qu'on a mis à fa place un Commiffaire plus refpeƈable, ou qui fait mieux cacher fes intrigues.

CDXLVIII.ᵉ Folie.

Par un excès de complaifance, Madame d'Illois permet à fon mari de l'accompagner dans fa magnifique voiture. Le Marquis croit être en bonne-fortune. Sa brillante moitié, parée avec le plus grand foin, lui paraît très-jolie, ou plutôt il ne fonge point qu'il eſt avec fa femme. Il hafarde de tendres propos, fait une déclaration dans les régles, foupire, devient preffant; en un mot, il agit comme avec une belle qu'on fe propofe de fléchir pour la premiere fois.

De fon côté, la Marquife s'apperçoit, avec étonnement, que fon mari eſt aimable; elle l'écoute avec bonté; & laiffe éclater ce tendre embarras, cette pudeur féduifante, ouvrages de l'amour. On dirait qu'elle écoute les

difcours d'un amant ; & peut-être fe
le perfuade-t-elle.

Monfieur d'Illois, d'un air timide &
paffionné, demande un rendez-vous
pour la nuit prochaine, avec autant
d'empreffement & de circonfpection,
que s'il cherchait à féduire une beauté
novice. La Marquife, avant de lui accorder la permiffion de venir coucher
avec elle, rougit, héfite, comme s'il
s'agiffait de rendre heureux une nouvelle conquête.

CDXLIXᵉ FOLIE.

Cependant elle vole aux boulevards,
dans le deffein d'y montrer fa riche
voiture, la beauté de fes fix chevaux,
& l'élégance de leurs harnais. Hélas!
elle arrive trop tard; prefque tout le
monde en eft parti ; & l'obfcurité empêche de diftinguer les objets. Défefpérée de ce revers, elle prend de l'humeur, gronde le Marquis, s'emporte
contre fon cocher; peu s'en faut qu'elle
ne foit attaquée de vapeurs & de mi-
graines. Il eft bien défagréable d'avoir
manqué le jour où tout Paris s'affemble, & d'être forcée d'attendre pendant
une femaine entiere à faire paraître fon

H 5

équipage ; car , fi l'impatience de le montrer les jours où le boulevard eft défert , l'emporte fur la raifon , il n'aura plus le mérite de la nouveauté , quand elle voudra le faire voir un *beau jour.* Eh ! que de tems à paffer avant qu'un autre jeudi revienne ! C'eft ce que la Marquife repréfente à Monfieur d'Illois; il fent la force de fes raifons , & avoue qu'elle a fujet de s'affliger. Mais comme la patience eft le feul reméde qu'il y ait au malheur qu'elle éprouve , il tâche de l'armer de courage , pour qu'elle fupporte la longueur du tems qui va s'écouler jufqu'au premier jeudi.

La Marquife calme en partie fa douleur ; & fe rappellant qu'elle eft invitée à un très-beau bal , qui doit être précédé d'un grand fouper , elle fe confole tout-à-fait , dans la crainte que la moindre nuance de chagrin n'ôte quelque chofe à l'éclat de fes charmes , à la vivacité de fes yeux. Elle fe fait conduire tout de fuite à l'Hôtel du Duc de . . . . . où doit fe donner la fête. Monfieur d'Illois l'accompagne jufqu'auprès de cet Hôtel ; il l'aurait bien fuivie plus loin , puifque le Duc de . . . . . eft de fes amis. Mais de quel ridicule fe couvrirait-il, s'il ofait aller avec fa femme dans la même partie de plaifir? Madame d'Illois lui promet de fe retirer de bonne-heure ; il la quitte plus amoureux d'elle que jamais, en lui baifant refpec-tueufement la main.

CDL^e FOLIE.

La fête donnée par le Duc de .... fut des plus fuperbes ; elle était à l'honneur d'un grand Seigneur étranger, qu'il eft fûr de ne jamais revoir, & lui coûte la moitié de fon revenu. Le repas fut fomptueux & délicat ; tel plat coûtait auffi cher qu'un feftin entier.

Au fortir de table, on fe rendit dans la falle du bal, où la foule devint fi grande, qu'on pouvait à peine s'y remuer ; auffi trouva-t-on le bal délicieux. Comme la Cour était alors en deuil, afin de conferver l'étiquette, ceux qui devaient danfer portaient des habits blancs, couverts de pierreries ; & ceux qui ne voulaient être que fimples fpectateurs, étaient habillés en noir ; ce qui formait une bigarrure tout-à-fait finguliere. On croyait voir tout à la fois les Ombres qui font tant d'effet dans l'Opéra de *Caftor & Pollux*, & les fem-

H 6

mes couvertes de deuil qui viennent pleurer, dans *Alcefte*, la mort de cette Princesse.

CDLI^e FOLIE.

La parure de Madame d'Illois la fait placer au rang des Danseuses. Après que la foule s'est un peu écoulée, elle ne s'acquitte qu'avec trop d'ardeur du personnage qu'elle est chargée de représenter ; elle exécute au moins douze contredanses de suite. Ce qui contribue à lui donner des forces, c'est qu'elle s'apperçoit que ses graces & sa légéreté sont admirées de tout le monde, excepté des femmes, qui la trouvent gauche & mal habillée. Contente d'elle-même & des hommages qu'on lui rend, elle fait de nouveaux efforts pour mériter des applaudissemens nouveaux. Enfin, elle est comblée de gloire & de plaisir.

L'Abbé Frivolet, celui qui déroba le ferin de la Marquife, était aussi de cette fête. Son état l'obligeant de se tenir parmi les spectateurs, il fut témoin des talens de Madame d'Illois. Cette vue réveille son amour, lui rappelle le bonheur dont il a joui, & lui fait naître l'envie de le goûter encore. Il s'attache auffitôt à fuivre Madame d'Illois, qui le chériffait toujours, ignorant combien elle a lieu de fe plaindre de lui. Notre petit-collet recommence à débiter fes fadeurs, qu'il entremêle avec art de propos plaifans. La Marquife, livrée à la gaieté, rit, folâtre fans peine. La danfe, mettant les fens en mouvement, ouvre les cœurs les plus féveres aux impreffions de la tendreffe. Frivolet, qui voit briller dans les yeux de la Marquife le feu de l'amour & une douce volupté, la conjure de permettre qu'il paffe la nuit avec elle. Madame d'Illois, trop étourdie pour avoir de la mémoire, & dans un moment où elle ne fonge qu'à fe divertir, oublie qu'elle a déjà donné fa parole au Marquis; elle accorde à l'Abbé tout ce qu'il lui demande.

CDLIIᵉ Folie.

Le fortuné petit-collet & la Marquife ne tardent pas à s'éclipfer. Madame d'Illois, excédée des fatigues de la danfe, fe fait déshabiller fitôt qu'elle eft chez elle, & fe met au lit, où elle attend fon cher amant. Elle n'a confié à aucune de fes femmes la complaifance qu'elle veut avoir pour l'Abbé; de forte qu'elles

se retirent, persuadées que Frivolet va
bientôt s'éloigner.

Monsieur d'Illois, se doutant bien
que sa femme rentrerait tard, était allé
souper chez une petite maitresse qu'il
avait depuis quelques jours. Il propose
de jouer au sortir de table, & s'amuse
longtems à faire sa cour aux Dames,
en ayant soin de leur laisser gagner
son argent. Trois heures sonnent, il
part & vole dans l'appartement de sa
tendre moitié. Les gens de la Marquise
le connaissaient confusément pour le mari de leur maitresse ; ils le laissent entrer, s'imaginant qu'elle s'attend à cette
visite ; ils s'étonnent seulement d'une
telle entrevue, dont ils ne se rappellent
pas d'avoir encore été témoins.

L'Abbé coquet venait de mettre son
bonnet de nuit, qu'il portait toujours
dans sa poche par précaution, lorsque
M. d'Illois paraît tout-à-coup dans la
chambre. La Marquise se ressouvient
alors de ses engagemens ; Frivolet ne
sait où se cacher, & laisse lire son agitation. Monsieur d'Illois s'arrête d'é-
tonnement ; il ne s'attendait pas de
trouver la place prise, le jour qu'il devait venir, lui qui rendait si rarement

vifite à fa femme. Ces trois perfonnages fe contemplent un inftant fans
parler.

CDLIII^e FOLIE.

Un autre que Monfieur d'Illois aurait peut-être fait jetter l'Abbé par la
fenêtre; mais l'aventure lui paraît fi
plaifante, qu'il fe met à éclater de
rire, en s'écriant : — oh! la chofe eft
unique! Je ne voudrais pas pour beaucoup que cette hiftoire là ne me fût
point arrivée! —

Les ris de Monfieur d'Illois achevent de déconcerter le petit-collet, &
donnent le tems à la Marquife de chercher ce qu'elle doit dire. — Ceffez de
vous moquer , dit-elle à Monfieur
d'Illois; apprenez que Monfieur eft un
perfonnage refpectable dont j'ai foin
de fuivre les pieux avis. Me fentant du
dégoût à vous tenir ma parole, &
craignant pourtant , fi j'y manquais,
de bleffer ma confcience, j'ai paffé
chez ce faint homme en fortan du
bal, afin d'implorer fes lumieres; j'ai
troublé fon fommeil; & fans lui donner le tems d'achever de s'habiller, je
l'ai amené ici, où je pouvais écouter

plus tranquillement fes fages leçons, jufqu'à votre arrivée. Il eft tout naturel
qu'une femme fenfée ait befoin d'exhortations, quand elle va faire une action
aufli trifte que de coucher avec fon mari.

CDLIVᵉ FOLIE.

Les éclats de rire de Monfieur d'Illois redoublent à ces mots. Le bonnet
de nuit du faint perfonnage lui rendant fa vertu fufpecte, il appelle fes
gens qui étaient reftés dans l'anti-chambre; & leur ordonne, toujours en
riant, de fe faifir de l'Abbé, & de
l'étriller d'importance, avant de le
mettre à la porte, afin de lui apprendre qu'il eft impoli de venir voir les
Dames en bonnet de nuit.

Tandis que deux laquais robuftes exé-
cutent les ordres du Marquis, au grand
dommage des épaules de Frivolet, le
malheureux fait de férieufes réflexions;
il s'imagine que Madame d'Illois a
découvert le vol de fon ferin, & que,
pour en prendre vengeance, elle l'a
attiré chez elle. Le traitement qu'il
reçoit lui paraît alors tout fimple; il
s'écrie triftement: — hélas! C'eft avec
raifon que je fuis puni. Le ferin que

j'ai suppléé ne vaut pas celui dont une indigne maitresse me força de m'emparer. – Ces piteuses paroles, auxquelles Monsieur d'Illois ne comprend rien, lui font croire que la douleur fait extravaguer le petit-collet. Pour la Marquise, elle n'est pas du même avis; ce qu'elle entend l'instruit enfin de la cause du silence que garde son serin. Furieuse contre l'Abbé, elle crie, qu'on l'étrille encore davantage. – – C'est pour me venger, dit-elle au Marquis, de la sévérité avec laquelle il m'a souvent repris de mes fautes. – –

SUITE DE L'HISTOIRE

du Baron d'Urbin, & de celle de Rosette.

CDLV^e. FOLIE.

LE lecteur aurait-il oublié qu'un secours inattendu est arrivé tout-à-coup à Rosette, à cette belle paysanne amoureuse du berger Colin, & que le vieux baron d'Urbin a conduite dans une grotte écartée? J'ai promis de reprendre la suite de ses aventures; je vais tenir ma parole.

J'ai dit que le vieux Baron se flattait d'être assez fort pour vaincre la
résistance de Rosette, dont il tenait
déjà les mains, quand il se sentit saisir par derriere, en même tems qu'un
bras vigoureux lui appliquait de terribles coups de poing. Il se retourne rempli de frayeur, & voit un grand jeune
homme l'épée à la main, qui se prépare à le tuer. Rosette jette les yeux
sur son défenseur, & lui saute brusquement au cou, en s'écriant: ah! Que
je suis heureuse! Quoi! Te voilà, mon
cher Colin!

Tandis que ces deux amans s'em-
brassent & se félicitent d'être réunis,
le Baron aurait bien voulu s'évader;
mais le vigoureux Colin ne lâche point
prise, & lui lance des regards mena-
çans, tout en caressant sa maitresse.
Les premiers transports de l'amour
étant satisfaits, le galant jeune-homme se retourne du côté de Monsieur
d'Urbin. --Tu te proposais donc, lui
dit-il en colere, de déshonorer celle
que j'aime, & de lui ravir par force
des faveurs qui ne sont destinées qu'à
moi? Je vais te traiter comme tu le
mérites. -- A ces mots, il leve ras

pour percer le Baron, qui, à demi-
mort d'effroi, n'attend plus que le
coup fatal. Mais avant de frapper le
vieillard, il l'envifage attentivement,
le reconnaît, fe rappelle qu'il lui a
fouvent verfé à boire; l'épée lui tombe de la main; il devient plus doux
qu'un mouton.--Pardonnez moi, Monfieur, dit-il au Baron; je rougis de
mon emportement; il ne fera pas dit
que *Champagne* faffe mourir quelqu'un
qui a eu le bonheur d'être fervi par
lui; rendez grace au Ciel d'avoir
bu quelquefois du vin verfé de ma
main.--

Le Baron, charmé d'en être quitte
à fi bon marché, perfuadé d'ailleurs
qu'il a tort, pardonne à Colin, lui
promet même fa protection. Rofette,
étonnée de voir fon amant fi magnifique, n'a pas la patience d'attendre plus
long-tems; elle le prie de lui conter
fon hiftoire; le Baron paraît auffi curieux de l'entendre; & Monfieur Colin
commence de la forte.

SUITE DE L'HISTOIRE

DE COLIN.

CDLVIᶜ FOLIE.

MON premier maître m'enleva de la charrue, & me fit déferter la campagne, ainfi que cela fe pratique ordinairement. Rofette fe reffouvient, fans doute, que je fus redevable de ma condition à une Dame dont elle eut peut-être quelque fujet d'être jaloufe. CetteDame, qui conçut beaucoup d'amitié pour mon mérite, me plaça chezun Seigneur, voifin de fon château, & il me fallut le fuivre à Paris.

La plus grande fatigue que j'éprouvaffe auprès de Monfieur le Comte que j'avais l'honneur de fervir, c'eft le foin qu'il me faifait prendre de ma perfonne; il veut que fes domeftiques foient mis avec la derniere élégance; ils portent des habits galonnés; un petit chapeau à plumet fur l'oreille; il ne leur manque qu'une épée pour avoir l'air de nos jolis Seigneurs.

Je m'accoutumai si bien à ne rien épargner pour ma parure, à me donner tous les airs d'un petit-maître, qu'il ne m'a jamais été possible d'en perdre l'habitude, & que je la conserverai toute ma vie. Je me suis apperçu dans mes diverses conditions que mes airs suffisans me faisaient considérer davantage.

CDLVIIᵉ FOLIE.

Monsieur le Comte est d'un orgueil insupportable pour ses inférieurs, il les fait se morfondre des heures entieres dans son anti-chambre, les reçoit avec hauteur, & les congédie brusquement. A peine daigne-t-il jetter les yeux sur le simple bourgeois, & descendre jusqu'à lui dire quelques mots. Il le croit sûrement d'une pâte différente de la sienne.

Se douterait-on qu'un homme si fier, si vain, traite presque ses domestiques comme ses égaux ? Quoiqu'une pareille bisarrerie soit très-commune, on veut en être témoin pour s'en convaincre, tant elle paraît destituée de vraisemblance. Dès le premier jour que je fus chez Monsieur le Comte, j'eus

lieu de connaître la maniere impérieuse avec laquelle il reçoit les gens d'une
naiſſance obſcure ; & je ne fus jamais
plus ſurpris que de le voir dépouiller
ſa fierté, pour m'entretenir avec complaiſance. Ses domeſtiques lui parlent
ſans façon, l'avertiſſent de ſes défauts ;
ils ſont certains d'en être chéris, pourvu qu'ils faſſent leur devoir. Monſieur
le Comte s'égaie, rit, s'amuſe avec
eux ; il entre dans le plus petit détail
ſur tout ce qui les concerne ; il faut
qu'ils lui racontent leurs intrigues
amoureuſes, & juſqu'à leurs débauches
de cabaret.

CDLVIIIᵉ Folie.

Tout ce que les gens de Monſieur
le Comte lui demandent, eſt accordé
ſur le champ ; auſſi la meilleure protection qu'on puiſſe avoir auprès de
lui, c'eſt un de ſes valets-de-chambre,
ou même un de ſes laquais. Un jour
qu'il venait de congédier un honnête-
homme qui lui demandait une grace,
& qu'il n'avait point daigné regarder,
il me dit en ſouriant de reſter dans ſa
chambre. – Eh bien ! mon cher Champagne, continua-t-il, combien as-tu de

maîtreſſes?... Pas une... Quoi, pas une! Le
pauvre garçon me fait pitié. Mais tu n'es
pas trop ſage, ajoûta-t-il, en riant; tant
mieux, tant mieux! on doit ſe divertir. Oh çà! Dis-moi, mon cher Champagne; ce malheureux qui ſort d'ici,
a-t-il imploré ton ſecours, ou celui de
quelqu'un de mes gens?... Non... Il n'ob-
tiendra donc point ce qu'il deſire de
ma bienfaiſance. J'ai des bontés pour
vous, je vous aime vous autres, par
ce que vous avez l'honneur de m'approcher. Mais tout le reſte du peuple
m'eſt fort indifférent; il n'eſt digne
que d'un profond mépris. La nobleſſe
& la fortune ſont la plus grande faveur qu'on puiſſe recevoir du Ciel: ceux
qui ſont doués tout à la fois de ces
précieux avantages, ſont non-ſeule-
ment élevés au-deſſus des autres, mais
d'une nature particuliere, & les enfans
chéris du Créateur. S'ils n'étaient pas
des hommes différens, pourquoi joui-
raient-ils de tous les tréſors de l'Univers, tandis que tout ſemble être re-
fuſé à la foule des humains qui vé-
gète dans la pouſſiere & dans l'indigence? Les mets les plus délicats ſatis-
font leur appétit; des vins exquis vien-

nent éteindre leur ſoif ; des palais s'é-
levent pour les loger ; les forêts croiſ-
ſent pour eux. Des machines mollement ſuſpendues, traînées par de puiſ-
ſans chevaux, leur évitent la peine de
marcher ; les jeux, les bals, les ſpectacles, concourent à les amuſer ; le lin
& la ſoie ſe filent pour les vêtir. En
un mot, l'homme opulent n'a qu'à
deſirer, ſes vœux ſont auſſi-tôt com-
blés ; c'eſt pour lui ſeul que la Nature
& les arts travaillent ; c'eſt pour lui
ſeul que les diſtinctions, les grandeurs,
les prérogatives, furent inventées. Si
je deſcends parmi le peuple, je vois de
vils eſclaves des Grands, couverts de
haillons, éprouver la faim & la ſoif,
le chaud & le froid ; ou, s'ils jouiſſent
de quelques commodités, ce n'eſt qu'à
la ſueur de leur front. Que nous avons
ſujet de rire des écrits de vos préten-
dus philoſophes, qui ſoutiennent qu'on
ne doit point envier notre ſort brillant, attendu que nos chagrins ſont
plus ſenſibles que les peines des infortunés ! C'eſt déraiſonner pour chercher
à s'étourdir ſur ſa miſere. L'ambition
qui nous ronge eſt-elle auſſi accablan-
te que l'inquiétude de ne ſavoir com-

ment

ment fubfifter ? Nous avons quelquefois, il eft vrai, l'efprit moins content;
mais au moins rien ne nous manque
de tout ce qui eft néceffaire aux befoins & aux agrémens de la vie. Vos
Philofophes difent encore que notre
bonheur n'en eft point un, parce que
nous nous y accoutumons. C'eft comme fi l'on difait qu'une longue fanté
ceffe d'être un bien, parce que l'habitude empêche d'en fentir les douceurs...... Et je ne me croirai pas
d'une nature plus excellente que celle
du roturier & de l'indigent !

CDLIX⁰ FOLIE.

Ce fingulier difcours, qui me fit
une impreffion fi vive, qu'il fe grava
de lui-même dans ma mémoire, fe
termina par une douzaine de coups de
pied au cul, dont mon augufte maître
daigna m'honorer par diftraction. Le
bruit que je fis en me fauvant, le tira
de fon enthoufiafme. Il me pria de lui
pardonner un traitement qui s'adreffait
aux gens du peuple. Force me fut de
lui accorder fa grace, & de paraître
encore approuver tout ce qu'il venait
de me dire.

Tome II,

I

A cette petite bagatelle près, je ne reçus aucun mauvais traitement de Monsieur le Comte. J'étais son favori, son confident; mais une faute que j'eus le malheur de commettre, sans y penser, me brouilla tout-à-coup avec lui. Je vous ai déjà dit qu'il se piquait que ses gens fussent mis en petits-maîtres. Trop novice encore dans l'art des parures élégantes, je faisais de légeres omissions, qui à ses yeux paraissaient considérables. Il m'avertit un jour d'être plus exact à ma toilette, & me recommanda fortement de ne pas manquer à poudrer ma bourse & mes épaules. Le lendemain j'oubliai ce qu'il m'avait ordonné; il s'en apperçut, entra dans une furieuse colere, & me chassa sur le champ.

Voilà comment je sortis d'une maison où les laquais menent une vie si commode: je promis bien de me corriger, & j'ai tenu parole. La crainte de gâter mes habits ne m'a jamais empêché de les couvrir de poudre jusqu'au milieu du dos.

CDLXᵉ FOLIE.

Je me présentai chez certain grand

Seigneur, quoique l'on m'eût averti qu'il était très-difficile de lui convenir. Les laquais dont l'anti-chambre était remplie me rirent au nez, quand ils furent mon deſſein. Il eſt vrai, me dit l'un d'entr'eux, que Monſeigneur a beſoin d'un domeſtique. Mais ignorez-vous qu'il ne veut que des garçons de ſix pieds, bien découplés, faits autour? Il croirait déroger de ſa Grandeur, s'il avait des laquais d'une taille ordinaire.

On me jugea cependant digne de l'eſſai, on me fit comparaître devant Monſeigneur, qui m'examina de la tête aux pieds, & de tous les côtés, me fit tenir droit, marcher, courir, aller lentement, afin de voir ſi je me préſentais avec grace. Il parut content de cet examen; il ne me reſtait, pour être admis, que de me tirer, avec autant de bonheur, de la derniere partie de l'eſſai. On apporta une toiſe, Monſeigneur lui-même daigna prendre ma meſure; il trouva que j'approchais du but; mais il me renvoya, parce que j'avais quelques lignes de moins.

CDLXIᵉ FOLIE.

Depuis pluſieurs jours j'étais ſur le

I 2

pavé; je commençais à craindre que
la mode & l'étiquette ne me fussent toujours fatales, quand un de mes camarades me fit entrer chez un Ambassadeur, qui me reçut à son service sans
me voir, sans me parler, sans me connaître. Son Excellence n'avait apparemment rencontré que d'honnêtes gens;
j'ignore s'il a long tems suivi le même
usage,

Dès que je fus instalé chez Monsieur l'Ambassadeur, on m'arma d'une
grosse canne, en me recommandant
bien de ne jamais la quitter. Je demandai pourquoi je devais porter si
soigneusement un bâton? L'on se moqua de mon ignorance; & l'on m'apprit que c'était la marque principale
de la grandeur de mon maître. J'aurais ri à mon tour d'une pareille dis-
tinction, si je n'avais consideré que
tout ce qui caractérise les Grands est
bien peu de chose; de vains titres,
des habits plus ou moins bigarrés, un
écusson chargé de figures gothiques,
une aune de ruban de certaine couleur.
Il n'y a que la vertu qui décore véritablement; mais on feint de n'en être
pas persuadé. Je ne vois dans la plû-

part des nobles que leurs richeſſes qui
ſoient un avantage réel.

CDLXIIᵉ Folie.

Vous vous étonnez ſans doute de
mes beaux raiſonnemens ? Bon ! Je vous
en ferai peut-être bien d'autres. Je me
pique auſſi de bel-eſprit & de philoſo-
phie ; c'eſt une maladie contagieuſe
dans notre ſiécle. D'ailleurs, à force
d'avoir fréquenté le monde, mon eſprit s'eſt formé.

Hélas ! Il m'en a coûté cher pour
m'inſtruire ; ce ne fut pas tout d'un coup
que je devins ſavant. La maudite canne m'embarraſſait ; ignorant encore de
quelle importance il était à mon maître que je la portaſſe toujours, ou ſoit
que je manquaſſe de mémoire, comme
chez Monſieur le Comte, il m'arrivait ſouvent de l'oublier ; Son Excellence
s'en apperçut un jour en montant en
carroſſe ; elle obligea mes camarades
de m'appliquer pluſieurs coups de leurs
cannes ſur les épaules, afin que la douleur me fit ſonger à l'inſtrument de
mon ſupplice, que je devais avoir chaque jour entre les mains.

I 3

CDLXIII^e FOLIE.

Cette exécution fatisfit mon maître, qui continua de me garder, convaincu que j'aurais dorénavant de la mémoire : la joie de n'être pas mis à la porte, me confola de la petite difgrace que je venais d'effuier. L'avouerai-je ? l'Amour me retenait chez Monfieur l'Ambaffadeur. Je n'ai pas ceffé un inftant d'aimer Rofette, mais j'ai cherché des amufemens : cette finguliere fidélité eft pardonnable à mon âge & à un Français. Madame l'Ambaffadrice avait, parmi fes femmes, une jolie brune, vive, éveillée, riant, chantant toujours, & dont les grands yeux noirs refpiraient la tendreffe. Cette beauté piquante me parut propre à me confoler de l'éloignement de ma chere Rofette. Je lui fis la cour; l'hommage d'un garçon auffi bien tourné que moi, toucha dans peu fon cœur. Je fus vaincre tous fes fcrupules, je ne pus douter qu'elle ne m'aimât fincerement.

J'étais fouvent occupé à chercher les endroits où ma conquête pouvait être feule. Je m'approchai de l'appar-

tement de Madame l'Ambaſſadrice, où
je me flattais d'avoir un entretien ſecret avec elle; j'entendis qu'on lui parlait, & je reconnus la voix de Monſieur
l'Ambaſſadeur: collé contre la porte,
l'œil fixé dans le trou de la ſerrure,
j'écoutai leur converſation, & j'obſer-
vai ce qui ſe paſſait. Son Excellence
jurait à la ſoubrette un amour ſincere,
& lui offrait de l'enrichir, ſi elle voulait avoir quelque complaiſance. Tout
en parlant, Monſieur l'Ambaſſadeur devenait téméraire. Liſette ſe défendait
fierément; j'avais peine à concevoir ſa
réſiſtance, & j'étais preſque tenté de la
prendre pour une autre. Tandis qu'un
auſſi grand Seigneur la preſſait, la
bourſe à la main, de céder à ſa tendreſſe, elle le repouſſait d'un air d'indignation, les yeux baiſſés, le front
couvert de rougeur, affectant la modeſtie d'une Veſtale. Monſieur l'Ambaſſadeur, voyant que ſes diſcours &
ſes offres étaient inutiles, & qu'on le
menaçait de tout découvrir à Madame, ſe retira gravement. Caché dans
un coin obſcur, j'admirai le flegme
avec lequel il faiſait ſa retraite; je
l'eus a peine perdu de vue, que je vo-

14

lai auprès de la foubrette, que je trouvai auffi tendre, auffi paffionnée, qu'elle avait été févere & cruelle à Son Excellence. Enfin j'eus tout lieu d'être convaincu qu'elle me préférait, moi pauvre hére, à Monfieur l'Ambaffadeur, en dépit de fes titres & de toutes fes richeffes.

CDLXIVᵉ FOLIE.

Monfieur l'Ambaffadeur croyait être certain que Lifette était un dragon de vertu. Un grave Pédagogue, chargé de l'éducation des fils de Son Excellence, regardait auffi la foubrette comme un modele de fageffe. Monfieur le Précepteur s'avifa de la trouver jolie, & de lui déclarer fon amoureux martyre en belles phrafes moitié grecques, moitié françaifes. Son éloquence ne put humanifer un objet trop fauvage; il y perdit tout fon latin. Piqué du peu d'impreffion que faifait fon mérite, il réfolut d'avoir par force ce qu'on refufait à fes prieres. Sa chambre était proche de celle de fa maitreffe; il imagina de la furprendre pendant qu'elle dormirait, efpérant qu'à fon réveil elle lui ferait grace.

La nuit que le Précepteur avait choi-
fie pour exécuter fon entreprife, je
vins directemenr coucher avec Lifette.
Il m'arrivait fouvent de lui tenir compagnie; ce qui m'était très-facile, puifque, pour gagner mon grabat, il me
fallait paffer devant fa chambre. Le Précepteur, qui n'avait pas la même com-
modité, attendit que l'heure indue lui
affurât qu'un profond fommeil regnait
dans la maifon; il fe rendit alors, pieds
nuds & tout en chemife, dans la chambre de la belle, dont j'avais laiffé la
porte entre-ouverte, afin de pouvoir
m'éclipfer fans bruit Je jouiffais d'un
doux repos entre les bras de ma bien-
aimée, lorfqu'un bruit confus me réveilla: j'ouvris les yeux, je crus difcerner quelqu'un au travers de l'obfcurité, qui fans façon cherchait à fe
gliffer dans le lit. Qui va-là? m'écriai-
je d'une voix terrible, & en lançant
au hafard un furieux coup de poing.
Le Précepteur ne s'attendait pas à
trouver la place fi bien gardée; il fe
fauva faifi de frayeur. Au lieu de me
retirer prudemment dans mon humble réduit, la fureur me tranfporta;
je pourfuivis le coquin qui trou'ait

I 5

mes plaisirs. Le pauvre Précepteur, me sentant à ses trousses, se mit à courir avec tant de précipitation, qu'en descendant trop vîte un escalier, il roula jusqu'en bas. Tout froissé qu'il était, je sautai sur lui & l'étrillai d'un bras robuste. Ses cris retentissaient au loin, tandis que Lisette, qui croyait que nous nous égorgions, criait au secours, & s'arrachait les cheveux au haut de l'escalier.

CDLXVᵉ FOLIE.

En un moment toute la maison fut sur pied. Je connus trop tard ma faute ; il m'était impossible de m'esquiver, on accourait de tous côtés avec des lumieres. On pensait que des voleurs étaient la cause de tout ce vacarme ; dans cette persuasion, chacun s'arma de tout ce qui lui tomba sous la main. L'un avait une vieille halebarde, l'autre un fusil rouillé, l'autre une broche. Si j'avais moins craint les suites de l'aventure, j'aurais bien ri sur-tout de la mine de Monsieur l'Ambassadeur ; il accourut au bruit un pied chaussé, l'autre nud, en robe de chambre, sur laquelle il avait mis une cuiraſſe qui lui ſervait autre-fois à la guerre, & en bonnet de nuit, couvert auſſi d'une eſpece de caſque; il tenait à la main une grande épée, & marchait auſſi gravement qu'un ſénateur, au milieu de deux Valets-de-Chambre qui l'éclairaient. Il nous demanda pourquoi nous avions oſé troubler ſon repos. Le Précepteur raſſembla le reſte de ſes forces, pour lui conter qu'il m'avait ſurpris couché avec Mademoiſelle Liſette, & qu'ayant voulu me faire des repréſentations, je m'étais jetté ſur lui comme un furieux. Je pris la parole à mon tour, & j'aſſurai Son Excellence, que c'était moi, au contraire, qui avais vu par haſard le Précepteur chercher à s'introduire dans la chambre de Mademoiſelle Liſette, & qui m'étais oppoſé à ſon deſſein. Monſeigneur conclut de nos diſcours ſi différens, qu'un de nous deux au moins était coupable, & que la ſoubrette n'était pas ſi farouche qu'il ſe l'était imaginé. Qu'arriva-t-il ? Monſieur l'Ambaſſadeur mit le Précepteur & moi à la porte, & garda Mademoiſelle Liſette.

16

CDLXVI.ᵉ FOLIE.

J'eus le bonheur d'être placé tout de
suite chez une jeune veuve, qui ne prenait à son service que des Domestiques
bien faits & d'une belle physionomie.
Elle se piquait pourtant d'une dévotion
rigide, & employait en aumônes une
grande partie de ses biens. Sa maison
était meublée avec la plus grande sim-
plicité, rien n'y manquait de ce qui
est nécessaire & commode ; mais le faste
en était banni ; l'on n'y voyait régner
qu'une propreté charmante. La parure
de la jeune veuve, était aussi très simple ; elle dédaignait l'art de la toilette,
& n'en paraissait que plus aimable.
Qu'on trouvait son joli minois appé-
tissant sous une grande coeffe! Fraîche
comme une rose qui vient d'éclore, ses
joues étaient colorées d'un rouge naturel. Ses beaux yeux modestement bais-
sés, se levant par intervalles, portaient
le trouble dans le cœur. Un triple mouchoir, soulevé lentement, ne laissait
découvrir que la forme de sa gorge,
& qu'une petite partie de son cou d'i-
voire. Ses bras potelés, cachés à demi
par de longues manches, semblaient

redoubler de blancheur. Que l'on compare ce portrait à celui de ces femmes si brillantes, si immodestes dans leur parure, l'on verra qu'un aimable négligé, & l'air enfantin de la pudeur, font les véritables ornemens de la beauté.

J'eus bientôt lieu de m'appercevoir que Madame de Francourt, (c'est le nom de la dévote que j'ai servie,) me distinguait du reste de ses gens. Elle avait pour moi des attentions dont mes camarades murmuraient ; elle ne me parlait qu'avec douceur & d'une maniere polie; quand j'étais auprès d'elle, la joie brillait sur son visage. Mes services seuls la flattaient ; rien n'était bien fait que par moi. Elle me considérait avec satisfaction; quand je surprenais les regards qu'elle me lançait à la dérobée, elle rougissait & souriait finement. J'avais seul le privilége de la porter dans mes bras, lorsqu'elle descendait de carrosse. L'envie lui prenait souvent d'aller à pied ; j'avais alors l'honneur de lui donner le bras, & il me semblait qu'elle s'appuiait sur moi avec plaisir.

CDLXVIIᵉ FOLIE.

J'étais si persuadé de sa haute vertu, que toutes ses attentions ne me paraissaient que des marques de bonté, qu'une ame pieuse laisse souvent échapper en faveur des malheureux. J'aurais peut-être tiré avantage de tout ce qu'elle faisait pour moi, si l'on ne m'avait dit que rien n'était plus commun que de voir des Domestiques de Dames, aussi-bien traités par leurs maîtresses. Le moyen de se glorifier d'un bienfait que l'on vous prodigue sans conséquence? Quand on sait qu'il est par le monde tant de jolies femmes qui vivent très-familiérement avec leurs gens, ira-t-on s'imaginer qu'elles se soient toutes donné le mot, pour se choisir des amans aussi obscurs, & qui flattent si peu leur vanité? Non; il est plus simple de penser que c'est par bienfaisance qu'elles sont si honnêtes envers ceux qui les servent; elles cherchent à les consoler de l'ignominie attachée à la servitude. C'est ainsi que je raisonnais; & l'extrême dévotion de ma jeune maîtresse, me faisait encore paraître plus naturels ses bons procédés à mon égard.

CDLXVIII^e FOLIE.

Apres que Madame de Francourt
m'eut bien souri, apres que ses regards
& ses discours, & les privilegés dont je
jouissais, m'eurent assez convaincu du
cas qu'elle faisait de mon mérite, elle
entreprit de me prouver d'une maniere
plus expressive combien je lui étais cher.
Elle se mit à me combler de présens.
Tantôt elle me priait d'accepter une
montre ; tantôt ses belles mains blanches m'offraient une jolie boîte d'argent ; une autrefois, c'étaient des boucles à pierres, les plus à la mode, ou
bien plusieurs paires de bas de soie ;
enfin, elle prévenait tous les desirs que
j'aurais pu former pour briller parmi
mes camarades. Ai-je besoin de vous
dire que je ne me faisais pas beaucoup
presser pour accepter ses dons ? Elle
avait grand soin de ne me faire des
présens que lorsque nous étions seuls,
ou quand personne de la maison ne pouvait s'en appercevoir. C'était m'avertir
de taire sa générosité ; je le compris,
& je me fis un devoir d'être discret.
Mes confrères, moins heureux, & sans
doute moins beaux garçons que moi,

s'efforçaient en vain de deviner d'où me venaient les richeffes que j'étalais chaque jour à leurs yeux. L'attention de Madame de Francourt à ne me faire du bien qu'en cachette, fervit à redoubler mon refpect pour fa vertu. Voilà, me difais-je, comme les ames vraiment charitables, qui ne font fenfibles qu'à la douceur d'obliger, fe plaifent à répandre en fecret leurs bienfaits fur les malheureux.

CDLXIXᵉ FOIIE.

Ma jeune maitreffe trouvait différens prétextes pour m'obliger à refter dans fa chambre; j'y paffais fouvent des heures entieres, tête-à-tête avec elle. Mais je n'étais occupé qu'à obéir aux ordres qu'elle ne pouvait s'empêcher de me donner. Je me tenais auprès d'elle dans un refpect profond, que m'infpirait l'eftime que j'avais de fa fageffe. Il me femblait quelquefois que je l'impatientais ; mais j'étais loin de me douter que mon air de réferve caufait fa mauvaife humeur.

Défefpérée de ma bétife, Madame de Francourt comprit que je ne devinerais jamais fes deffeins, fi elle ne s'expliquait d'une maniere plus intelligible. Elle me fit venir dans son oratoire, où elle restait chaque jour plusieurs heures de suite, sans qu'il fût permis d'y entrer. Je la trouvai couchée négligemment sur une chaise-longue, où, sans doute, elle faisait ordinairement ses méditations. Je vous laisse à penser quelle dût être ma surprise de voir qu'on me permit de pénétrer dans un lieu interdit aux regards des profanes; je me hâtai de le parcourir des yeux. Rien n'était plus galant que cet oratoire. Des peintures excellentes portaient dans le cœur une certaine volupté, en même tems qu'elles l'édifiaient. Dans un enfoncement, ménagé avec art, on découvrait un lit de repos, dont les rideaux galamment retroussés en festons, étaient soutenus par plusieurs petits génies.

Asseyez-vous auprès de moi, me dit Madame de Francourt; je veux méditer avec vous. Je pris un fauteuil, & me plaçai humblement à côté d'elle, croyant que j'allais entendre un pieux Sermon. —Il faut avouer, continua ma jeune maitresse, en me regardant fixement, qu'on a bien de la peine à marcher dans le

chemin du falut! Les tentations font
fréquentes, & les victoires difficiles à
remporter. Il paraît quelquefois fi doux
de fuccomber! Ah! les Saints ont eu
feuls le privilége de braver les charmes
que le démon nous fait trouver dans le
vice.– A ces mots, la voix de Madame de
Francourt s'éteignit, fes yeux devinrent
brillans, fon teint s'anima, des foupirs
s'échapperent comme malgré elle;& moi
je reftais immobile, les yeux baiffés,
attendant en filence la fuite d'un difcours auffi fage.

CDLXX^e FOLIE.

Madame de Francourt me regarde,
frappe du pied d'impatience, & s'écrie:
ah! mon Dieu! je me trouve mal, j'é-
touffe. J'allais me lever pour appeller
à fon fecours; non, non, me dit-elle
en me retenant par le bras; reftez, je
n'ai befoin de perfonne; c'eft une fura-
bondance de graces qui me fuffoque;
cela paffera. Alors elle ôta fon triple
mouchoir de cou, fe délaffa, découvrit
à mes yeux une gorge d'une blancheur
éblouiffante, & s'évanouit. La vue de
tant de charmes me mit hors de moi.
J'étais feul avec une jolie femme qui ne
pouvait s'oppofer à mes entreprifes; le

diable vint me féduire, & je portai l'audace jufqu'à fon comble. A peine me fus-je rendu coupable, que je frémis de la grandeur de ma faute ; vingt fois j'eus envie de prendre la fuite. Mais j'effayai en vain de me fauver ; je n'eus point la force de faire un pas, tant l'horreur de mon crime, & la crainte du châtiment, m'avaient pénétré de frayeur. J'allais peut-être me remettre un peu de mon trouble, quand je m'apperçus que l'évanouiffement de ma belle maitreffe fe diffipait, & qu'elle commençait d'entr'ouvrir les yeux. Mes allarmes fe renouvellerent ; je ne doutai plus de ma perte. Heureux, me difais-je, fi elle fe contente de me faire jetter par la fenêtre !

CDLXXI^e FOLIE.

J'étais à deux pas de Madame de Francourt, dans la pofture d'un criminel qui attend fa fentence. Mais, au lieu de fe montrer irritée de ma hardieffe, qu'elle ne pouvait ignorer, je vis la joie briller dans fes yeux ; elle me fit entendre une voix douce, dont les inflexions tendres allàient jufqu'au cœur. — Eh bien ! mon cher Champagne, me dit-elle, tu as

succombé sous les rufes du malin; il
s'eft fervi de moi pour te faire pécher.
La faibleffe des mortels les rend fouvent coupables ; & quand le mal eft
fait, on ne peut y remédier. Je te
pardonne, & je fens que je t'aime. L'a-
mour n'eft point un crime; c'eft la paffion qu'infpire la Nature à tous les Etres.
Mais fois difcret; évitons la médifance
du vulgaire. –Après ce difcours, qui diffipa toutes mes craintes, la jeune veuve
m'embraffa avec tranfport, & me pria
de la laiffer feule, vaquer à fes exercices de piété.

CDLXXIIᵉ FOLIE.

Le mélange de dévotion & de faibleffe que je connaiffais dans Madame
de Francourt, me faifait pourtant de
la peine ; quelquefois même j'avais horreur de fa conduite. A force de réfé-
xions, je parvins à la trouver un peu
excufable. Elle n'a pu réfifter à mon mérite, me difais-je. La vue d'un beau
garçon l'a féduite. Sans l'amour violent
que je lui infpire, elle ne fe ferait jamais écartée de la fageffe. C'eft ainfi que
je raifonnais. Les préfens & l'argent
que me prodiguait la jeune veuve, con-

tribuaient auſſi à me faire bien penſer en ſa faveur. D'ailleurs, elle n'oubliait qu'un moment ſes devoirs ; aux tranſports de l'amour ſuccédaient ceux de la vertu. J'aurais mis mon doigt au feu que j'étais le ſeul pour qui elle eût quelque faibleſſe.

CDLXXIII^e Folie.

Pluſieurs mois s'écoulerent pendant que je poſſédai ma jeune veuve. Elle m'appellait dans ſon oratoire, toujours à la même heure ; le tems que j'y reſtais était fixé ; dans la crainte de ſe tromper, elle avait grand ſoin de regarder ſouvent ſa montre. Cette attention m'étonna d'abord ; je m'y accoutumai par la ſuite, quand je crus en connaître le motif. Les momens que je paſſais renfermé avec Madame de Francourt, n'étaient pas tous conſacrés à la tendreſſe ; elle me faiſait de ſages exhortations ; il me fallait eſſuyer de longs diſcours, dans leſquels elle m'engageait à mener une vie ſans reproche. Dès que l'heure ſonnait où je devais me retirer, on me congédiait bruſquement ; j'avais beau inſiſter, j'étais contraint d'obéir ; & Madame de Francourt reſtait ſeule dans ſon oratoire, deux groſſes heures au moins.

CDLXXIV^e FOLIE.

Je ne pouvais concevoir ce qu'elle y faiſait ſi longtems. Je fus curieux de l'obſerver. Mais je m'efforçai en vain de découvrir quelque choſe par le trou de la ſerrure; tout était bouché, ainſi que les plus petites fentes. Les obſtacles ne ſervant qu'à piquer ma curioſité, je fis doucement une légere ouverture à la cloiſon, & j'y fixai un œil avec ardeur. Je vis Madame de Francourt à genoux, qui priait très-dévotement. Après avoir conſidéré une occupation auſſi reſpectable, j'allais me retirer tout-à-fait édifié, quand je m'apperçus qu'un tableau éloigné de la jeune veuve, s'agitait par degrés. Je redoublai d'attention, ſurpris d'une telle merveille. Le tableau ſe leva, je connais qu'il ſervait à cacher une petite porte, qui s'ouvrit tout-à-coup, & j'en vis ſortir un perſonnage à mine auſtère, dont la vertu faiſait l'admiration de toute la Ville. Ce grave perſonnage s'approcha de Madame de Francourt, qui s'était levée à ſon aſpect, & l'attendait d'un air gracieux.....

Un des gens de Monfieur le Baron
vient interrompre l'intéreffante hiftoire
de Colin ; il avertit fon maître que
des Gentilshommes du voifinage demandent à lui parler. Monfieur d'Urbin prie l'amant de Rofette de remettre
à une autre fois la fuite de fes aventures : celui-ci lui promet de revenir le
lendemain en continuer le récit ; & s'é-
loigne avec fa chere payfanne, qui n'eft
point trop contente de quelques endroits
de l'hiftoire qu'elle vient d'entendre.

SUITE DE L'HISTOIRE

du Marquis d'Illois.

CDLXXV^e FOLIE.

Nous allons maintenant jetter les
yeux fur les nouveaux travers du
Marquis d'Illois. Après avoir bien ri du
trouble qu'il a porté dans les plaifirs
fecrets de fa femme, il fe met au lit
à la place de l'Abbé, fans montrer aucune humeur. Lorfque les Laquais font
lâs d'étriller le malheureux petit-collet,
ils le jettent à la porte, en lui fou-
haitant une bonne nuit.

Monſieur d'Illois ſe leve le matin très-ſatisfait de la Marquiſe; & lui proteſte d'un air enjoué qu'il ne la dérangera plus dans les rendez-vous qu'elle pourra donner à ſes amans. -- Mais auſſi, continue-t-il ſur le même ton, ayez de la mémoire une autre fois; n'oubliez plus que je dois paſſer la nuit avec vous, quand j'aurai la fantaiſie d'y venir. Je ferai pourtant en ſorte de vous importuner rarement. -- Il tient parole en effet, & ne ſonge qu'à voler de belle en belle, & qu'à continuer de briller parmi les *Agréables* de nos jours.

Séduit par l'exemple des Seigneurs de ſon âge, il brigue la gloire de ſurpaſſer, s'il eſt poſſible, les petits-maîtres les plus frivoles, autant que les hommes à bonnes-fortunes les plus en vogue. Sa voiture eſt du dernier goût, ſans être trop faſtueuſe; elle eſt à l'Angloiſe, & d'une légéreté extrême. Les chevaux qui la traînent avec rapidité, ſont très-petits, & ſemblent voler. Malheur à ceux qui, à leur paſſage, ne ſe rangent point aſſez vîte!

Monſieur d'Illois ſait trop ce qu'exige le *bon ton*, pour conſentir que ſes chevaux

vaux

vaux n'aillent que le pas; ils vont toujours le grand galop. Tandis qu'il est mollement couché dans sa voiture, qui rase le pavé couvert d'étincelles, il voit régner autour de lui l'épouvante & l'effroi; on fuit, on court, on se sauve, dans la crainte d'être broyé sous les roues d'une machine redoutable, qui s'annonce de loin, comme la foudre, par un bruit affreux, & renverse souvent ceux qui croient l'éviter.

Pourquoi le Marquis fait-il tant de diligence, au risque d'écraser une foule de citoyens? Il va rendre visite à une Demoiselle de l'Opéra, ou bien il court assister à la toilette de quelque beauté célebre; souvent même il n'a rien à faire; mais un petit-maître a les devoirs de son état à remplir. M. d'Illois est trop avide de gloire, pour se relâcher sur les moindres choses. On le voit toujours empressé, vif, étourdi, paré avec autant de soin qu'une coquette, ne réfléchissant jamais, changeant d'idées à chaque minute, & parlant tout à la fois de vingt choses différentes. Un énorme bouquet à son côté, il vole aux Français, se place dans l'endroit le plus apparent, sort au milieu de la

Tome II.   K

pièce, va aux Italiens chanter plus haut
que les Acteurs, en se montrant à toutes les loges, & s'échappe encore avant
la fin du spectacle, pour courir à l'O-
péra lutiner les Actrices.

CDLXXVI^e FOLIE.

C'est ainsi que Monsieur d'Illois jouit
de l'agrément d'assister, dans un même
jour, à la représentation de trois pièces
en même tems. Comme il les écoute
avec beaucoup d'attention, il ne manque pas de prononcer hardiment sur
leur mérite, & sur le jeu des Acteurs.
Ses décisions sont autant d'oracles, &
font honneur à son goût & à son esprit. Il faut avouer qu'il se trompe rarement, parce qu'il suit une méthode
excellente ; il trouve toujours que les
pièces nouvelles ne valent rien, & que
les débutans sont pitoyables.

Il lui arriva malheureusement un jour
de se conduire avec moins de sagesse.
C'était en hyver & un jeudi ; par hasard les trois fâmeux Spectacles de Paris donnerent chacun en même tems
une pièce nouvelle. Le Marquis voit
les deux premiers actes de la Tragédie,
quelques scènes du dernier acte de la

Comédie-mêlées-d'ariettes, & fe trouve au dénouement de l'Opéra, joué par l'Académie Royale de Mufique. Le Marquis fe fait un point d'honneur de dire fon fentiment fur les trois pièces du jour. Vivement affecté de fes remarques, il va fouper chez une femme de fa connaiffance, où il fe promet de faire admirer la jufteffe de fa critique & de fes éloges.

CDLXXVII^e FOLIE.

Il y trouve un cercle brillant; & chacun fe fait un plaifir de l'entendre raifonner fur la nouveauté qui l'affecte. Il femble qu'une pièce jouée pour la premiere fois foit une affaire d'Etat; c'eft une fermentation générale dans les efprits; on s'intrigue, on differte, on raifonne; l'on en parle jufqu'à ce qu'une mode, une hiftoriette, un rien détourne l'attention; au bout de deux jours l'on n'en parle plus.

La fociété de la Dame chez laquelle s'eft rendu Monfieur d'Illois, s'imagine bonnement qu'il n'a été qu'à un feul fpectacle; quelques mots qui lui échappent font conclure qu'il vient des Français.

On eſt à peine à table, qu'une eſpèce de bel-eſprit, demande à M. d'Illois comment il trouve la Tragédie nou-velle. -- Le poëme me paraît bien fait, répond le Marquis ; mais les Acteurs chantaient trop fort.... Attendez : les ſentimens de la Princeſſe m'ont touché ; ſon père, qui eſt dans ce tombeau..... Ah! ce qui m'a fait beaucoup de plai-ſir, c'eſt cette lourde coignée.... -- Vous voulez dire ce poignard, dont le Tyran va frapper.... -- Oui, oui, directement. Ah! ah! rien n'eſt plus comique. Trois ſouhaits qui aboutiſſent à une anguille.... La Princeſſe eſt bien attrappée! Elle débite un morceau pa-thétique.... Je n'ai jamais entendu une auſſi belle ariette.... Comment! des Furies qui minaudent, des Diables pe-tits-maîtres! vous entendez des voix glapiſſantes, d'autres dont l'enrouement vous déſeſpére. La baſſe-taille du Roi n'était pas bien montée ; la haute-con-tre du jeune Prince était trop aiguë. -- Laiſſez-là les Acteurs ; parlez-nous du dénouement. -- Il m'a ravi. Tout ce feu qu'on éteint ſans eau, cette machine qui tombe du Ciel pour amener la ca-taſtrophe.... Il faut avouer que cette Tragédie eſt divine. --

Le bel-esprit, qui a interrogé le Marquis, & tous ceux qui sont à table, lui donnent mille louanges sur la maniere ingénieuse dont il vient de parler de la pièce nouvelle, & des Acteurs de la Comédie-Française.

CDLXXVIII^e FOLIE.

Cependant, à force de plaire, & de voltiger de belle en belle, M. d'Illois ne rencontre plus dans un certain monde de conquêtes dignes de lui. Il a rendu hommage à toutes les femmes qui en valent la peine ; il n'a pas laissé d'en trouver un grand nombre, puisqu'il change de maitresse tous les huit jours. Enfin, il s'apperçoit qu'il ne lui reste plus de conquêtes à faire, parce que ses triomphes lui ont tout soumis.

Cette découverte le désespere, quoiqu'elle flatte son amour-propre. Voilà son mérite désormais inutile. Que va-t-il devenir ? Pourra-t-il se résoudre à rester dans l'inaction, ou bien à passer sa vie auprès de sa femme ? Le Marquis, voulant continuer d'être un homme du bon ton, conclut qu'il doit se rabattre sur les filles de Théâtre.

K 3

CDLXXIXᶜ FOLIE.

Une autre réflexion lui fait prendre un singulier parti. Il pense que, pour être en régle, il faut qu'il entretienne une Actrice de chaque spectacle, de même que par air il va se montrer aux trois Théâtres à la fois.

La premiere sur qui Monsieur d'Illois jette les yeux, lui coûte beaucoup moins que les deux autres. C'est une triste *Melpomène*; mais jeune, bien faite, & dont le minois est séduisant. Vu l'abandon où est son Théâtre, elle accepte avec transport l'offre que lui fait le Marquis, de vingt-cinq louis par mois.

CDLXXXᶜ FOLIE.

Cette Melpomène, accoutumée à jouer les rôles de Reine & de Princesse, met de la dignité dans toutes ses actions. Elle marche lentement, la tête haute; déployant ses deux bras à chaque phrase, elle parle d'un ton fier & soutenu, comme si elle débitait toujours des vers pompeux. On ne la voit jamais émue & perdre sa gravité. On vient un jour l'avertir que le feu est dans sa maifon, & que le danger preffe. -- Qu'on ait foin de l'éteindre, dit-elle fans s'effrayer, & qu'on ne trouble point mon repos. --

Quand M. d'Illois lui apprend fes intentions, elle répond gravement : -- Je commençais à redouter un veuvage éternel. Je vous vois, je vous entends ; votre triomphe eft fûr ; & je daignerai, Seigneur, vous recevoir dans mon lit. - Peu s'en faut qu'elle ne parle qu'en vers.

C D L X X X I^e F O L I E.

Après avoir fait fes arrangemens avec l'augufte Melpomène, Monfieur d'Illois choifit la plus jolie Danfeufe de l'Opéra. La Nymphe légere qu'il honore du mouchoir, ne brille que depuis peu dans les ballets ; elle eft encore furnuméraire. Mais tout lui promet les plus grands fuccès dans la riante carriere qu'elle fe propofe de parcourir. Elle touche à peine à fa feizieme année ; & la fineffe de fa taille lui donne l'air de la premiere jeuneffe. Ses charmes naiffans, fes yeux fripons, fes manieres enfantines, attirent les cœurs autour d'elle, & lui ouvrent toutes les bourfes ; elle a lieu d'efpérer une ample moiffon

de richeſſes & de pierreries. La petite
perſonne, bien inſtruite, eſt d'une modeſtie édifiante, ſes yeux ſont ſouvent
baiſſés; quand on lui parle, on croit
voir le rouge de la pudeur ſe confondre
avec celui qui embellit ſon teint.

Un pareil tréſor ne manque pas de
faire naître des deſirs; Monſieur d'Illois
entreprend de l'emporter ſur ſes rivaux.
C'eſt à l'Opéra même qu'il fait part à
la charmante Danſeuſe de ce qu'il pro-
jette. Il lui offre une place dans ſa loge;
& peu occupé du ſpectacle, il s'épuiſe
en galanteries, en jolies choſes. On l'é-
coute en minaudant. Encouragé par la
maniere gracieuſe avec laquelle on reçoit les fleurettes qu'il débite, le Marquis change de converſation. — Faiſons
enſemble un marché, dit-il. Voulez-vous
être à moi? Combien me deman-
dez-vous? — Notre Danſeuſe prend un
air ſérieux, rougit, héſite, & répond
d'un ton agnès: — Monſieur, vous avez
bien de la bonté. Je ne me mêle pas
des affaires de la maiſon: adreſſez-vous
à maman. —

CDLXXXIIᵉ Folie.

Quelques inſtances que fait Monſieur
d'Illois, il ne peut tirer d'autre réponſe

de la jolie Nymphe, qui s'échappe d'auprès de lui, en l'informant de l'heure où sa maman sera visible le matin.

Le Marquis est trop pressé de terminer cette affaire importante, pour négliger la visite qu'on lui prescrit. Il se rend dès le lendemain chez sa Danseuse, & demande la vieille Dame qui doit prononcer définitivement.

La prétendue maman écoute ses propositions, les pese, les réfléchit avant de rien dire. Elle prend enfin la parole. --Nous pourrons nous arranger, Monsieur le Marquis. Nous touchons au tems que j'ai fixé pour me décider sur l'amant qui convient à Mademoiselle Adelaïde. Le mérite seul n'est point sûr d'avoir la préférence ; il faut payer les talens des Demoiselles de l'Opéra. Voyons celui qui nous fait les offres les plus avantageuses. --

La vieille avait de l'ordre. Elle fit convenir sa jeune éleve, qu'à son entrée à l'Académie Royale de Musique, elle serait un mois sans appartenir à personne, & qu'elle lui enverrait tous les prétendans, afin que ses lumieres & son expérience la dirigeassent dans son choix. Cet accord fut exactement ob-

K 5

fervé. La jolie Danfeufe, fe repofant
fur la fageffe de fa conductrice, ren-
voyait tout le monde par-devant elle;
la vieille, de fon côté, donnait régulierement audience tous les matins, à
onze heures précifes, & enregiftrait
avec foin les noms, la qualité & les
offres de chaque prétendant.

CDLXXXIII^e FOLIE.

En finiffant de parler, la prétendue
maman fe leve, ouvre un tiroir fermé
à la clef, en tire un gros regiftre, le
pofe fur une table, met fes lunettes,
& s'occupe à feuilleter fon livre, paraiffant fort appliquée à le lire, & à
calculer fur fes doigts. Le Marquis ne
fait à quoi tout cela doit aboutir; il
attend en filence qu'on l'en inftruife.

La vieille, après avoir longtems mar-
moté, hoché la tête par intervalles, &
fait plufieurs additions, ôte fes lunettes,
fe remet à fa place, touffe trois fois,
crache autant, & s'écrie: ‑‑ Réjouif-
fez-vous, Monfieur le Marquis; la charmante Adelaïde va vous appartenir.
Vous êtes le plus généreux de fes amans;
il eft jufte que vous foyez préféré. Vous
allez jouir d'un bonheur bien rare. Je
vous garantis que la petite n'a encore

aimé perſonne. Je vous livre un cœur tout neuf & rempli d'innocence. Le don que je vous fais mérite bien cent louis de pot-de-vin, outre les cinquante par mois dont nous ſommes convenus. Si vous refuſez ce dernier article, je ſerai forcée de rompre notre marché. J'exige auſſi que vous payiez les mois d'avance; foi d'honnête - femme, j'arrange les choſes en conſcience; & je me flatte que vous ſerez content. --

Monſieur d'Illois en paſſe par toutes les conditions que lui impoſe la préten-due maman. La jolie Danſeuſe ne ſe rend pourtant pas tout de ſuite; elle fait de petites façons, vante le ſacrifice de ſa vertu, & ne paraît céder qu'à l'Amour.

CDLXXXIV.e FOLIE.

Dès le lendemain de ſon bonheur avec la Veſtale d'Opéra, le Marquis vole aux pieds de la plus aimable Can-tatrice Italienne. Il lui tarde furiéuſe-ment de completter le nombre de ſes maitreſſes *d'étiquette*; il ne ſonge qu'avec tranſport à la gloire de ſurpaſſer tous les petits-maîtres de nos jours, qui ne s'aviſeront peut-être jamais qu'il eſt du

K 6

bon ton d'entretenir une divinité de chaque Théâtre, ainfi qu'il eft du *bel air* d'aller dans un même jour aux trois Spectacles.

La Cantatrice Italienne que le Marquis honore de fon choix, a fait naître plufieurs paffions. Sa figure eft tout-à-fait charmante, & refpire la tendreffe & la volupté. On ne peut lui reprocher qu'un air trop affecté de coquetterie; mais c'eft directement ce qui la fait paraître plus piquante. L'Actrice qui, en jouant fon rôle, fourit gracieufement aux Spectateurs, les porte à l'indulgence que fes minauderies femblent leur demander.

Ses grands yeux noirs, fixés ou clignotans, tout ouverts ou bien fermés en partie, font caufe de la préférence que lui donne Monfieur d'Illois, qui ne s'attendait point à la maniere dont elle reçoit fes propofitions. — Moi, que j'accepte vos offres, s'écrie-t-elle! moi, que j'aime par intérêt! Je rougis qu'on m'ait cru l'ame auffi vile. Penfez différemment fur mon compte, mon cher Marquis, continue la belle avec un tendre embarras. Le cœur d'un galant-homme me fuffit. Puifque j'ai le bonheur de vous plaire, que puis-je defi-

rer davantage ? Je fens qu'il ne me fera
guere poffible de réfifter à votre amour.-

Monfieur d'Illois croit rêver ; il infifte fur fes offres ; on fe fâche férieufement ; on le menace de ne jamais le
revoir ; on ne s'adoucit que parce qu'il
promet de ne plus chercher à féduire
par les richeffes un cœur qui n'eft fenfible qu'à l'amour. Monfieur d'Illois ,
prefque épris d'une véritable paffion ,
tant l'honnête procédé de la Nymphe
le féduit, foupire, preffe fa conquête
de couronner des feux , qui font l'ouvrage de fa vertu autant que de fes
charmes ; enfin , il obtient , avec le dernier étonnement , un rendez - vous
gratis.

C D L X X X V^e F O L I E.

Le jour défigné , il fe rend chez la
Cantatrice Italienne , après le fpectacle.
Elle fait éclater à fa vue une joie immo-
dérée , lui donne un fouper délicat , fans
vouloir permettre qu'il en paye les frais.
-- Vous êtes mon amant , dit-elle au
Marquis ; comme tel , vous pouvez dif-
pofer de tout ce que je poffede ; je mets
ma félicité à vous prouver mon ardeur.
Il eft fi doux à un amant d'être chéri

pour lui-même, & non à cause de sa fortune ou de son rang ! --

Comblé de faveurs & de plaisirs, Monsieur d'Illois allait sortir le lendemain de chez la Cantatrice, enchanté de son désintéressement ; un Marchand d'Etoffes de soie & un Bijoutier se présentent. -- Nous venons voir, disent-ils, si Madame n'a pas besoin de quelque chose ; c'est dans ce mois-ci que nous avons coutume de passer tous les ans. -- Eh ! mon dieu ! s'écrie la Cantatrice, pourquoi entrez-vous, quand j'ai du monde chez moi ? Je suis pourtant ravie que vous ne m'ayez point oubliée. Il me faut absolument plusieurs marchandises. Mais laissez partir Monsieur le Marquis ; je ne veux rien acheter devant lui. --

Monsieur d'Illois trouve un prétexte pour rester. Après de petites façons, la Dame consent qu'il soit témoin de ses emplettes, à condition qu'il lui dira son sentiment. Le Marchand de soie déploie ses riches étoffes, le Bijoutier étale ses montres, ses boîtes, ses breloques, ses diamans. Notre Cantatrice est transportée de ce qu'ils ont de plus beau, & témoigne une forte envie de

l'acquérir. Mais elle se récrie beaucoup
sur le prix excessif de tout ce qu'elle
voudrait avoir, & déclare qu'elle aura
la douleur de ne rien acheter, puisqu'on
n'a pas d'égard pour sa fortune. Le Marquis lui soutient que les marchandises
qu'elle a choisies ne sont point trop chè-
res; & la supplie de permettre qu'il lui
en fasse présent. L'adroite Cantatrice
proteste qu'elle ne le souffrira jamais,
& se dispute avec un des Marchands,
sans prendre garde à l'autre. Le Marquis profite de sa distraction, se hâte
de dire son adresse au Marchand qui est
resté oisif, & de mettre à part tout ce
qui a paru faire plaisir à sa maitresse.
La belle s'apperçoit enfin de son dessein,
& s'emporte contre celui qui a la complaisance de lui livrer sa marchandise.
Tandis qu'elle est occupée à parler avec
chaleur, Monsieur d'Illois s'arrange
avec le Bijoutier. La Cantatrice découvre encore ses projets; elle veut refuser
ce qu'il s'obstine à lui offrir; il n'en est
plus tems; les Marchands sont déjà bien
loin. Le Marquis, au comble de la joie,
a la satisfaction de lui faire accepter
pour environ vingt mille francs de ro-
bes & de bijoux; & n'en admire pas
moins le désintéressement de la belle.

CDLXXXVI^e FOLIE.

Les sommes considérables que dépense le Marquis, ne lui causent aucun regret; il satisfait ses caprices; il entretient avec éclat trois maitresses à la fois. Sa conduite rappelle celle de quelques grands Seigneurs, qui ont par faste plusieurs équipages qui leur sont inutiles.

Monsieur d'Illois ne rend point d'aussi fréquentes visites à ses maitresses, qu'aux trois spectacles. Quoiqu'il n'aille voir qu'une fois la semaine sa jolie Danseuse de l'Opéra, elle paraît inquiette lorsqu'il se présente chez elle, & l'engage de ne venir que la nuit. Elle exige encore qu'il ait la complaisance de la faire avertir, afin qu'elle puisse prendre ses mesures pour le faire introduire secrettement. Docile aux prieres de la jolie Danseuse, on dirait que le Marquis va en bonne-fortune. Enveloppé d'un manteau *couleur de muraille*, il arrive doucement au milieu de la nuit à la porte de sa Divinité, qui a soin de la tenir ouverte; marchant sur le bout du pied, il se glisse sans bruit dans l'appartement; & se retire avant la pointe du jour.

La jolie Danfeufe , le contraint à prendre toutes ces précautions, dans la crainte, dit-elle, qu'on ne vienne à découvrir l'unique faibleffe dont elle foit coupable. Le Marquis fe prête à tout ce qu'elle veut ; il eft perfuadé qu'elle eft d'une fageffe exemplaire, quoiqu'il fache que la vertu d'une fille d'Opéra foit un phénomène affez étonnant.

CDLXXXVII^e FOLIE.

Dans une de fes vifites fecrettes , Monfieur d'Illois trouve la jolie Danfeufe toute en larmes. Elle veut en vain diffimuler fa douleur, en affectant un air ferein ; on voit rouler dans fes yeux les pleurs qu'elle s'efforce de retenir, & qui la trahiffent enfin , en s'échappant malgré elle. La prétendue Maman tâchait vainement de la confoler. Allarmé d'une fi violente trifteffe , le Marquis demande avec empreffement ce qui peut l'occafionner; on ne lui répond que par des fanglots. Il conjure long-tems la belle de ne lui rien cacher, promettant de faire tout ce qui dépendra de lui , pour diffiper fes chagrins , & pour la rendre heureufe. A ces mots confolans, elle effuie fes beaux yeux, fourit à demi , regarde tendrement

Monſieur d'Illois, & lui parle de la
ſorte :-- Je ſuis au déſeſpoir ! Les De-
moiſelles de l'Opéra me mépriſent, &
n'oſent me regarder comme leur compagne. La plûpart d'entr'elles ſont couvertes de pierreries ; elles ont de riches
braſſelets, un ſuperbe collier, de larges
boucles-d'oreilles ; & moi, j'ai à peine
quelques miſérables brillans ! Elles ont
donc plus de mérite que moi ! Je ne puis
ſans rougir me placer à côté d'elles. Il
n'y a pas juſqu'à la petite Victoire, qui
ne figure que depuis un mois dans les
ballets, qui ne ſoit éclatante de pierreries ; ſon Milord.... ce dernier trait
acheve ſur-tout de me percer le cœur ;
j'en mourrai de confuſion !-- Et la jolie
Danſeuſe recommence à pleurer.

Le Marquis rappelle les promeſſes
qu'il vient de lui faire, & jure qu'à ſon
lever, elle aura ſur ſa toilette tout ce
qui flatte la vanité des femmes. En la
quittant le matin, il court chez les plus
fameux Bijoutiers faire les emplettes
qu'elle deſire. Un Laquais affidé remet
avant midi à la Danſeuſe le riche écrin
qui doit la conſoler.

CDLXXXVIIIᵉ FOLIE.

Elle l'ouvre précipitamment, & reſte

immobile, éblouie des précieux tréfors qu'il renferme. Revenue de fa premiere furprife, elle fe livre à toute fa joie. Elle fe hâte de mettre tant bien que mal, les brillans ornemens dont elle était fi impatiente de fe voir parée; elle court comme une folle devant tous fes miroirs, afin d'examiner bien vîte l'effet de fes diamans. Ravie, tranf-portée de fon nouvel éclat, elle fe pro-mene dans fa chambre, en fe donnant des airs, des manieres; tout-à-coup elle rit à gorge déployée, chante & faute de plaifir. C'eft avec beaucoup de pei-ne, que l'éloquence de la maman par-vient à modérer cette efpece de délire.

CDLXXXIX.ᵉ FOLIE.

Depuis qu'elle eft fi brillante, la jolie Danfeufe s'imagine, fans doute, qu'elle n'eft plus la même. Elle fe préfente fiere-ment fur la fcène, jette autour d'elle un regard dédaigneux; comme fi on devenait une perfonne illuftre, parce qu'on porte ce qui diftingue les femmes du premier rang. Les fpectateurs s'atta-chent plus à la confidérer que les ballets dans lefquels elle figure. Rien de fi co-

mique que la mine qu'elle fait dans sa
parure fastueuse. Un air de satisfaction
est répandu sur toute sa personne ; elle
se contemple souvent, & sourit à sa
magnificence. Son collier de diamans,
orné d'un nœud large de trois doigts,
la force de tenir sa tête en arriere ; on
dirait qu'elle a le cou dans un cercle de
fer. Ses bras, chargés de brasselets, ne se
meuvent que par ressorts. Elle ose à
peine se remuer, & se retourne tout
d'une piéce. Quand elle est fixe sur la scène, elle n'a garde de se présenter de pro-
fil ; elle se montre toujours en face, afin
que ses diamans soient mieux vus. Se
pinçant les lévres, prenant un air grave,
elle se tient droite comme un cierge,
les mains sur son busq.

La vanité de notre Danseuse a fait
naître un bon mot qui mérite d'être
rapporté. De son riche collier pendait
autrefois une branche de diamans,
qu'on appelle une riviere, qui venant
flotter sur sa gorge, descendait jusques
au milieu de son estomac. Quelqu'un
dans le parterre se récriant sur la longueur prodigieuse de cette *riviere* étincelante de rubis ; un bel esprit, confondu

parmi les spectateurs, éleva sa voix : --
Ne voyez-vous pas, dit-il, que cette
riviere retourne à sa source ? --

SUITE DE L'HISTOIRE

de la Marquise d'Illois.

XD^e FOLIE.

JE dois revenir à la Marquise d'Illois ;
elle ne fait pas moins de folies que
son mari. Nous l'avons laissé furieuse
contre l'Abbé Frivolet, qui déclare le
vol du serin, dans la douleur que lui
causent les coups de bâton que lui fait
prodiguer le Marquis, dont il se dis-
posait à prendre la place.

Le petit-collet, bien étrillé, n'a plus
envie de faire sa cour aux Dames ; &
Madame d'Illois ne regrette nullement
sa conquête. Une foule de soupirans
contribue à la consoler de la perte qu'elle
vient de faire ; & l'indigne procédé de
l'Abbé, que le hasard lui découvre, fait
bientôt succéder la haîne à l'amour.

Le caractere frivole de la Marquise

raſſemble autour d'elle un eſſain de petits-maitres, plus fats les uns que les
autres, qui lui racontent leur tendre
martyre, en minaudant devant une
glace. Les hommages qu'on lui rend la
mettent dans un très-grand embarras,
non pour réſiſter, mais pour ſe rendre.
Comme l'uſage n'eſt point encore éta-
bli d'écouter dans le même tems tous
les amans qui ſe préſentent, & que tous
ceux qui lui font la cour ont un égal
mérite, la Marquiſe n'eſt embarraſſée
que du choix. Il faut qu'elle cède, après
quelques jours d'une défenſe opiniâtre;
mais la difficulté eſt de démêler celui
qui eſt digne de la préférence.

Le Financier Mondor, dont j'ai dé-
crit ailleurs la perſonne & le caractere;
celui qui déclarait ſon amour en même
tems que l'eſprit-follet, oſe encore ſe
mettre ſur les rangs. -- Il ſerait tout
ſimple, dit-il à la Marquiſe, que vous
ayez pour moi des bontés; je ſuis l'enfant de la fortune; les plus grands ſuc-
cès ne me cauſeraient aucun étonnement. -- Madame d'Illois ne fait que
rire de ſes prétentions. Il continue d'ap-
puyer ſes eſpérances amoureuſes ſur le

bonheur qu'il a toujours eu de parvenir. Ses difcours infpirent à la Marquife
la curiofité d'entendre fon hiftoire ; & il
la raconte modeftement.

HISTOIRE
D'UN FINANCIER.

XDIᵉ FOLIE.

LES Nobles qui ne font plus de mode,
ou qui avec l'âge prennent des manieres gothiques, font appellés des gens
de la vieille cour, dit le financier Mondor, parlant à la Marquife; moi, Madame, je fuis de l'ancienne finance, &
peut-être le feul qui la retrace encore.
Né dans un tems plus favorable aux bas-
Employés que celui-ci, j'ai monté jufqu'au grade où vous me voyez, malgré
l'obfcurité de ma naiffance & de mes
premiers emplois. Au lieu qu'à préfent
ceux qui parviennent à ma fortune,
font d'une famille diftinguée, & poffe-
dent des talens eftimables ; auffi les
voyons-nous ordinairement protéger les
arts & les lettres, qu'ils cultivent eux-
mêmes.

Je fuis fils d'un Serrurier. Je ne vous
cache point mon origine ; parce qu'il
m'eſt plus honorable d'avoir gagné du
bien par mon mérite , que d'être né
riche, pour n'avoir que la peine de dépenfer. Mon pere voulut m'élever dans
fa profeſſion. Mais j'étais pareſſeux ; il
m'étrillait fouvent. Ses manieres peu
polies me rebuterent. Je trouvai le
moyen de lui dérober quelques écus , &
m'échappai un beau jour de la maiſon.
Je m'étais fait une idée charmante de la
vie de Domeſtique. J'arrivai à Paris
dans le deſſein d'endoſſer la livrée. Le
hafard me fit rencontrer dans l'endroit
où j'allai loger, un garçon de mon pays
qui avait depuis long-tems l'honneur de
verfer à boire. Mon obligeant compa-
triote me plaça chez une jeune Dame,
qui avait un vaſte Hôtel, de grands
Laquais , pluſieurs beaux carroſſes. Je
croyais être au fervice d'une Princeſſe.
Mes camarades me mirent bientôt au
fait. Ils m'apprirent que Madame de
Millois, n'était qu'une Actrice entretenue par un Financier. Je ne tardai pas
à voir cet amant fi libéral , & je ne fus
plus furpris de fes générofités ; il avait
befoin en effet d'acheter les careſſes
d'une

d'une jolie femme. C'était une maſſe de
chair pouvant à peine ſe remuer, que
ſes habits chamarrés d'or rendaient encore plus ridicule. Sa tête était preſque
auſſi groſſe que ſon corps, quoique ſon
ventre fût d'une ampleur énorme. En
marchant, il ſoufflait avec un bruit affreux, & faiſait trembler le parquet
ſous ſes pieds. Rien n'était ſi taciturne
que Monſieur le Financier; il ſemblait
ſe douter qu'il ne diſait que des ſottiſes.
Quand il ouvrait la bouche, il faiſait
entendre une voix tonnante, & ne parlait que d'un ton bruſque, comme s'il
eût été toujours en colere.

X D I Iᵉ F O L I E.

Mon attention, mon zèle à bien faire
mon devoir, me gagnerent l'amitié de
Madame de Millois. J'avouerai qu'elle
me trouvait joli garçon; mon air de
jeuneſſe & mon ingénuité lui plaiſaient
infiniment. J'avouerai auſſi qu'elle avait
le meilleur cœur du monde. J'eus ſouvent lieu de m'appercevoir combien elle
aimait ſon prochain; j'ouvrais ſecrette-
ment la porte le matin à un Cavalier
beau comme l'Amour, qui lui rendait
de fréquentes viſites à l'inſçu du vieux

Financier. Elle me fit apprendre à lire ,
à écrire , & les quatre premieres regles
de l'aritméthique , avec une bonté que
je n'oublierai jamais. Quand elle fut certaine que j'étais un peu favant , elle
m'appella dans fa chambre : oh ! çà ,
Saint-Jean , me dit-elle ; je veux te faire
nâger dans l'opulence. J'aurai le plaifir
de te voir dans peu puiffamment riche.
Je vais te placer dans le chemin de la
fortune.

Je remerciai ma bienfaifante maitreffe de fes bontés , en répandant des
larmes de joie. Je me flattais déjà d'être
fur le point de rouler carroffe. J'ignorais pourtant ce que Madame de Millois
fe propofait de faire en ma faveur ; &
je n'ofai la prier de s'expliquer. Plufieurs jours s'écoulerent fans que je viffe
l'accompliffement de fes promeffes ; jugez de mon impatience. Enfin, un foir
qu'elle était feule avec le Financier, on
vint me dire qu'elle me demandait. Je
courus dans fa chambre , perfuadé que
je touchais à l'inftant de mon bonheur.
Elle fourit en me voyant , & dit au Créfus que j'étais celui dont elle venait de
lui parler. La maffe de Monfieur le Financier était lourdement enfoncée dans

un vaſte fauteuil ; il m'examina d'un
air refrogné , & me dit bruſquement
ſelon ſa coutume : mon ami, je te pro-
tége par rapport à Madame. Allons, je
te donnerai de l'emploi quand tu m'au-
ras ſervi quelque tems; il faut faire un
Noviciat. Je me retirai aſſez mécontent
de voir borner à ſi peu de choſe toutes
mes eſpérances. Je racontai triſtement
à mes camarades que j'allais entrer au
ſervice du vieux Créſus. Mon air douloureux les étonna ; ils ſe récrierent
beaucoup ſur ce que je ne ſavais pas
encore qu'être Laquais d'un Financier ,
c'était avoir un pied dans la Finance.

XDIIIᵉ FOLIE.

Encouragé par de tels diſcours , je
ſortis moins chagrin de chez Madame
de Millois, qui me promit d'avoir ſoin
de ma fortune ; & j'allai groſſir le nombre des ſerviteurs du Créſus. Je ne tardai pas à connaître combien la protection des Dames eſt utile. Je devins le
premier Laquais du Financier ; & alors
je ne doutai plus de me voir bientôt un
homme important. La conſidération
qu'on avait pour moi, ſervit encore à
m'entretenir dans mes idées de gran-

deur. On venait fouvent implorer ma
protection ; & les prieres qu'on me faifait étaient toujours accompagnées de
quelques louis d'or. L'épais Créfus dé-
ridait quelquefois fon front quand nous
étions tête-à-tête ; il daignait s'humanifer à me parler d'une voix moins rauque, d'un ton moins impératif. Il eft
vrai que je lui rendais de petits fervices
dont il était flatté. Je ne fais fi la faibleffe de fa vue l'empêchait de lire les
lettres qu'on lui adreffait, ou fi à fon âge
l'écriture eft ingrate ; tout ce que je puis
dire, c'eft qu'il fallait que je lui déchif-
fraffe les miffives, les mémoires qu'il
recevait. J'écrivais auffi fes réponfes ;
& je lui évitais la peine de faire le moindre calcul ; il n'y a que les fouftractions
qu'il faifait lui-même.

Enfin, les follicitations de Madame
de Millois me procurerent un meilleur
fort. J'étais depuis deux mois tout au
plus Laquais affidé du Financier, quand
il m'accorda un emploi confidérable.
Un autre de fes Domeftiques devint
fon Lecteur & fon Secrétaire, en attendant la premiere place vacante. Le Créfus faifait efpérer depuis long-tems un
emploi à une foule d'honnêtes gens, qui

venaient implorer fa bienfaifance ; &
ce fut à un de fes Laquais qu'il le donna. Il promettait à tous fes protégés de chercher au plutôt l'occafion
de leur rendre fervice, & ne fongeait
guères à tenir fa parole. On m'a montré un de ceux, qu'il repaiffait d'efpérances, qui, depuis trois ans avait la
patience de lui faire régulierement la
cour toutes les femaines, fans en être
plus avancé. Pour contenter fa maitreffe, le Financier commit même fans
fcrupule une injuftice ; je paffai fur le
corps de plufieurs Employés, qui, par
droit d'ancienneté, devaient avoir ce
que j'obtins fans peine.

XDIVe FOLIE.

Je me vis tout-à-coup Contrôleur-
Ambulant dans les Aides, & riche de
deux mille francs de revenu. Au refte,
j'étais en état de m'acquitter de mon
devoir ; j'avais eu foin de m'inftruire
chez mon Financier dans l'art de dref-
fer des procès-verbaux, de fonder & de
marquer les tonneaux remplis de vin.
Il me fallait un cheval, le Créfus daigna me faire préfent du meilleur de fon
écurie, & eut encore foin de garnir

ma bourse. Jugez si je lui étais bien re-
commandé, & si la Dame qui me protégeait lui était chere! Avant de partir
pour le lieu de mon district, j'allai remercier mon aimable bienfaictrice. Elle
m'assura de nouveau qu'elle aurait soin
de ma fortune. Soyez sage, me dit-elle;
aimez le travail; & vous pourrez parvenir. On s'avance par degrés dans votre état; tel dont vous ambitionnez
l'opulence, s'est élevé de beaucoup plus
bas que vous.

J'arrivai à l'endroit qui m'était marqué; & je commençai mes visites dans
les cabarets de la campagne. J'étais souvent obligé de descendre dans les caves;
& je ne pouvais alors me défendre d'ê-
tre saisi d'une secrette horreur. Un peu
de frayeur, en effet, doit être permise.
A la lueur d'une faible lumiere, vous
descendez un escalier obscur, étroit,
glissant; vous vous enfoncez dans un
souterrain où le Soleil ne pénétra jamais; & vous avez pour compagnon le
Marchand de vin, homme robuste, qui,
persuadé qu'on ne veut que sa ruine,
voudrait pouvoir vous assommer. Ma foi,
ceux qui ne tremblent pas alors ne font
guères de réflexions. Pour moi, qui de

ma vie ne me suis piqué d'être un héros, j'avais bien de la peine à cacher ma frayeur. L'aventure qui m'arriva dans une des maudites caves où je m'enfonçais à mon grand regret, ne servit point à me rassurer.

XDVᵉ FOLIE.

Accompagné de deux Commis, je me présentai chez un Marchand de vin, lorsqu'il m'attendait le moins. Le drôle avait la réputation de faire la contrebande, c'est-à-dire, de ne point déclarer tout son vin, dont il vendait une partie en cachette, afin de fruster les droits. Sa femme me reçut d'un air déconcerté, en me priant de me reposer un moment, parce que son mari ne tarderait pas à revenir de la ville. Pour la première fois de ma vie, je fus discourtois au beau sexe. Je voulais surprendre mes gens; ainsi, sans rien écouter, je pris le chemin de la cave; toujours suivi de mes deux Acolythes munis d'une lumiere; car sans cela j'aurais été moins brave. Je crus que l'escalier qui conduisait au noir souterrain ne finirait jamais; je frissonnai en descendant si long tems sous terre. J'arrivai enfin dans le gouffre ténébreux ; & l'odeur du vin me remit un peu de ma frayeur, en m'assurant que j'étais véritablement dans une cave. A la pâle lueur d'un bout de chandelle, je considérai les tonneaux, les uns après les autres. Tandis que je faisais cet examen, des soupirs frapperent mon oreille. Mes Commis, aussi étonnés que moi, regarderent autour d'eux, & n'apperçurent rien. Nous nous rassurâmes cependant, persuadés que nous nous étions trompés. En fondant une grosse futaille, placée dans un coin, je sentis de la résistance, que je n'avais point coutume de rencontrer. Comme j'appuiais fortement la fonde, qui est une espece de verge de fer ; des sons plaintifs se firent entendre. Mes cheveux se dresserent, nous demeurâmes immobiles d'effroi : que j'aurais bien voulu alors être encore dans une anti-chambre ! Mais que devînmes nous, quand une voix terrible, sortant du tonneau, nous adressa ces paroles : Tremblez, misérables ; la mort s'avance à grands pas ; vous rendrez compte de vos actions. Mes camarades mirent l'épée à la main ; moi je reculai d'épouvante. Mes forces me manquant, je m'appuiai contre des

planches qui semblaient former une
cloison , & que l'obscurité m'avait empêché de découvrir. Elles tombèrent
avec fracas ; & je m'apperçus qu'elles
cachaient plusieurs piéces de vin. J'allais
me récrier , quand je vis sortir du tonneau d'où la voix s'était fait entendre ,
un homme , le regard furieux , armé d'un
terrible gourdin. Plutôt que d'être ruiné , s'écria-t-il , j'aime mieux mourir.
Je comptais vous faire prendre la fuite ,
afin d'avoir le tems de vendre secrettement ma provision ; je n'ai point réussi ;
mais il vous en coûtera cher. Tout en parlant , le coquin jouait du bâton. J'avais
beau me retirer prudemment , il frap-
pait sur moi de préférence. Je crois ,
Dieu me pardonne , que le drôle savait
qu'il est d'usage que dans une bagarre le
Contrôleur-Ambulant reçoive pour sa
part la moitié des coups qu'on prodigue
à ses Commis.

Pour comble de malheur , notre lu-
mière s'éteignit. Le combat devint alors
plus sérieux. Mes deux Acolythes allon-
geaient en vain de grandes bottes ; ils
ne frappaient que l'air ; & mon dos leur
servait de bouclier. Enfin , c'était fait
de nous , je n'aurais peut-être poin' au-

jourd'hui, Madame, le bonheur de baifer vos jolies mains blanches, fi nous ne
nous étions fauvés par le foupirail de
la cave.

XDVI^e FOLIE.

Vous penfez-bien que quand je fus
revenu de ma peur, je ne reftai pas
oifif. Je me mis à verbalifer ; j'envoyai
aux fermes le détail de mon aventure.
Je reçus des complimens fur ma bra-
voure ; & j'eus le plaifir de réduire fur
la paille le fripon de cabaretier.

Le Créfus à qui je devais ma place
s'étant déclaré mon patron, j'étais certain de m'avancer ; car avec un patron, dans la Finance, l'on ne faurait
manquer de faire fon chemin : mais il
en faut un abfolument, fans quoi le
mérite eft inutile, & l'on court rifque
de languir dans les derniers emplois.
Il eft encore néceffaire d'être protégé
par quelque maitreffe de Financier. C'eft
au moins ce qui s'obfervait dans l'ancienne Finance.

La rigidité avec laquelle je faifais
payer les droits ; mon aventure avec
le cabaretier ; & les follicitations de
Madame de Millois en ma faveur, me

firent regarder comme un grand-homme. On se hâta de récompenser mon mérite. Il y avait à peine une année que je jouissais du grade de Contrôleur-Ambulant, quand je reçus l'agréable nouvelle que j'étais nommé directeur.

XDVII^e FOLIE.

Ma Direction était considérable; elle me rapportait dix mille livres de rente, sans compter le tour du bâton, qu'il est à supposer que je grossissais de mon mieux. La joie que je ressentis de me voir un petit Seigneur, ne m'empêcha pas d'être sage. Je m'appliquai sérieusement à bien m'acquitter de mon emploi; j'étais assidu au travail, & levé dès six heures du matin. Mes occupations me défendaient des charmes des femmes, auxquelles je n'avais point le tems de songer. Je vivais avec économie, sans me permettre aucune folle dépense; aussi amassai-je beaucoup d'argent.

Je me flattais de faire bientôt la plus grande fortune; mes rapides succès, & ma conduite irréprochable, me promettaient un heureux avenir: trompeuses espérances! Je fus précipité tout-à-coup dans le néant dont je continuen.

L 6

çais à fortir. J'étais Directeur depuis
deux ans, eftimé de mes fupérieurs,
qui applaudiffaient à mes travaux & au
zèle avec lequel je régiffais; je reçus
ordre de rendre mes comptes; j'obéis
promptement. On trouva que j'étais
en regle, & qu'on ne pouvait fufpec-
ter ma probité, & l'on me fit favoir
en même tems que j'étais caffé. Il me
fallut quitter ma place, & me réfoudre à vivre fans emploi.

Une lettre de Madame de Millois,
m'apprit la caufe d'une auffi criante
injuftice. Cette femme à qui j'avais
tant d'obligations, fe plaignait de mon
malheur & du fien. Une fille-de-cham-
bre qu'elle honorait de fa confiance,
la trahit indignement, & fut découvrir au Financier les infidélités de fa
maitreffe. Mon patron, furieux, fe préfenta chez elle, quand on était loin de
fonger à lui. Il la trouva couchée avec
le beau jeune homme auquel j'ouvrais
autrefois fecrettement la porte. Ne pouvant plus douter de fon inconftance,
il la dépouilla d'une grande partie des
richeffes qu'il lui avait données; pouffa
même l'indignité jufqu'à faire enlever
fes meubles, qu'il fit porter tout de

ſuite chez une autre femme. L'injuſte Créſus étendit ſa vengeance juſques ſur moi; il me fit chaſſer d'une place que je ne devais qu'à ſes bontés; & la donna à un homme protégé par la belle qui ſuccédait à Madame de Millois.

XDVIIIᵉ FOLIE.

Je ne vous dirai pas combien ce coup imprévu me fut ſenſible. Au milieu de mes proſpérités, je me vois le jouet de la fortune. Je perds le fruit de mes ſervices. Non ſeulement on me prive d'une place lucrative, on me refuſe encore le moindre emploi. Je ſuis contraint de renoncer à mes projets de grandeur; trop heureux ſi je puis rencontrer quelqu'état où je traîne mes jours dans l'obſcurité! Grace à mon économie, je poſſédais, il eſt vrai, une aſſez bonne ſomme; mais je n'avais plus l'eſpoir d'augmenter mon capital; il ne me reſtait que la triſte certitude de le diminuer chaque jour, & de le réduire peut-être à rien.

Je revins à Paris, afin de faire mes repréſentations à Meſſieurs les Fermiers-Généraux. La plûpart d'entr'eux me parurent fâchés de ma diſgrace, &

me promirent de s'intéresser à mon
fort. Pendant que je sollicitais vivement un nouvel emploi, j'eus la satisfaction d'apprendre la chûte du Financier qui de mon patron était devenu mon persécuteur. Son luxe prodigieux, ses dépenses énormes, & le
grand nombre de ses maitresses entre-
tenues, épuiserent insensiblement ses
richesses, le forcerent à contracter des
dettes; ses créanciers, lassés de lui accorder du tems, & craignant de pousser trop loin la complaisance, l'atta-
querent tous à la fois. Le malheureux
Crésus ne put faire tête à l'orage. On
l'arracha de son palais éclatant pour
le conduire dans une sombre prison.
Tout ce qu'il possédait, & jusqu'à ses
meubles, fut vendu aux plus offrans;
il se vit abandonner de ceux qui dans
son opulence se disaient ses amis; personne ne vint seulement le consoler.
Ruiné sans ressource, généralement
oublié, il mourut en prison de chagrin
& de misere.

CONCLUSION

de l'hiſtoire du Financier.

XDIX^e FOLIE.

UNE pareille chûte épouvanta quelques-uns des confreres du malheureux Financier ; on trembla d'éprouver ſon ſort; & l'on connut que le ſecours des zéros n'était pas toujours auſſi certain que le Vulgaire ſe l'imagine. J'allais rendre viſite, ſur ces entrefaites, à un Créſus qui me témoignait le plus d'amitié, & pour lequel je me ſentais une ſorte d'inclination. Je m'apperçus qu'il avait quelques violens ſujets de triſteſſe; ſans me parler il ſe promena long-tems dans ſa chambre d'un air penſif, en ſe frottant la tête, en pouſſant par intervalles de profonds ſoupirs. Je pris la liberté de lui demander ce qui l'inquiétait. Après un moment de ſilence, il s'écria; ah! mon cher ami, je ſuis perdu à mon tour! Si j'avais ſeulement trente mille livres comptant, j'appaiſerais une partie de mes créanciers. Un coquin de

Commis m'emporte cent mille écus ; il est important pour moi qu'on n'en sache rien. J'offris au désespéré Crésus la somme qu'il desirait. Il me sauta au cou, me promit de reconnaître le service que je lui rendais : je le quittai, & lui envoyai au plutôt l'argent dont il avait besoin.

Quelques jours après cette bonne action, l'on me manda de venir aux Fermes ; j'y courus, palpitant d'espérance & de crainte. Tous les Fermiers-Généraux étaient assemblés. Nous avons besoin de vos lumieres, me dit l'un d'eux. Nous n'ignorons pas quelle est votre capacité. Monsieur de la Zérodiere, (c'était celui que je venais d'obliger) nous a vanté votre amour pour le travail & votre expérience dans la régie. Nous vous nommons Sous-Fermier ; & nous croyons que nous aurons lieu de nous louer de vous. Nous aurons désormais des droits à vos conseils, & des ressources dans votre habileté si vantée par un de nos anciens confreres. Il me serait impossible de vous exprimer la joie dont je fus rempli. En sortant de l'Assemblée, j'éprouvai encore un autre bonheur. Monsieur de la Zérodiere, auquel il était si utile de rendre fervice, m'amena chez lui, & voulut abfolument me remettre mes trente mille livres.

Enfin, que vous dirai-je, Madame? Je gagnai dans peu d'années des fommes prodigieufes, & méritai la confiance qu'on avait en moi. Je parvins à être Fermier-Général; ce que je fuis encore, grace au ciel; & mon ambition eft fatisfaite. Depuis que je fuis parvenu aux premiers emplois de la Finance, je ne me pique plus de cette fageffe ridicule, qui ne fied qu'aux fubalternes. J'ai voulu briller comme les autres. J'ai entretenu des filles de fpectacles, à l'imitation de mes confreres; j'ai prodigué mes richeffes pour fatisfaire mes caprices. Que mon or a féduit de Lucreces! Que j'ai fléchi de cruelles, qui font encore loin de moi les veftales! par une viciffitude finguliere, j'ai entretenu long-tems l'obligeante de Millois, dont je fus le petit laquais; & j'ai acheté le fuperbe palais du Créfus ont j'ai porté la livrée: voilà les phéd ménes qui arrivent dans le monde. roe de métamorphofes auffi étonnanOu que la mienne! tes

Je vous ai raconté naïvement mon histoire, perfuadé que vous en concluriez, Madame, que les faveurs dont m'a comblé la fortune, annoncent celles que je dois efpérer de l'Amour. Je fuis né pour prétendre au bonheur le plus grand ; ce ferait vous oppofer au deftin, que de refufer de me rendre heureux : il eft vrai que je n'ai réuffi que du tems de l'ancienne Finance, & qu'à préfent l'on a un peu moins de facilité à parvenir. Mais, Madame, fur la fin de mes jours, voudriez-vous que j'aie à me plaindre de mon étoile, malgré tout le bien qu'elle m'a fait ? —

SUITE DE L'HISTOIRE

de la Marquife d'Illois.

Dᶜ FOLIE.

L E Financier termina fon récit par cette galanterie. On doit penfer que fa maniere de narrer n'eft pas trop agréable, puifqu'il s'exprime avec peine & en bégayant. Madame d'Illois eut la patience de l'écouter ; mais voilà

tout le fruit qu'il tira de fa complaifance à révéler les fecrets de fa vie.

Après de férieufes réflexions, après
avoir mûrement pefé le merite de chacun de fes amans, la Marquife par-
vient enfin à faire un choix. Elle fe
décide en faveur du plus fat, du plus
frivole de fes adorateurs.

Le Chevalier de Renoncourt qu'elle
diftingue de la foule, eft, en effet, le
plus charmant des petits-maitres. Il eft
grand, d'une taille avantageufe, a la
jambe bien faite, la phyfionomie noble
& intéreffante, les cheveux noirs & naturellement bouclés. Il n'ignore pas les
charmes répandus fur toute fa perfonne. En marchant, il paraît fe fourire
à lui-même; il vous aborde d'un air
qui femble vous dire: n'eft-ce pas que
je fuis un joli Seigneur? Il a grand foin
de mettre fa jambe en avant, le jar-
ret bien tendu, afin qu'on s'apperçoive
qu'elle eft bien tournée. Perfuadé qu'il
a de très-belles dents, il rit à tout
propos, afin d'avoir occafion de les
montrer. Un joli homme tel que lui,
eft trop rare, pour que l'exiftence n'en
foit pas précieufe; auffi fe ménage-t-il
avec un foin infini. Dans la crainte de

fatiguer fa poitrine délicate, il parle
très-bas, quoiqu'avec volubilité. Le plus
petit rhume lui caufe mille allarmes,
& fait trembler pour fa vie les trois
quarts des femmes de Paris. Le mérite
du Chevalier ne fe borne pas à celui
de la figure & de la taille; il a beaucoup d'efprit, & fait des vers charmans,
remplis de cette légéreté, de ces graces, de cette fineffe qu'on n'acquiert que
dans le grand monde.

Il eft aifé de s'imaginer que le Chevalier doit être l'idole des femmes, &
que fes rares qualités lui caufent fouvent de grandes fatigues. Madame d'Illois vient augmenter le nombre de fes
conquêtes & des pénibles devoirs auxquels elles l'affujettiffent.

Sitôt que la Marquife a formé le
deffein de fe l'attacher, elle fe comporte de maniere à lui faire deviner fes
bonnes intentions. Monfieur de Renoncourt n'a pas de peine à s'appercevoir
qu'il eft aimé. Dans le premier tête-à-
tête qu'on lui procure adroitement, &
qui ne paraît que l'ouvrage du hafard,
il agit en amant perfuadé de fon mérite
& de l'impreffion qu'il a faite fur le
cœur de fa maitreffe. Madame d'Illois

ne se défend que pour donner plus de prix à la victoire qu'elle va céder. Enfin son trouble, ses yeux mourans, les soupirs qui lui échappent, annoncent qu'elle se rend au vainqueur. Le Chevalier ne s'attendait pas à une si prompte défaite. Il tâche en vain de profiter de son bonheur. Le dirai-je ? Il est victorieux sans pouvoir combattre. Madame d'Illois éprouve la plus grande surprise qu'elle ait jamais eue de sa vie.

Furieuse de la froideur que lui témoigne le Chevalier, elle se débarrasse de ses bras en l'accablant de reproches. L'aimable de Renoncourt, au lieu d'être couvert de confusion, éclate de rire, & parle de la sorte à la belle affligée. -- Vous n'êtes point la premiere à qui j'ai donné ce petit mécontentement ; mais vous êtes la seule qui s'en soit formalisée. Songez donc, divine Marquise, qu'on n'a pas mon mérite impunément ; & que je fais tourner la tête à toutes les femmes. Loin que l'aventure qui m'arrive aujourd'hui me mette dans mon tort, c'est vous seule qu'on doit blâmer. Pouvez-vous ignorer que, lorsqu'on veut un certain bien à un homme aussi couru que moi du beau sexe, il faut le

prévenir pluſieurs jours d'avance; de
même que, pour donner à manger,
l'on avertit de bonne heure les gens
très-répandus dans le monde? En vérité
votre étourderie eſt unique; & votre
air boudeur me divertit on ne peut davantage. Ecoutez : comme je vous di-
ſais tout à l'heure, plus d'une jolie femme a eu ſujet de ſe plaindre de moi;
mais un Cavalier charmant, fait à ravir,
leur donne ſouvent de pareilles morti-
fications.

DIᶜ FOLIE.

J'ignore ſi la Marquiſe eſt ſatisfaite
des excuſes du Chevalier, & s'il ſe com-
portera mieux par la ſuite : tout ce dont
je ſuis certain; c'eſt qu'il continue de
lui rendre viſite, & d'avoir la préférence ſur ſes rivaux.

Les malheurs ſe ſuccèdent ordinairement les uns aux autres. Le lendemain
de ſa fâcheuſe aventure avec Monſieur
de Renoncourt, la Marquiſe fait une
découverte qui la réduit au déſeſpoir;
depuis pluſieurs jours elle commençait
à redouter ſa cruelle infortune.

Allarmée des indices qui lui font pré-
voir, ſelon elle, le comble des malheurs,

elle confulte en fecret un habile homme, qui lui annonce ce qu'elle a toujours redouté plus que la mort. Les paroles terribles de l'oracle, la font tomber évanouie. Revenue à elle-même,
elle paraît agitée de violentes convul-
fions; elle pleure, gémit, pouffe des
cris affreux; fes femmes éperdues s'efforcent de la calmer, & craignent tout
de fon défefpoir. On lui demande en
vain la caufe de fa douleur; elle s'obftine à la cacher, & déclare qu'elle ne
la découvrira que le plus tard qu'il lui
fera poffible.

SUITE DE L'HISTOIRE

de *Colin.*

DIIᶜ FOLIE.

MONSIEUR Colin, accompagné de
la tendre Rofette, ne manqua
pas de revenir le lendemain chez le
Baron; il reprit ainfi la fuite de fon
hiftoire,

Je vous difais hier que, collé contre
la porte de l'oratoire, j'examinais par
le trou de la ferrure, les actions de ma

dévote; & que je fus bien furpris de
voir fortir tout-à-coup de derriere un
tableau, un grave perfonnage, à mine
auftere. Je connaiffais ce grave perfonnage; fa maifon touchait à celle de ma
maitreffe; & fa piété faifait l'admiration de toute la Ville. Il rendait quelquefois vifite à Madame de Francourt;
mais alors fes yeux étaient toujours
baiffés, & fes difcours refpiraient la
fageffe. Etonné de le voir paraître d'une
maniere auffi imprévue, je redoublai
d'attention. Il prit la dévote par la
main; & fe promena quelque tems avec
elle en gardant un profond filence. Ils
fe mirent enfuite tous les deux à genoux; & refterent affez long-tems dans
cette humble pofture. Ils fe leverent
enfin, & ma furprife redoubla quand
je les vis fe déshabiller l'un & l'autre,
& fe rendre mutuellement le fervice
de fe mettre à moitié nud. Après s'ê-
tre débarraffé d'une partie de leurs vête-
mens, ils s'armerent chacun d'une poi-
gnée de verges, s'en frapperent les
épaules, avec tant de violence, que le
fang ruiffelait par terre.

DIII^e

DIII^e FOLIE.

A ce fingulier fpectacle, que je comtemplais avec une édification mêlée d'horreur, fuccéda une fcene bien différente. Les yeux du grave perfonnage s'animerent par degrés ; ceux de la dévote s'attendrirent infenfiblement ; les verges leur tomberent des mains ; je les vis oublier & le ciel & les hommes, pour ne s'occuper que des plaifirs de l'amour. Cette nouvelle fcene, à laquelle j'étais fi loin de m'attendre, ne me caufa pas moins d'horreur que celle qui venait de fe paffer. Je ne pouvais concevoir comment l'on était capable de tant d'hypocrifie. Quoi ! me difais-je, croient-ils tromper le ciel ainfi que les hommes ? Le mêlange de dévotion & de crime dont j'étais témoin, me rempliffait encore d'indignation. Si je n'en avais été que trop certain, j'aurais toujours douté qu'il y eût des gens affez criminels, pour tranquilifer leur confcience en réuniffant des actions pieufes à des vices révoltans !

Après avoir déridé fon front dans les bras de fa maitreffe, le grave perfonnage reprit fon air févere, fon main-

Tome II.   M

tien hypocrite, leva le tableau attaché
fur la porte qui lui donnait entrée dans
l'oratoire, & fe retira par où il était
venu. Sitôt qu'il fut parti, la dévote
mit fin à fes oraifons, & rentra dans
fon appartement. Je connus alors les
motifs qui la retenaient dans fon oratoire ; mon amour-propre mortifié, fut
contraint de convenir que je n'étais
point le feul qui caufât des diftractions
à fa vertu.

DIV.ᶜ FOLIE.

Indigné de l'hypocrifie & de l'ex-
vagante dévotion de ma maitreffe,
& du grave perfonnage, je formai
le deffein de les furprendre enfemble.
Je fus curieux de favoir ce qu'ils di-
raient quand ils fe verraient démafqués ;
je me faifais une fête de jouir de leur
confufion ; je me flattais que la honte
dont ils feraient couverts, les forcerait
de rentrer en eux-mêmes, & de mieux
vivre à l'avenir.

Afin d'exécuter mon louable projet,
où il entrait peut-être un peu de méchanceté, je pris toutes les mefures que
je jugeai néceffaires. J'examinai pendant plufieurs jours le manège de mes

tartuffes; je remarquai que la porte cachée par le tableau, ne s'ouvrait & ne se fermait pas tout de suite; de sorte qu'il fallait un peu de tems au grave personnage pour s'échapper : je ne doutai donc pas de le surprendre.

Après m'être bien assuré que les deux amans étaient dans le plus tendre de leur conversation, j'entrai précipitamment dans l'oratoire, en criant à la dévote qu'on la demandait pour une affaire importante. Mais que devins-je en n'appercevant plus le grave personnage, & en voyant ma maitresse tranquilement à genoux, qui n'annonçait que par le désordre de sa parure les infidélités qu'elle me faisait. J'étais pourtant certain que la porte secrette n'avait pu s'ouvrir ; & je voyais aisément dans tous les coins de l'oratoire.

Madame de Francourt toute troublée, & cherchant à me déguiser les causes de son émotion, se mit dans une furieuse colere. Elle me tança vivement de la hardiesse que j'avais eue de contrevenir à ses ordres; & me défendit de commettre davantage la même faute, sous quelque prétexte que ce fût. — Le désordre où vous me surprenez,

me dit-elle , vous apprend des fecrets
que j'ai voulu dérober à tous les yeux ; fi
on connaiffait les macérations dont j'ac-
cable mon corps , je perdrais le fruit
de mes bonnes-œuvres. A ces mots elle
courut chercher celui qui la demandait.
Vous jugez bien qu'elle ne trouva perfonne. Je lui dis qu'on s'était impatienté fans doute à l'attendre. Ne formant
aucun foupçon contre moi , elle me crut
fans peine , & s'imagina qu'on revien-
drait une autre fois.

DVᶜ FOLIE.

Je réfolus de découvrir comment le
grave perfonnage avait pu fe fauver.
Voici l'efpiéglerie à laquelle j'eus recours. Tandis que la Dévote gagnait le
Ciel par une pénitence affez douce, je
mis le feu à une paillaffe , & j'eus grand
foin d'obferver , par le trou que j'avais
pratiqué, ce qui fe paffait dans l'oratoire.
Quand la flamme commença à s'elever,
ie criai au feu de toutes mes forces,
en frappant des pieds , comme fi j'ac-
courais avertir la Dévote ; & je tenais
toujours un œil fixé dans la petite ouverture qui me laiffait difcerner mes
deux acteurs. Aux premiers éclats de

ma voix, le tête-à-tête fut interrompu ;
nos amans confternés craignirent de me
voir paraître au milieu d'eux. Le grave
perfonnage fit un mouvement, une trape, fur laquelle il fe tenait par précaution, s'ouvrit auffi-tôt, & il difparut
auffi rapidement qu'un éclair. La trape fe referma promptement, & fi jufte
qu'il était impoffible de la diftinguer.

Il me fallut donc renoncer à l'efpoir
de furprendre ces indignes tartuffes,
& de goûter le plaifir de les démaf-
quer. Je n'en confervai pas moins dans
mon cœur une forte envie de les couvrir de confufion, & une fecrette horreur de leur conduite. J'appris par la
fuite que l'oratoire du grave perfonnage
était directement fitué fous celui de la
dévote ; un efcalier dérobé conduifait
à la petite porte cachée par le tableau.
De forte que lorfqu'on le croyait occupé à faire fes prieres, il était renfermé dans l'oratoire de ma maitreffe ;
qui de fon côté perfuadait qu'elle con-
facrait alors des heures entieres à des
exercices de piété.

DVI^e FOLIE.

Quelques jours après que j'eus fait

toutes ces découvertes, arriva une aventure tout-à-fait comique, qui caufa beaucoup d'embarras au grave perfonnage, me donna auffi à moi quelques inquiétudes, & fervit enfin à confondre la méchanceté des hypocrites

La finguliere méprife d'une faifeufe de rabats ou de petits-collets, occafionna tant d'évenemens. Cette bonne-femme, qui comptait le grave perfonnage au rang de fes pratiques, demeurait avec fon frere, marié depuis quelques années. Sa belle-fœur étant accouchée d'un enfant mort, elle le mit dans une boëte où elle ferrait ordinairement fes petits-collets, afin d'épargner les frais d'une bierre, & la plaça dans fa boutique au rang des autres, en attendant l'heure où l'on devait l'enterrer. Une de fes ouvrieres qui courait la Ville pendant ce tems-là, étant rentrée dans la boutique & n'y trouvant perfonne, tout le monde étant occupé auprès de l'accouchée, fe hâta de prendre la boëte où elle crut qu'étaient renfermés les petits-collets du grave perfonnage, chez lequel elle était preffée d'aller, & prit étourdiment celle qui contenait le mort. Chargée d'un fardeau

fi différent de celui qu'elle croyait porter, elle arrive chez le tartuffe, le
trouve encore au lit, pofe la boëte, &
s'en va. La bonne faifeufe de rabats de
fon côté ignorant le *quiproquo* de fon
ouvriere, & trompée par la reffem-
blance des boëtes, fit enterrer en cérémonie les petits-collets du grave perfonnage.

D V I I^e F O L I E.

Il arrivait fouvent à notre hypocrite
de quitter fort tard les plumes oifeufes ;
un doux fommeil jufqu'à midi main-
tenait le teint frais du faint homme.
Le jour du *quiproquo*, il repofa long-
tems, felon fa louable coutume. Muni
d'un ample déjeûner, il voulut mettre
la derniere main à fa toilette ; mais
quel fut fon effroi quand il apperçut
la métamorphofe de fes petits-collets !
Les craintes dont il était déchiré par les
remords de fa confcience, lui perfua-
derent qu'on n'avait porté cet enfant
mort dans fa maifon, qu'afin de l'en faire
paffer pour le pere. Il frémit du danger dont il était menacé, & fe crut
perdu fans reffource.

Le diable, qui parle toujours à l'oreille des méchans, lui infpira le moyen de fe défaire de l'objet de fes frayeurs, & de me jouer en même tems un mauvais tour. Le maudit hypocrite ne pouvait me fouffrir, depuis les allarmes que je lui avais caufées, lorfque je troublai deux de fes tête-à-têtes avec ma maitreffe. Il réfolut de tourner contre moi les chagrins qu'il s'imaginait qu'on voulait lui faire reffentir. Cachant l'enfant mort fous fon manteau, il vint chez la dévote, fous prétexte de lui rendre vifite. Comme il pouvait aller librement partout, il lui fut facile de fe gliffer dans ma chambre, & d'y pofer fon funefte paquet. Il efpérait, fans doute, qu'on découvrirait ce qu'il venait de cacher dans un lieu où moi feul entrais ordinairement ; & que je n'en ferais peut-être pas quitte pour être chaffé de la maifon. Mon heureufe étoile permit que fa méchanceté eût un fuccès bien différent.

DVIII^e Folie.

Vers le foir j'eus affaire dans ma chambre. En cherchant quelque chofe dont j'avais befoin, je portai la main

fur le préfent du grave perfonnage. J'en
croyais à peine le témoignage de mes
yeux. Je m'efforçai en vain de deviner
qui avait pu être capable de m'apporter cet enfant. Mille terreurs paniques
fuccederent à mes perplexités. Epou-
vanté de me voir chargé d'un enfant
mort, qu'on pouvait m'accufer d'avoir
tué, afin de mieux cacher le fruit d'un
criminel amour, je fus d'abord tenté
de m'enfuir. Je me raffurai bientôt,
charmé d'une idée qui me vint, qui
m'offrait les moyens de me venger des
infidélités de la fauffe dévote, & de la
punir, elle & fon indigne amant, des
hypocrifies & de la pieufe manie dont
j'étais révolté. Vous trouverez peut-être,
Monfieur le Baron, que j'ai pouffé trop
loin la vengeance. J'avoue, en effet,
que le trait que je vais vous raconter
eft un peu noir. Il n'eft excufable que
par la haîne que m'infpiraient les Tartuffes, & par l'envie extrême que j'avais
de les corriger de leurs vices.

Je commençai d'abord par faire mon
petit paquet, que je portai fecrettement chez un de mes amis, afin de n'a-
voir que ma perfonne à fauver, en cas
d'événement. J'épiai enfuite le moment

M 5

où la dévote était sortie ; j'entrai dans l'oratoire, cachai l'enfant mort, qui m'avait causé une si belle peur, dans un coin, sous des linges. Pour que rien ne dérangea mon projet, il fallait briser les reſſorts de la trape. Rempli d'une nouvelle audace, je me mis à la même place où j'avais vu le grave perſonnage, je frappai du pied, ainſi que lui ; & j'enfonçai dans l'inſtant ſous le parquet.

Mon intrépidité m'étonne quand j'y ſonge ; car enfin à quoi ne m'expoſais-je pas ? Heureuſement que je ne trouvai perſonne dans la piéce où je me précipitai. Ce fut alors que je connus le voiſinage des deux oratoires. La trape remonta par le jeu des cordes & des contre-poids qui la faiſaient deſcendre. Je me hâtai de couper les principaux reſſorts, & je le fis de maniere, qu'on ne pouvait s'en appercevoir, à moins d'une grande attention. Ayant fait mon coup, il s'agiſſait de m'eſquiver. Je ſuivis un petit eſcalier dérobé, qui me parut n'avoir d'autre iſſue que par le haut ; il me conduiſit à une porte baſſe & étroite, à demi-fermée, je l'ouvris en pouſſant un tableau placé derriere ; & je me vis, à ma grande ſurpriſe, dans l'oratoire de ma maitreſſe. C'eſt ainſi que je diſpoſai tout pour mon deſſein; je n'eus plus qu'à attendre avec patience l'heure qui devait amener la cataſtrophe de la piéce que je venais de commencer.

DIX^c FOLIE.

Dès que je fus ſûr que nos Tartuffes étaient enſemble, je courus chercher pluſieurs de nos voiſins, en affectant un air effrayé. Je ne ſais, leur dis-je, ce qui ſe paſſe dans l'oratoire de ma maitreſſe; j'y entends un bruit affreux; je n'oſe m'éclaircir ſeul de la cauſe des cris & du vacarme qui m'épouvantent; voudriez-vous m'accompagner? La curioſité fut toujours un aiguillon puiſſant; l'on me ſuivit en foule. Je marchai à la tête des ſpectateurs, en les avertiſſant de garder le ſilence, & d'avancer ſans bruit. Je les priai de s'arrêter; & quand je crus le moment favorable, nous entrâmes précipitamment dans l'oratoire.

Si le grave perſonnage & ma maitreſſe furent ſurpris de ſe voir environnés de tant de monde, les gens que j'amenai n'eurent pas moins d'étonnement du biſarre ſpectacle qui s'offrit à leurs yeux.

Les deux faux-dévots, alliant l'hy-

M 6

pocrifie à des macérations ridicules
étaient à demi-nuds, & le fang découlait de leurs épaules. Madame de Francourt, rouge de honte & de confufion,
tâchait de réparer le défordre de fa parure; le grave perfonnage aurait voulu
que la terre fe fût ouverte fous fes
pieds, & s'agitait en vain pour faire
partir la trape : les fpectateurs d'une
fcène fi étrange, femblaient avoir perdu
le mouvement & la parole. Je les tirai
bientôt de leur efpéce de léthargie, en
faifant tomber adroitement les linges
qui couvraient l'enfant mort. Les premiers qui l'apperçurent pouflerent de
grands cris; un murmure général fe fit
entendre. On foutint que ma malheureufe maitrefle venait de mettre depuis
peu cet enfant au jour ; que le grave
perfonnage en était le pere, & qu'ils
avaient eu la barbarie de l'étouffer. La
rumeur fut fi grande, que la Juftice fe
rendit fur les lieux ; & ordonna que l'on
conduisît en prifon les deux hypocrites,
jufqu'à plus ample informé, malgré
leurs proteftations & les fermens qu'ils
faifaient pour attefter leur innocence.

D Xe FOLIE.

Je me doutais bien qu'on en viendrait
aux éclaircissemens, & que je serais alors
compromis dans l'aventure. La prudence me conseilla de décamper au
plus vîte. Je ne voulus pourtant quitter Paris qu'après avoir sû ce qui
arriverait à mes Tartuffes. Je me tins
caché dans la chambre d'un de mes
amis. Le bruit public m'informa dans
peu de jours de ce que je desirais tant
d'apprendre. Le grave personnage raconta qu'il avait trouvé l'enfant mort
chez lui, qu'on l'avait apporté dans une
boëte qu'il croyait remplie de petits-
collets qu'il venait de commander à la
meilleure faiseuse ; que ne sachant comment s'en défaire, il l'avait mis secrettement dans la chambre d'un Domesti-
que de Madame de Francourt. Il ajoûta
qu'il ignorait par quel prodige cet enfant mort s'était trouvé ensuite dans un
autre endroit. Comme je ne paraissais
point, quelque recherche qu'on pût
faire de moi, la prévention fit traiter
son discours de fable. La faiseuse de
petits-collets entendant parler des soupçons qu'on formait contre le grave per-

fonnage, & de ce qu'il alléguait pour
fa défenfe, fe douta que l'enfant mort
appartenait à fa belle-fœur ; elle vint le
réclamer ; & conta le *quiproquo* de fon
ouvriere. On rit beaucoup de cette aventure, qui couvrit de confufion les deux
Tartuffes. Mais ils n'en furent pas quittes
pour exciter des plaifanteries. On connut
qu'ils fe paraient d'une fauffe vertu ;
indignée que le public eût été fi long-
tems leur dupe, la Juftice les rélégua
pour toute leur vie dans une maifon-de-
force, où ils auront le tems de fe repentir de n'avoir chéri que l'apparence de
la fageffe.

Les deux hypocrites ne furent plaints
de perfonne : on trouva qu'ils étaient
juftement punis, pour n'avoir ofé montrer leurs vices au grand jour ; tandis
que tant d'honnêtes-gens n'ont point un
pareil fcrupule. Qu'ils apprennent, di-
fait-on, qu'on eft convenu d'afficher fes
paffions & fes défordres, & de n'en jamais rougir.

DXIᵉ FOLIE.

Ma curiofité fatifaite, autant que ma
malice, je réfolus de retourner dans
mon village. Par mon économie, je me

voyais affez riche ; j'étais las du métier de Domeſtique ; & l'Amour m'appellait auprès de la charmante Roſette. Afin que rien ne retardât l'impatience que j'avais de la voir, je mis mon bagage au coche; je ne me chargeai que de mon tréſor. Auffi léger, auffi ſatisfait qu'on doit ſe repréſenter un amant qui vole aux pieds de ſa bien-aimée, je ſortis de Paris, un bâton à la main, une bouteille d'oſier remplie de liqueur, pendue au côté. Je commençai joyeuſement ma route ; accourciſſant la longueur du chemin tantôt par de gaillardes chanſons, tantôt en m'occupant de ma Roſette, ou bien en m'adreſſant quelquefois à ma petite bouteille.

Aux environs de la premiere couchée, je rencontrai deux Moines, qui ſuivaient mon chemin, & voyageaient dans une voiture pareille à la mienne ; c'eſt-à-dire, qui allaient à pied. Ma bonne-humeur les engagea de m'accoſter. Tout en marchant, nous nous fîmes mutuellement pluſieurs queſtions ſur le terme de notre voyage ; & nous devînmes dans un inſtant les meilleurs amis du monde : on aurait dit que nous nous connaiſſions depuis très-longtems.

J'appris avec joie qu'ils m'accompagne-
raient jufqu'auprès de mon village. Ils
me paraiſſaient de bons vivans; l'ennui
n'était point à craindre avec eux. La
phyſionomie d'un des Révérends Peres
annonçait qu'il avait cinquante ans au
moins. Un léger duvet ne couvrait point
encore le menton de ſon camarade; mais
ils étaient toûs les deux d'une humeur
charmante. Nous faiſions dans les auber-
ges la meilleure chere poſſible. Les Révérends Peres s'entendaient à merveille
à ordonner un bon repas. Ils me dirent
que dans leur Ordre on était obligé de
faire très-ſouvent maigre ; mais qu'à
l'exemple de leurs confreres , ils n'a-
vaient aucun ſcrupule de ne ſe régaler
qu'en gras lorſqu'ils s'éloiganient du
Couvent , attendu que la regle ne parle
que de ce qui doit s'obſerver dans la
Communauté.

DXII^e FOLIE.

Je m'apperçus bientôt que le plus
âgé des deux Moines avait un grand
faible pour le doux jus de la treille. Il
vuidait à chaque repas ſes deux bouteilles; & aurait cru commettre un grand
péché, s'il s'était couché de ſang-froid.

Il fallait que fa Révérence chancelât fur fes jambes, pour qu'elle pût fe ré-foudre à fe livrer au fommeil.

Un foir que les vapeurs bachiques monterent plus impétueufement que de coutume à la tête du faint-homme, fa bonne-humeur redoubla, il ne voulut jamais fe mettre au lit. Dans les tranf-ports de fon ivreffe, il s'écria tout-à-coup qu'il allait me faire confidence de fes aventures. Quoique j'euffe plus envie de dormir que d'écouter le récit qu'il m'annonçait, il fallut confentir à l'entendre. Peut-être ne ferez-vous pas faché, Monfieur le Baron, que je vous répéte ce qu'il me raconta. C'eft le Moine qui va parler.

AVENTURES D'UN MOINE.

JE fuis le plus jeune de douze enfans qu'eut mon pere. Je fentis de bonne heure que je n'avais aucun bien à efpé-rer de mes parens. Je fongeai auffitôt à réparer les torts de la fortune. Ce n'était point des richeffes que je defi-rais d'amaffer; je ne m'inquiettais feule-ment que de me procurer une honnête

subfiftance pendant toute ma vie. Car,
difais-je à part moi, le principal eft de
vivre; c'eft pour cela feul que le bien
eft néceffaire. Des raifons auffi fortes,
une vocation auffi marquée, m'enga-
gerent à me faire Moine. J'entrai dans
un des Ordres mendians où il me femblait qu'on faifait meilleure chere, quoiqu'on n'y mange que du poiffon la moitié de l'année. A quinze ans je pris la
robe de novice; à dix-fept je prononçai
mes derniers vœux. La fageffe du Roi
n'avait point encore fixé l'âge où l'on
peut, avec moins de danger, choifir
pour toujours le froc & les fandales.

D X I I I^e F O L I E.

Qu'arriva-t-il de la précipitation avec
laquelle je pris un parti, auquel on de-
vrait fonger toute fa vie, avant de fe
décider? Au bout de quelques années
je commençai à m'ennuyer de ma folitude; elle me paraiffait plus infuppor-
table, à mefure que l'âge développait
mes idées. J'en vins à fentir que le bonheur n'était pas toujours dans les plaifirs de la table; & qu'on avait encore
quelque chofe à defirer; de-là s'en fuivit la négligence de mes devoirs, &

n même un dégoût extrême pour l'état
p que j'avais trop étourdiment embrassé.

Devenu presque malade, à force de
respirer l'air de mon Couvent, je fis
mes efforts pour m'introduire dans quelques maisons bourgeoises. Un de nos
Peres, avec qui je liai une étroite amitié, & qui aimait aussi beaucoup mieux
les sociétés mondaines, que les froides
conversations de la Communauté, se
chargea du soin de dissiper mon ennui
& le sien. Il me mena chez toutes ses
connaissances. Parmi le nombre des jolies femmes dont je fus accueilli, j'en
distinguai une entr'autres, qui sut bientôt se rendre maitresse de mon cœur.
Elle me troubla dès la premiere vue;
je n'étais satisfait qu'auprès d'elle; à
peine venais-je de la quitter, que je desirais de la revoir. Cette femme, qui
m'apprit pour la premiere fois que
j'étais né sensible aux charmes de la
beauté, était mariée depuis un an. Le
froc jouissait chez elle de grands priviléges; il suffisait de le porter, pour
être sûr d'être bien reçu. Aussi sa maison était remplie du matin au soir de
Moines de toutes les couleurs. Aux uns
elle faisait confidence de ses affaires do-

meftiques, les autres fe mêlaient des petits différends qui s'élevaient entre les
deux époux; enfin, elle ne prenait aucune réfolution fans être dirigée par
quelque Révérend Pere.

DXIVᶜ Folie.

Elle me jugea digne auffi de fes
confidences. Il me fallut apprendre
les fecrets de fon ménage, fes chagrins, fes plaifirs; tout ce qu'elle fe
propofait de faire dans le cours de fa
vie. Mais que m'importait le détail de
fes plus fecrettes penfées? je n'y décou-
vrais rien en ma faveur. Une feule confidence m'aurait flatté davantage; & je
ne pouvais l'efpérer. Encore fi j'avais
cru m'appercevoir qu'elle me cachât
quelque chofe, je me ferais imaginé
que j'ignorais ce qui aurait fait ma félicité. Mais je lifais trop bien dans fon
cœur, pour n'être pas inftruit de fon
indifférence.

Je ne perdis pourtant pas courage;
convaincu par la maniere dont elle agiffait avec moi, qu'elle me confidérait
au moins un peu, je crus devoir lui
faire à mon tour quelques confidences.
J'eus à vaincre ma timidité; car, il faut

de l'expérience pour parler hardiment aux femmes. Après avoir perdu cent occafions de découvrir mon amour, je m'armai enfin d'audace. Me trouvant feul avec ma belle maitreffe, je me jettai brufquement à fes genoux ; je pris une de fes mains, que je ferrai avec tranfport. J'exécutai à la lettre ce que j'avais lu dans les romans. La petite Bourgeoife prêta l'oreille à mon éloquente déclaration. Elle m'avoua qu'elle était enchantée d'avoir pour amant un homme de mon état. Ce qu'elle ajoûta fit diminuer la joie que j'éprouvais. --Quoique je réponde à votre tendreffe, me dit-elle, ne formez aucun foupçon contre ma vertu. Je fais combien un amour tel que le nôtre doit être épuré : c'eft de l'union de nos ames que réfultera notre bonheur. --

J'eus beau protefter de bonne-foi que mes intentions étaient un peu différentes ; & que j'avais peine à comprendre fes difcours, trop fublimes pour moi ; elle ne voulut jamais changer de langage. Quoique novice encore dans l'art de féduire le beau-fexe, j'entrepris de triompher des fcrupules de la Bourgeoife. La vivacité de ma paffion me suggéra, sans doute, l'expédient dont je m'avisai. Rien n'est tel que l'amour pour donner de l'esprit. Je menaçai mon ingrate de déclarer à son mari une partie des secrets qu'elle m'avait révélés. Ils n'étaient point d'une grande conséquence ; mais ils pouvaient troubler long-tems la paix du ménage. C'était de l'argent dérobé au mari, & prodigué à plusieurs Couvens ; c'étaient des projets de détourner encore certaines sommes. Maître de rendre la pauvre femme malheureuse par mon indiscrétion, je l'engageai d'être docile à tous mes vœux : peut être fut-elle charmée d'avoir un prétexte de me céder avec quelque décence.

D X V.ᶜ F O L I E.

Les scrupules de ma maitresse disparurent tout-à-fait ; elle ne vit plus en moi qu'un amant ordinaire, qu'il fallait enchaîner à force de faveurs. J'allais recevoir chaque jour de nouveaux témoignages de sa tendresse. Nous passions des heures entieres renfermés ensemble. Le mari, au lieu de nous savoir gré de la prudence que nous avions de dérober à tous les yeux ce qui se passait

dans nos fréquens tête-à-têtes, prit ombrage de nos secrettes entrevues. Il n'a-
vait pas autant d'estime que sa femme
pour la gent monacale; ce n'était même
que par excès de complaisance qu'il
souffrait leurs visites. Je devins l'objet
particulier de la haîne qu'il nous portait en général. Je m'apperçus bien
qu'il me voyait de mauvais œil; mais
je le laissai m'en vouloir à son aise. Je
trouvais que l'antipathie que je lui ins-
pirais était assez juste; j'étais trop bon
ami avec sa femme pour mériter d'être
le sien. D'ailleurs, je me consolais de
ses mauvais procédés, par la douce vengeance que j'en tirais.

Ce mari, qui devinait si bien les affronts dont il était couvert, voulut s'assurer de son déshonneur. Nos coups
d'œil d'intelligence, les regards que
nous nous lancions à la dérobée, &
qu'il surprit sans peine, lui parurent
des bagatelles; il n'était allarmé que
de nos entretiens à porte close. Il épia
l'heure où ils commençaient. Bien instruit de ce qu'il desirait savoir, il feignit
de sortir un moment avant que j'arri-
vasse; rentra tout doucement dans la
maison, par une porte de derriere; ar-

mé jufques aux dents, il fe cacha dan
un petit cabinet qui donnait directement dans la chambre de fa femme
Ce dangereux fentinelle n'eut guères l
tems de s'impatienter dans fon pofte
Le croyant loin du lieu où je goûta
fi fouvent les plus doux plaifirs; oubliant même tous les maris de l'Univers, j'engageai ma belle maitreffe à
faire mon bonheur. Nous nous livrions
avec fécurité à nos tranfports; tout-à-
coup l'époux en fureur brife d'un coup
de pied la porte du cabinet, & paraît
au milieu de la chambre, l'œil étincelant, le piftolet à la main. La Dame
me repouffe en jettant un cri affreux,
& s'évanouit; moi, je tombe à genoux
en demandant pardon de mes fautes.
J'avoue qu'alors j'avais un véritable repentir. Sans écouter mes prieres, le co-
lérique Bourgeois, vengeur de l'Hymen
outragé, me faifit entre fes bras robuftes, & me jette par la fenêtre.

DXVIᵉ FOLIE.

Par bonheur que l'appartement était
prefque au rez-de-chauffée, de forte
que ma chûte ne fût point dangereufe.
Heureufement encore qu'un paffant fe
trouva

trouva fort à propos pour me recevoir ;
je le renverfai, & il me garantit de
plufieurs meurtriffures. Celui fur qui je
tombai était un agréable petit-maître,
qui marchait fur le bout du pied, paré avec la derniere élégance ; car, où
n'y a-t-il pas de ces Meffieurs-là ? Repré-
fentez-vous l'étonnement des fpectateurs, en voyant ainfi un Moine fauter
par la fenêtre, & en jugeant à la maniere dont je faifais le faut, que ma légéreté n'était pas volontaire. On s'affemble en foule autour de moi ; les
uns me plaignent, les autres m'accablent de plaifanteries. Les rifées augmenterent quand le petit-maître fe retira de deffous moi, les cheveux en désordre, fon habit couvert de boue. Je
me préparais à regagner au plus vîte
mon Couvent, m'imaginant que j'en
étais quitte. Mais le moderne Adonis
me faifit au collet, en s'écriant que c'eft
par malice que j'ai tombé fur lui ; il
jure qu'il me punira d'avoir crotté fon
bel habit, & dérangé l'économie de fa
frifure.

DXVIIᵉ FOLIE.

Je tâchai vainement de me dégager de ſes mains; l'accident arrivé à ſa pa-rure redoublait, ſans doute, ſes forces. Dans ſon déſeſpoir, il m'appliqua plu-ſieurs coups de poing, & m'aurait étran-glé, ſi l'on ne ſe fût oppoſé à ſa fu-reur. Mais il fut impoſſible de lui faire lâcher priſe. Il me traîna chez le Juge de ma petite Ville, au milieu des huées de la populace, que la ſingularité de l'aventure attirait autour de nous. A ma grande confuſion, nous comparûmes de-vant le Magiſtrat. -- J'implore votre juſtice, lui dit le petit-maître. Je met-tais pour la premiere fois un habit du dernier goût; & le voilà tout gâté. Le chef-d'œuvre de mon Perruquier, une friſure qui faiſait admirer la mode du jour, eſt entiérement dérangée. Com-ment réparer un tel malheur? J'étais cer-tain que l'élégance de mon habit éclip-ſerait tout ce qui a paru de plus brillant. La malice de ce Moine me fait perdre le fruit de mes dépenſes; j'eſpere que vous le punirez du tort qu'il me cauſe, & de l'affront ſenſible fait à ma vani-té, -- C'eſt à-peu-près ainſi que parla

le petit-maître défefpéré. Pour ma juf-
tification, je fus contraint de raconter
l'emportement du Bourgeois, que j'ac-
cufai d'une aveugle jaloufie, qui l'avait
porté à manquer au refpect dû à mon
auftère fageffe. Le Magiftrat, touché
de mon difcours, envoya une troupe
de foldats fe faifir du pauvre mari.

D·X V I I Iᵉ F·o·l i e.

Notre Bourgeois était loin de s'attendre à ce nouvel affront. Perfuadé
cependant qu'on ne devait qu'applaudir à la maniere dont il m'avait traité, il fuivit hardiment les fatellites de
la Juftice. Parvenu à l'audience du Magiftrat, il foutint que fes procédés à
mon égard étaient encore trop honnêtes;
il prétendit que je n'avais qu'à me louer
de fa douceur, puifqu'il s'était conten-
té de me jetter par la fenêtre.

Les mains jointes, les yeux baiffés,
je répondis avec modeftie que l'époux
n'était qu'un vifionnaire; & j'offris au
Ciel tout le mal qu'il me faifait fouffrir. Ce dernier trait de ma vertu acheva de me gagner l'eftime de tout le
monde; le petit-maître même ceffa de
fe plaindre de moi; il tourna fa colere:

N 2

contre le jaloux. Le Juge approuva ſes plaintes, me permit de retourner ſain & ſauf dans mon Couvent. Regardant enſuite le malheureux Bourgeois d'un œil courroucé, il lui tint gravement ce diſcours: — Avez-vous oublié l'ordre que ma vigilance a mis dans la Ville? Ne vous ſouvient-il plus des ſoins avec leſquels je maintiens la police? Eh bien! pour vous rendre la mémoire, je vous condamne à payer l'habit de goût de Monſieur, à faire raccommoder l'économie de ſa friſure à vos dépens; & vous paierez en outre deux cents livres d'amende. Tâchez d'apprendre que, dans une Ville policée, on ne jette rien par la fenêtre ſans crier pluſieurs fois: *gâre deſſous.* — La Sentence du Magiſtrat fut exécutée ſelon ſa forme & teneur. Le petit Bourgeois fut convaincu des infidélités de ſa femme, ſa honte devint publique; & il lui en coûta encore une groſſe ſomme. Tous ces malheurs lui arriverent parce qu'il oublia de crier *gâre* en jettant un Moine vicieux par la fenêtre. Il ſe repentit ſûrement d'avoir été trop curieux, & de n'avoir pas ſu ſe taire, à l'exemple de tant d'honnêtes gens.

DXIX^e FOLIE.

Le pauvre mari fut encore contraint de me demander pardon à genoux. Je daignai lui faire grace, & lui donner d'excellens conseils pour sa conduite à venir. Après avoir goûté la satisfaction intérieure d'être témoin de sa punition, & des grimaces qu'il faisait en comptant la somme à laquelle il était condamné, je me retirai dans mon Couvent.

Toutes les disgraces que le petit Bourgeois venait d'essuier ne mirent pas fin à sa fâcheuse aventure. En rentrant chez lui, il trouva sa maison presque dévastée, ses meilleurs effets & tout son argent emporté. Il apprit que le voleur n'était autre que sa femme, qui venait de prendre la poste, dans la compagnie d'un beau jeune homme, qu'elle aimait depuis long-tems.

Quoique mon innocence fût attestée, mes Supérieurs jugerent à propos que je quittasse une Ville où le saut périlleux que j'avais fait, était le sujet de toutes les conversations. Afin de m'éloigner sous un prétexte honnête, ils me chargerent des affaires que notre

N 3

Maifon avait à régler avec celle de
Paris. Mon abfence ne devait durer
qu'un certain tems; il fallait attendre
qu'on eût perdu le fouvenir de mon
aventure. Selon la coutume, l'on voulait m'enjoindre d'aller demeurer dans
notre Couvent, fitôt mon arrivée à
Paris; mais je priai mes Supérieurs de
me permettre d'aller loger chez une
vieille tante que j'avais dans la capitale. Par une faveur finguliere, ils con-
fentirent enfin à ma demande. Cette
permiffion, qui me laiffait la liberté d'a-
gir à ma fantaifie, me pénétra de joie;
je me promis de me dédommager de
la gêne dans laquelle j'avais toujours
vécu.

DXX.^e FOLIE.

Le fort fembla favorifer mes projets
de me bien divertir. Dans le coche public où je m'encoffrai pour faire mon
voyage, je rencontrai un Gendarme,
grand libertin, & le meilleur enfant du
monde. Tandis que nous roulions pe-
famment, nous eûmes le tems de faire
connaiffance. Mais, qu'était-il befoin
d'un long examen? Nos humeurs fym-
pathiferent bientôt; dès la premiere cou-

rhée, nous devînmes amis intimes. Je
me livrais fans réferve à la gaieté de
mon caractère ; je n'étais plus contraint
de déguifer mes fentimens. Le Gendarme
était enchanté de trouver en moi un
homme jovial, qui n'aimait que le plaifir. Ma robe l'avait effrayé d'abord ;
elle n'annonçait qu'un cagot ennuyeux,
rempli de préjugés. Moi, j'étais ravi
de l'heureux hafard qui me procurait
la connaiffance d'un jeune étourdi, dans
lequel je démêlais mes goûts & mes penchans, & qui, plus expérimenté que je ne
l'étais alors, pouvait me conduire dans
les plaifirs où je me promettais de me
plonger. Tandis que notre maudite voiture nous cahotait impitoyablement,
nous traçâmes le plan de la vie délicieufe
que nous voulions mener. Qu'il me tardait de rendre réelle une félicité que je
ne goûtais qu'en imagination ! L'aimable Gendarme m'apprit le nom de plufieurs jolies femmes, chez lefquelles il
s'engagea de me préfenter. Il imagina
même un expédient admirable, pour
que je me livraffe fans crainte aux charmes d'une vie libertine.

Nous arrivâmes enfin à Paris. Vous
penfez-bien que je n'allai pas demeu-

rer dans la maison de ma vieille tante.
Je fis croire au Prieur de mon Couvent que je logeais chez elle ; & je persuadai à la bonne-femme que j'étais séquestré dans mon cloître. Après avoir pris ces précautions, j'achevai de suivre les conseils du Gendarme. Je louai deux chambres, fort éloignées l'une de l'autre. Dans l'une je n'étais qu'un Moine ; elle me servait à cacher ma robe, que je n'endossais que lorsque j'en avais absolument besoin. Dans l'Hôtel où j'habitais ordinairement, je passais pour un jeune Gentilhomme venu à Paris dans le dessein de faire ses exercices d'Académie. Mon habit de Cavalier, les manieres que je m'efforçais de prendre, me déguisaient à merveille. Je ne quittais un habit que j'aurais voulu toujours conserver, que pour me montrer dans mon Couvent, que pour régler les affaires dont j'étais chargé, & que pour rendre visite à ma tante. La bonne-femme m'aimait comme ses yeux ; elle me croyait un très-saint personnage ; elle était riche, & amassait depuis long-tems une grande partie de ses revenus : je parvins presque à vuider son coffre-fort. Dans trois mois elle me prodigua

au moins douze mille francs. J'eus le
fecret de lui accrocher une fomme aufſi
confidérable, en feignant que j'étais
chargé de diverfes emplettes importantes, qui ne devaient m'être rembour-
fées qu'à mon retour dans mon premier Couvent. Je dépenfais aufſi vîte
l'argent de ma tante, que je le ga-
gnais fans peine. Combien m'a-t-il procuré de bonnes-fortunes! que de fêtes
charmantes a-t-il fait naître! Le feul
fouvenir de mon bonheur me caufe encore les plus douces fenfations.

DXXI^e FOLIE.

Je me préparais un matin à goûter
de nouveaux plaifirs, quand mon Gendarme entra dans ma chambre, tenant
un jeune homme par la main. Réjouif-
fez-vous, me dit-il; je vous procure la
connaiffance de l'homme le plus aimable
de Paris. — Ceffez de craindre de manquer d'amufemens. Monfieur eft à même de varier vos plaifirs; laiffez-vous
feulement conduire avec docilité; il
fait l'adreffe de toutes les jolies femmes
qui ont quelque complaifance pour leurs
amis. Il a toujours vécu au milieu d'elles;
& fous fes aufpices vous êtes certain

N 5

d'être bien reçu. Je cède le pas à mon maître ; je ne veux plus que le second rang auprès de vous ; c'est au Marquis du Cataud qu'appartient l'honneur de vous guider dans le monde. --

Je confidérai avec attention un homme auffi merveilleux. Une chofe me prévint d'abord en fa faveur ; il était mis d'une maniere très-élégante ; fes habits n'étaient point à la mode ; ils étaient eux-mêmes une mode. L'air & les manieres de Monfieur le Marquis annonçaient qu'on devait peu craindre de s'ennuyer dans fa compagnie. Il chantait fans ceffe, & femblait danfer en marchant ; il était toujours prêt à vous réciter quelque hiftoire galante, une anecdote concernant quelque beauté célebre ; & riait le premier de fes propos plaifans ; comme pour vous inviter à fuivre fon exemple.

Je m'efforçai de gagner l'amitié de cet eftimable Marquis, & j'eus le bonheur d'y réuffir : je ne fortis plus qu'avec lui & mon Gendarme. Il m'introduifit dans toutes les maifons où l'Amour eft ennemi des rigueurs. Je m'apperçus que l'on me confidérait davantage depuis que j'étais protégé par un tel Mécène.

Fécond dans l'art d'inventer des amufemens, chaque jour il imaginait une
nouvelle partie de plaifir. L'argent de
ma bonne tante en payait les frais; on
me mettait en fureur, lorfqu'on paraiffait vouloir partager avec moi la dépenfe. Mais je dois dire, à la louange
de mes amis, qu'il ne leur arrivait pas
fouvent de contredire mon humeur libérale.

DXXIIᵉ FOLIE.

Sous les aufpices du célebre du Cataud, j'allais hardiment dans ces afyles
fecrets confacrés à la joie, qui prouvent la grandeur & les richeffes d'une
ville; auffi font-ils très-communs dans
la capitale de la France. J'étais un foir
dans un des plus célebres; occupé de
lui feul, le Marquis s'éloigna de moi
pour un inftant; & je perdis auffitôt
tout mon mérite. Un Moufquetaire s'a-
vifa de m'examiner; mon air gauche le
frappa; il s'approcha de moi, & me riant
au nez : ne feriez-vous pas un Gentilhomme de la Beauce, me dit-il? A cette finguliere queftion, je parus encore plus décon-
tenancé. Les jeunes tapageurs qui luti-
naient les complaifantes Divinités du

N 6

Temple, se joignent au Mousquetaire,
m'entourent en éclatant de rire, me font
mille niches; & répétent en échos: c'est
le Gentilhomme de la Beauce. A la fin je
perdis patience, je voulus faire le méchant; je m'écriai, qu'on se repentirait de
m'insulter. Les mauvais plaisans qui me
bafouaient me trouverent aussi ridicule
dans ma colere que dans mon sang-
froid. Ils me donnerent des nazardes
l'un après l'autre. La fureur me trans-
porte, je veux dégainer ma flamberge ;
elle refuse de sortir du fourreau; ce
dernier trait acheve de me rendre le
jouet d'une Jeunesse étourdie. Le maudit Mousquetaire propose à ses camarades de faire danser le Gentilhomme
de la Beauce sur une couverture; son
projet est applaudi avec transport. On
se presse en tumulte; on se jette sur
moi. Quatre des plus vigoureux de la
bande soutiennent les coins de la couverture, & me font rudement sauter,
comme autrefois l'infortuné Sancho-
Pança. Je ne prenais nul plaisir à ce
jeu, trop fatiguant pour moi; mes cris
attirerent mon cher Gendarme & le
brave du Cataud. Alors la scène change ;
ils mettent l'épée à la main, fondent

fur les mauvais plaifans. Je me mis
à côté de mes défenfeurs, & pouffai
de terribles bottes. Les cris des femmes
épouvantées, les juremens des combattans, firent accourir plufieurs efcouades
de guet; nous les entendîmes monter,
& fautâmes tous par une fenêtre qui
donnait fur le jardin, ne fongeant plus
à nous battre, mais cherchant notre
falut dans la légéreté de nos jambes.
Quel danger ne courais-je pas, fi j'avais
eu le malheur d'être pris!

DXXIIIᵉ FOLIE.

J'ofai pourtant encore retourner dans
ces maifons où j'étais expofé à des fce-
nes fi défagréables, & aux plus cruelles
infortunes, s'il m'arrivait d'être reconnu. J'y étais entraîné par un charme
invincible; je cédais d'autant plus volontiers à la tentation, que le Gendarme
& le Marquis du Cataud fe tenaient
toujours auprès de moi. Dans un de ces
endroits auffi dangereux qu'ils font at-
trayans, j'entendis faire beaucoup de
plaifanterie fur le compte d'un Moufquetaire; je prêtai l'oreille aux malins
propos qu'on tenait, afin de rire comme les autres. La pauvre Fatime, difait

on, & fon cher Moufquetaire, un cabriolet & un cheval font en gage à dix
lieues de Paris, pour la fomme de cent
vingt livres. Ils ont écrit leur dolente
aventure, efpérant que quelque preux
Chevalier voudrait bien les tirer d'efclavage. Mais perfonne ne fe foucie
de tenter l'entreprife; on n'en ferait
pas quitte pour *occire* & *pourfendre.*
Auffi de quoi s'avifent ces deux tendres amans de ne pouvoir fe féparer l'un
de l'autre ! Le galant Moufquetaire,
plus chargé d'amour que d'argent, prie
fon infante de l'accompagner pendant
quelques lieues; le chemin paraît court
auprés de ce qu'on aime; ils s'éloignent de Paris, fans s'en appercevoir.
Ils entrent enfin dans une auberge, dans
le deffein de fe dire le dernier adieu.
Mais ils n'ont point la force de fe quitter ; les fonds de l'amoureux militaire
s'épuifent plutôt que fa tendreffe. Il ne
fonge à partir que lorfqu'il s'apperçoit
qu'il eft hors d'état de payer ce qu'il
doit à l'auberge. L'hôte difcourtois le
retient prifonnier, ainfi que l'infante,
le cabriolet & la blanche haquenée; il
exige le paiement de la dépenfe. Cinq
louis d'or mettrait à fin cette bifarre

aventure; mais les héros du siécle mettent plutôt la main à l'épée qu'à la bourse... Eh-bien! ce sera moi, m'écriai-
je, qui aurai l'honneur de désenchan-
ter ces deux infortunés; instruisez-moi
vîte du lieu où ils sont détenus; & je
vole à leur secours.

Sans perdre un instant, je disposai
tout pour mon petit voyage; le Gendarme & l'illustre du Cataud, voulurent
partager, en m'accompagnant, la gloire
de l'entreprise; je n'eus garde de m'op-
poser à leur dessein. Jaloux de donner
à une démarche qui flattait mon amour-
propre, tout l'éclat possible, je partis
dans un carrosse brillant, traîné par six
chevaux.

DXXIVe FOLIE.

Précédé de plusieurs couriers, qui
faisaient fortement clacquer leur fouet,
& me pavanant dans mon équipage,
j'arrivai bientôt aux lieux où languis-
saient l'infante & le Chevalier dont
j'allais tenter la délivrance. A mon
abord, les ponts-levis se baisserent, la
garnison se mit sous les armes, deux
nains sonnerent de la trompette; & le
Seigneur Châtelain se montra sur un per-

ron de marbre; c'eft-à-dire que les portes cocheres de la baffe-cour s'ouvrirent à deux battans; que les garçons d'écurie & les fervantes de l'auberge vinrent m'offrir leurs fervices; que deux mâtins, effrayés du bruit de ma cavalcade, firent entendre leurs affreux aboimens; & que l'hôte de la taverne, fon bonnet gras à la main, s'avança pour me recevoir, me croyant au moins un prince.

En defcendant légerement de ma voiture, je démêlai parmi les fpectateurs que la curiofité avaient attirés dans la cour de l'auberge, le Moufquetaire qui me demanda autrefois fi j'étais un gentilhomme de la Beauce. Je connus alors que celui que je venais obliger était directement le maudit tapageur dont j'avais tant à me plaindre. A cette vue inopinée, tout mon fang fe glaça; peu s'en fallut que je ne fiffe fur le champ tourner bride vers Paris. Je craignais que le terrible Moufquetaire ne me fît berner, ou ne fe plût encore à me traiter de gentilhomme de la Beauce qui... Mes deux compagnons me raffurerent, & je me piquai d'humanité. Tandis qu'ils informaient le Mouf-

quetaire du sujet de mon voyage, je
montai dans ma chambre, conduit par
l'hôte même, qui me logea dans l'appartement le plus magnifique.

J'avais à peine eu le tems de faire
attention au cérémonial qu'on obser-
vait pour moi, quand le Mousquetaire
vint me trouver. Ce n'était plus ce jeune étourdi, vous regardant avec effronterie, toujours prêt à vous chercher
querelle. Il m'aborda d'un air humble,
la tête baissée, & balbutia long-tems
quelques mots. Après s'être un peu remis de son trouble, il parvint à donner plus de suite à ses discours. -- Votre
générosité, me dit-il, me couvre de
confusion. Je connais maintenant qu'il
ne faut jamais insulter personne ; &
qu'on a souvent besoin de ceux qu'on
croit les plus méprisables. Je n'oublierai
jamais la leçon que je reçois : puisse
mon aventure servir d'exemple à la Jeunesse étourdie ! -- Cette courte harangue dissipa un reste de rancune ; & la
vue de Fatime, qui vint me sauter au
cou, acheva de m'adoucir. La pauvre
fille était vraiment digne de pitié. Elle
ressemblait à ces héroïnes de romans,
qui couraient le monde chargées de for-

ce pierreries, mais en linge fale. L'or
que je donnai brifa le talifman qui retenait les deux tendres amans. La blanche haquenée & le char ceſſerent d'être
enchantés ; il leur fut permis de reprendre leur courfe. Ne me laſſant point
d'opérer des prodiges, je fis fervir, par
le même pouvoir magique, un repas
fplendide. Ce ne fut que quand les ta-
bles difparurent, que chacun fe remit
en route. Afin qu'il continuât décemment fon voyage, je prodiguai au galant
chevalier ce métal merveilleux qui
leve tous les obſtacles, & peut opérer
tout ce qu'on defire, bien mieux que
l'anneau & le cachet du grand Salo-
mon. Le Moufquetaire, oubliant les
devoirs d'un héros, ne s'éloigna de fa
maitreſſe qu'en répandant des larmes.
La belle l'eut à peine perdu de vue, qu'elle éclata de rire, & fe moqua de fon
amant langoureux. Nous la ramenâmes
en triomphe à Paris, en plaifantant fur
l'étonnante conſtance du Moufquetaire.

DXXVᵉ FOLIE.

Mes plaifirs furent tout-à-coup inter-
rompus, au milieu d'un feſtin que je
donnais à mes amis & à quelques beau-

tés complaifantes. Un Frere-quêteur vint demander pour fon couvent. Sa vue redoubla la bonne-humeur des convives; chacun voulut s'amufer aux dépens du pauvre Frere. Moi feul ne le jugeai point digne d'attention; le champagne dont je vuidais de fréquentes rafades, ne me permettait d'appercevoir que les agaceries des charmantes Demoifelles que j'avais raffemblées. Les quolibets lancés fur le Frocart ne le déconcerterent nullement; il y répondait avec efprit, en obfervant d'un œil tranquile tout ce qui l'environnait. Ses réponfes plaifantes, quelques verres de vin qu'il avala de bonne grace, exciterent encore davantage à la gaieté; on lui adreffa les propos les plus gaillards, dont il ne fit que badiner. Cependant le quêteur fe fiattait qu'on remplirait fon tronc; voyant que fon attente était vaine, il s'approcha de moi. J'ai toujours eu une antipathie invincible contre les moines, depuis que je me fuis affublé du froc; auffi rebutai-je plufieurs fois celui-ci, fans daigner le regarder. Impatienté de fes difcours myftiques, qui tendaient à m'acrocher quelques préfens, je le priai enfin de fe retirer. — Oui, s'écria le Fro-

cart d'une voix forte, je forts bien vîte;
je vais avertir notre fupérieur qu'il vienne ici chercher un de fes Religieux dé-
guifés. -- Ces mots me frapperent comme un coup de foudre; & le maudit
Frere s'éloigna en me faifant une pro-
fonde réverence.

Le marquis du Cataud & le Gendarme furent feuls au fait du mot de l'é-
nigme; le refte des convives fe regarda fans rien comprendre à l'exclamation du quêteur. Je feignis d'en rire;
mais je ne riais, comme l'on dit, que
du bout des levres. Il me tardait d'être
forti de table; je craignais que mon
repas n'eut un fâcheux deffert. J'en fus
quitte pour la peur. Quand je me vis
feul avec mes deux amis, nous tînmes
à la hâte un petit confeil, dont le ré-
fultat fut, que je devais m'en retourner au plutôt dans mon premier couvent.
Cet avis me parut fage; & tout de fuite
nous nous dîmes le dernier adieu. Rien
de plus édifiant que notre féparation;
peu s'en fallut qu'elle ne nous coûtàt
des larmes.

Je courus à l'hôtel où logeait ma
robe, afin de la reprendre, & de payer
le loyer de la chambre. L'hôte, fâché

sans doute de mon départ, cessa ses manieres polies; il me demanda quelques
écus que je ne comptais point lui devoir. Je m'obstinai à les lui refuser; Il
jura de m'en faire repentir; je me mo-
quai de ses menaces, & le payai plutôt en avare, qu'en homme prodigue.

Le bourreau ne me tint que trop
parole. Il déclara mes frédaines à un
Commissaire, qui daigna prendre le
soin de me corriger. En habit de gentilhomme, je me préparais de grand
matin à courir la poste; un grave personnage, à mine rébarbative, entre
tout-à-coup chez moi, sans se faire
annoncer, suivi d'une douzaine de
soldats. Etonné d'une pareille visite, je
reçus assez mal l'honneur que me faisait
Monsieur le demi-Magistrat; mais sans
se soucier de mon impolitesse, & peu
amateur des complimens, il me pria
de vouloir bien me rendre en prison,
où il aurait l'avantage de m'accompagner, avec toute sa suite. Je n'osai résister à cette invitation, quoiqu'elle ne
me fît gueres plaisir. A peine logé dans
un Château Royal, où ma personne
était en sûreté, je m'empressai de faire
savoir ma nouvelle demeure à l'aimable

du Cataud, & à mon cher Gendarme.
Ces deux fidéles amis ne jugerent pas
à propos de me venir trouver, dans
la crainte d'être enveloppés dans mon
affaire; ils feignirent durement de ne
me point connaître. Je l'avouerai, je
fus plus fenfible à leur ingratitude qu'à
ma captivité.

DXXVIᵉ Folie.

Il y avait à peine quinze jours que
j'étais dans ma prifon; je commençais
pourtant à m'ennuyer, lorfque deux
Révérends vinrent me tirer d'efclavage.
Le ton brufque avec lequel ils me par-
laient, leurs fronts fillonnés à mon approche, leurs fourcils qui fe fronçaient
en me regardant, m'annoncerent qu'ils
étaient piqués de n'avoir point partagé
mes plaifirs. J'effuyai un long fermon,
qui fe termina par m'avertir qu'ils
étaient chargés de me conduire dans
mon Couvent. Je me foumis à ma deftinée; je fuivis mes deux févères Acolythes; une chaife nous attendait,
& nous partîmes comme un éclair.

Que ce voyage fut différent de celui
que je fis avec le Gendarme! Au lieu
des gaillardes chanfons que nous répé-

tions en chorus ; je n'entendais marmo-
ter que des oraifons, que d'énormes
patenôtres. Plus de ces propos tant-foit-
peu libertins, plus de ces jolies hiftoires qui femblaient accourcir la route. Au
lieu de cette vie délicieufe que je me
propofais de mener avec le Gendarme,
je n'envifageais plus que les horreurs
du Cloître, qu'un efclavage éternel. Occupé de mille idées lugubres, je gardais
un profond filence ; les Révérends Peres
étaient auffi taciturnes que moi, ou
n'ouvraient la bouche que pour me faire
de pieufes exhortations.

Cet agréable voyage s'acheva enfin.
Toute la Communauté s'affembla pour
me recevoir ; je comparus devant le fé-
nat enfrocqué. Mes griefs furent détail-
lés par les deux Révérends qui m'a-
vaient conduit ; la charité ne les porta point à cacher une partie de mes
fautes. Je trouvai dans mes Supérieurs
plus de complaifance que je ne m'y étais
attendu. Le châtiment qu'ils m'impo-
ferent fut auffi bifarre qu'il était doux,
en comparaifon des crimes dont je devais paraître fouillé aux yeux des Moines.
Ils me condamnerent à ne point fortir
de la Maifon pendant trois mois, à

fervir au réfectoire, à ne manger qu'à genoux, & à dire chaque jour deux ou trois
cents fois le même *oremus*. Charmé d'en
être quitte à fi bon marché, je fis exacte
ment la pénitence. Ma réfignation édi-
fia les bons Peres; ils me crurent entiérement purifié; peu s'en fallut qu'ils ne
me regardaffent déjà comme un Saint.

DXXVIIᵉ FOLIE.

Rentré en grace, il me fut permis
de me comporter à ma fantaifie. Mais
je n'abufai point de la liberté qu'on
me donna; il m'était trop important
de regagner tout-à-fait l'eftime de mes
confreres. Je ne fortais que le moins
qu'il m'était poffible, & qu'après en
avoir demandé humblement la permiffion. Je marchais toujours la tête baiffée, mon froc enfoncé fur les yeux,
mes mains croifées fur l'eftomac, & couvertes de mes larges manches.

Tout cela n'était que pures grimaces.
L'air du Couvent me paraiffait infu-
portable plus que jamais. Depuis que j'a-
vais tâté de la vie mondaine, un penchant irréfiftible m'en faifait regretter
les charmes. Je n'attendais qu'une occafion pour jetter encore *le froc aux*
orties.

orties. Mes vœux furent enfin exaucés.
Un vieux Seigneur, relégué dans une
de ſes terres, defira l'agréable compagnie d'un des Religieux de notre Couvent. Comme ma conduite n'était plus
ſuſpecte, le choix tomba ſur moi. Monté fièrement ſur un bidet maigre, éti-
que, & d'une taille aſſez médiocre pour
que mes pieds traînaſſent à terre, je me
rendis dans le château du bon Seigneur.
Je fus bientôt m'inſinuer dans ſes bonnes
graces. S'imaginant que tous les gens de
ma robe avaient un mérite égal au
mien, il ſe mit en tête de léguer une
aſſez groſſe ſomme à mon Couvent.
Il exécuta ſon deſſein, ſûrement un peu
plutôt qu'il n'avait envie. Ses infirmités
augmenterent quelque tems après que
je fus avec lui; l'art des Médecins aida les progrès du mal, & l'honnête
Gentilhomme paya le tribut à la Nature. Mais avant de mourir, il me fit
dépoſitaire du tréſor qu'il deſtinait en
œuvres pies; & je proteſtai de ſuivre
de point en point ſes intentions. Il s'en
fallut pourtant de quelque choſe qu'elles
fuſſent remplies. Je n'eus garde de porter de nouvelles richeſſes à des gens
qui en avaient déjà trop. Il me parut

plus fimple de me les approprier, à
moi qui ne poffédais rien. D'ailleurs,
je brifais mes fers, je pouvais goûter
encore les plaifirs du monde. Mais fans
faire toutes ces réflexions, je ferrai
l'argent du défunt dans ma valife, réfolu qu'il n'en fortirait que pour contribuer à mes amufemens. Eh! n'était-
il pas naturel de préférer les defirs d'un
vivant à ceux d'un mort? Enveloppé
d'un ample manteau, qui me déguifait à merveille, je pris la pofte jufques
à Calais, & me tranfportai bien vîte fur
l'heureux rivage d'Angleterre.

DXXVIII^e Folie.

L'air de liberté qu'on refpire au milieu des Anglais, diffipa bientôt la mélancolie que j'avais contractée dans mon
efclavage. Chez ce Peuple fenfé l'on
n'outrage point la Nature fous prétexte
de mériter le Ciel; la Religion eft loin
de priver l'Etat d'une foule de citoyens
utiles. Livré à ces graves réflexions, je
me trouvai au beau milieu de Londres,
fans prefque m'en être apperçu. Je defcendis à une auberge qu'on m'avait indiquée, où je fus auffi bien traité qu'à
Paris; ce qui ne contribua pas peu à

me convaincre qu'on se fait une idée trop magnifique de la Capitale de la France.

Persuadé qu'en Angleterre comme ailleurs, il faut un peu farder sa marchandise, je jugeai à propos de me faire passer pour un Marquis Français, contraint par une affaire d'honneur à quitter sa Patrie. Qu'il faisait beau m'entendre déclamer contre la mal-adresse que j'avais eue de tuer mon homme! Mes dépenses prodigieuses, les airs que j'affectais, empêcherent de douter de mon illustre naissance; car, heureusement pour les Gascons, la Nature n'a aucunement distingué le grand Seigneur de l'humble Roturier; on pretend que ses sentimens & sa bonne-mine servent à le faire connaître; mais il n'est pas toujours l'unique possesseur de ces belles qualités. Quoi qu'il en soit, on me crut sur ma parole; l'on ne parlait que de Monsieur le Marquis de la Souche; (c'est le noble nom que j'entrai sur ma roture.)

J'eus le secret de m'introduire dans les meilleures maisons de Londres; j'osai même pénétrer jusqu'à la Cour. J'admirai la générosité des Milords, qui, pour le moindre caprice, prodiguent leurs guinées, que nos Marchands Francais savent attirer dans leurs bourses, par le moyen de mille colifichets, qu'ils vont leur vendre fort cher. Dans le tems que j'admirais le plus l'humeur libérale des SeigneursBritanniques, j'eus souvent lieu d'être étonné d'un usage qui ternit un peu leurs nobles procédés. Chaque fois que j'avais l'honneur de manger dans l'Hôtel de quelqu'un d'eux, j'étais certain de trouver au bas de l'escalier tous les domestiques de la maison, rangés en haie, à chacun desquels j'étais obligé de mettre dans la main une pièce d'argent, ayant grand soin que les principaux d'entre eux fussent les plus gratifiés. Je n'approuvai point cette bisarre méthode ; c'est régaler les gens pour leur faire payer leur écot.

DXXIXᵉ FOLIE.

Curieux d'observer les mœurs de tous les états, j'honorai souvent de ma présence l'endroit de la cité qu'habitent les riches Négocians : là je trouvais les mêmes plaisirs avec moins de faste, & plus de douceur dans les jolies bourgeoises que dans les orgueilleuses Ladis. Je rendais sur-tout de fréquentes visites à un gros & court Marchand de cet opulent quartier, ainfi qu'au fquelette qu'il appellait fa femme. Le bon-homme fe flattait que fon mérite m'attirait chez lui ; & Madame croyait que c'était le fien qui lui procurait le plaifir de me voir chaque jour. Eh bien ! ils fe trompaient l'un & l'autre. Voici, en confcience, ce qui me faifait chercher leur ennuieufe compagnie. Ils avaient une fille charmante ; c'eft vous en dire affez. Miff Monroud touchait à peine à fa quinzieme année ; elle était blonde, plus blanche qué la neige ; mais vive, animée, le teint coloré d'un rouge éclatant, l'œil rempli de feu. Elle était grande, faite à peindre ; fa taille fine & délicate accompagnait à merveille fon joli vifage ; & ce que l'on appercevait dé fa gorge ne déparait point rant de charmes.

Réfolu de m'emparer d'un tréfor auffi tentant, je m'efforçai de plaire à la jeune Miff. Je faifis toutes les occafions de lui gliffer en particulier quelques mots d'amour. Elle m'écouta avec complaifance ; mais quand je voulus aller plus loin que les tendres fermens, les amoureux foupirs, je la trouvai mé-

chante comme un lutin. Il me fut impoſſible de la mettre à la raiſon. Voyant
que tous les piéges que je lui tendais
étaient inutiles, je redoublai de fineſſe ;
j'eus recours à une ruſe qui me fournit
enfin la pauvre petite. Je la demandai
en mariage. Ses parens furent trop
éblouis de l'éclat de mon alliance, pour
dédaigner ma propoſition. Il faut ſavoir
que le bon-homme Monroud ſoutenait
qu'il était Gentilhomme ; & que Madame Monroud vantait à tout moment
la grandeur de ſa naiſſance, quoique
ſes manieres démentiſſent ſes beaux diſcours. Auſſi ne ſe pouvaient-ils tenir de
joie, quand ils ſe virent à la veille d'a-
voir un Marquis dans leur famille.

DXXX^e Folie.

Afin de ne pas les faire languir, je
fabriquai de fauſſes lettres, que m'apporta un valet intelligent, comme ſi
elles venaient de chez moi ; je les montrai à ma future belle-mere, & à ſon
bon - homme d'époux, qui, après les
avoir lues, ſe hâterent de me donner
le titre de leur gendre. Un Comte ima-
ginaire, mon pere prétendu, & la Com-
teſſe ma mere, être auſſi chimérique,

confentaient à mon mariage, & promettaient de m'envoyer dans peu force pierreries, pour que la belle que j'époufais parût fur-tout avec éclat à la Cour de France. Ce dernier article penfa faire tourner la tête à la charmante Mifs; les diamans avaient toujours été fon faible. Elle me donna la main avec tranfport, & eut lieu d'être fatisfaite des plaifirs de l'hymen. C'eft ainfi que je fus vaincre fes refus. Mais quel aurait été fon étonnement, fi elle eût appris qu'elle n'était que la femme d'un Moine!

Je croyais rêver quand je me confidérais dans mon ménage. Par quelle aventure fuis-je donc marié, me difais-je quelquefois tout bas? Quoi! je fuis Moine en France & tendre époux en Angleterre! Je réunis deux qualités fi oppofées! je poffède la plus jolie blonde qui ait jamais porté ombrage aux brunes; & cette beauté piquante eft ma légitime moitié! Comment moi, *Religieux indigne*, ai-je pu me procurer tant de bonheur? Ces réflexions me faifaient paraître mon fort encore plus doux. Remarquez que la manie de réfléchir m'a furieufement faifi depuis mon arrivée en Angleterre; c'eft un mal que l'on y

O 4

gagne , aussi-bien que la consomption.

Mon bonheur ne fut pas de durée. Ma belle-mere se lassa de me voir tranquile & content ; elle entreprit de changer mes plaisirs en longues douleurs. Avant d'entrer dans le récit des maux qu'elle me causa , je vais vous faire son portrait , & vous tracer son caractere. Figurez-vous une grande femme , séche , dé-charnée , faisant la Dame de condition , & ressemblant plutôt à une harangere. Tout le monde également lui paraît di-gne de ses mépris ; haute , impérieuse , elle vous regarde toujours avec dédain. C'est avec raison que chacun la fuit & la déteste ; elle est toujours prête à vous chercher querelle ; & pour peu que vous la contredisiez , elle va se répandre en un torrent d'injures. C'est , en un mot , une véritable harpie , qui ne se plaît qu'à médire , qu'à souiller tout ce qu'elle approche. On dirait que sa langue affilée , s'agitant sans cesse con-tre son prochain , est un rasoir à deux tranchans qui coupe & déchire. Vous la voyez sombre & rêveuse quand elle ne peut mal faire , & tressaillir de joie lorsqu'elle est sûre de nuire à quelqu'un.

DXXXI^e FOLIE.

Vous m'accuferez tant qu'il vous plaira de me trop livrer à l'enthoufiafme dans mes defcriptions ; je vous promets que je peins au naturel. Je me brouillai avec la maudite harpie que je viens de vous faire connaître, parce que je témoignai peu goûter fes médifances, & m'ennuyer de fon babil. Auffitôt elle fe mit à publier les défauts qu'elle crut découvrir en moi ; le champ était vafte : auffi ne ceffait-elle de parler du matin au foir. Sa propre fille ne fut point refpectée par fa langue de vipere ; elle prétendit que fa conduite n'était pas fans reproche ; blâma, critiqua toutes fes actions. La timide créature ne lui répondait que par fes larmes ; & s'affligeait fouvent en fecret des emportemens de fa mere. Le gros Monroud tâchait en vain de mettre la paix : que pouvait faire le bon-homme ? Il fe taifait prudemment ; il prenait patience depuis vingt ans qu'il avait époufé cette Mégere. Moi j'écoutais doucement les injures que vomiffait la méchante femme ; je me contentais de lever les épaules. Ma réfignation acheva d'exciter fa

O 5

fureur. Elle fe mit à me tourmenter de
fon mieux, de la langue & par des actions. Elle me faifait chaque jour de
nouvelles chicanes. Les chofes en vinrent au point que je defirai de fortir de
cet enfer. Je louai une maifon à l'autre
bout de Londres, où j'allai m'établir
avec ma femme, auffi ravie que moi
de s'éloigner de fon endiablée de mere.

Ma précaution ne m'apporta guères
de repos; l'infatiguable Monroud venait nous trouver dans notre afyle, ex-
près pour avoir le plaifir de nous que-
reller. Elle s'avifa enfin d'avoir des
doutes fur mon illuftre naiffance. Elle
écrivit en France; on fit des informa-
tions, on fuivit mes démarches; elle fe
donna tant de mouvemens, qu'elle apprit que je n'étais qu'un Moine réfugié,
& que j'avais dérobé une groffe fomme
à mon Couvent. Qui pourrait exprimer
la rage dont elle fut faifie à cette découverte? Elle jura dès-lors ma perte
entiere. Au lieu de cacher des faits qui
la déshonoraient elle-même, puifque
j'étais entré dans fa famille, elle courut
les publier par toute la ville, brodant
même ce qu'elle favait de mon hiftoire.

DXXXII^c FOLIE.

Sa méchanceté, connue de tout le monde, fut cauſe qu'on eut d'abord de la peine à ajoûter foi à ſes diſcours. Elle ne ſe contenta point d'avoir convaincu les plus incrédules ; elle m'intenta un grand procès, m'accuſant d'eſcroquerie, & de pluſieurs autres griefs. Son deſſein était de faire caſſer mon mariage, perſuadée qu'elle ne pouvait me jouer un plus mauvais tour. Réduit à me cacher, tandis que mes Avocats défendaient ma cauſe en l'embrouillant, je ne pouvais que faiblement réſiſter à la vigoureuſe attaque de ma belle-mere, acharnée à ma ruine. Madame la Marquiſe de la Souche, criait en vain à l'injuſtice, de ce qu'on ſongeait à la ſéparer d'un mari dont elle avait lieu d'être contente, merveille qui ne ſe voit pas toujours. Je paſſe rapidement ſur des idées affligeantes. Mon mariage fut déclaré nul, comme ayant été contracté ſans les formalités preſcrites par les loix ; & ordre de me conduire en priſon, pour me faire rendre compte de mes impoſtures, & d'autres cas mentionnés au

O 6

procès. Je n'eus point envie de satisfaire la curiofité de mes Juges ; je me
fauvai à la Haie en grand défarroi.

Ce n'était plus cet élégant Marquis,
fameux dans Londres par fon fafte &
fes dépenfes ; mon équipage était affez
délabré, & ma grandeur avait bien de
la peine à vivre. Pour achever ma trifte
déconvenue, j'appris le mariage de ma
femme avec un officier Anglais. Quelle
bifarrerie dans ma deftinée! Je me vois
Moine & marié tout à la fois ; enfuite
je deviens veuf, ma femme étant vivante ; & ma chafte moitié, prefque
fous mes yeux, paffe à de fecondes
noces, fans que je ceffe d'être fon mari!
Mais, je ne fuis pas encore à la fin de
mes aventures. La maudite harpie me
pourfuivit jufques à la Haie ; elle ob-
tint un ordre de m'y faire arrêter. L'on
m'en avertit en fecret ; je n'eus que le
tems de m'embarquer, & de paffer
dans la premiere ville d'Italie.

Je me flattais d'y vivre en fûreté,
jufqu'à-ce que j'euffe avifé quelqu'autre
lieu de retraite ; mais, hélas ! femblable
au papillon, je m'approchai trop de la
chandelle. La vieille Monroud vint encore me chercher dans mon dernier re-

tranchement; le diable, fans doute, le lui indiqua; & je fentis bientôt les funeftes effets de fa vengeance. Une nuit que je dormais profondément, je me réveille en furfaut; plufieurs fatellites me tenaient avec violence; ils me chargent de chaînes, me traînent dans une voiture, malgré mes cris, & s'éloignent de toute la viteffe de leurs chevaux. Au bout de quelques jours, je connus que nous étions en France. Nous arrivâmes plutôt que je n'aurais voulu à la porte du Couvent où j'avais prononcé mes vœux.

DXXXIIIᵉ FOLIE.

Je fus reçu comme un criminel. Deux grands coquins de Freres me faifirent, me lierent les pieds & les mains; & fans permettre que je parlâffe à perfonne, me jetterent dans un fombre cachot. Je n'aurais jamais cru que la Juftice monacale fût fi févere. Eft-ce donc là, m'écriai-je fouvent, la douceur qu'infpire la Religion? La cruauté de mes bourreaux me prouve qu'ils fe parent d'une fauffe fageffe. Voyez fi j'avais raifon de me plaindre. J'étais enfermé dans une efpece de caveau, où je pouvais à peine m'étendre, & si peu élevé, que j'étais contraint de me tenir tout courbé. Une botte de paille me servait de lit, une grosse pierre d'oreiller & de siége. L'humidité de ma demeure la rendait encore plus insupportable ; l'eau découlait le long des murailles, & tombait à terre en petites gouttes transparentes, où elle restait un moment brillante comme des perles, parce que la fraîcheur du lieu l'empêchait quelque tems de se dissoudre. Ma prison n'était éclairée que par une petite lucarne, par laquelle on me passait une cruche remplie d'eau, & quelques morceaux de pain noir, mon unique nourriture. Pour me réconforter de mon jeûne, l'on me tirait quatre fois la semaine du gouffre profond où j'étais enseveli, & l'on m'appliquait sur les épaules nues environ une trentaine de coups de discipline : le Supérieur, assisté de deux anciens de l'Ordre, chacun un rosaire à la main, comptait pieusement les coups, & avait grand soin que je reçûsse le nombre prescrit. J'aurais peut-être pris patience, si l'on ne m'eût pas déclaré que cette rude pénitence ne finirait qu'avec ma vie.... O ciel! quel achar-

nement inoui! Quoi! des Moines pouſ-
ſent la barbarie ſi loin! Ils abuſent de
l'indifférence où l'on eſt ſur ce qui ſe
paſſe dans leur maiſon. Des ſupplices
éternels doivent-ils punir des fautes
paſſageres? Si je ne mérirais point la même douceur qu'autrefois, au moins mes
pieux confreres ne devaient-ils pas me
châtier juſqu'à la mort.

DXXXIVᶜ FOLIE.

Je gémiſſais depuis pluſieurs mois
dans mon ſombre cachot. Etendu ſans
force, je déplorais, une nuit, la perte de
ma femme, autant que de ma liberté;
un petit bruit ſe fait entendre, je prête
l'oreille, il me ſemble qu'on répond à
mes ſoupirs. — Qui êtes vous? quels
ſont vos malheurs? me demande-t-on
d'une voix douce. Vos plaintes ont
trouvé un cœur ſenſible; ſi l'on peut
remédier à vos peines, vous n'avez qu'à
parler. — Ces mots & la douce voix qui
les prononçait, porterent le calme dans
mon ame, & rétablirent mes forces. Je
traçai rapidement mes infortunes & les
maux que je ſouffrais. — Armez-vous de
patience, me répondit-on. Nous ne ſommes ſéparés que par une muraille aſſez

mince ; il s'agit de faire une ouverture
par laquelle vous puiffiez paffer , & vous
ferez hors de péril. Creufez de votre
côté ; moi , je vais travailler du mien. —
L'efpoir de ma délivrance me fit employer les ongles pour démolir la muraille ; je ne fais fi je fis beaucoup d'ouvrage , ou fi la gloire du fuccès n'eft
due qu'à mon libérateur ; mais je parvins
à voir une ouverture affez large , dans
laquelle je me gliffai bien vîte , fans
prendre garde aux meurtriffures que je
courais rifque de me faire. Je me trouvai dans une vafte cave ; & je m'apperçus que j'avais au ciel plus d'obligation
que je ne m'y étais attendu. Quoique
les objets ne fuffent éclairés que par une
faible lumiere , je diftinguai à merveille
la perfonne à qui je devais ma liberté.
C'était une jolie Religieufe ; l'embarras
qu'elle fit paraître à ma vue , la rougeur qui couvrit fon front , relevaient
encore fes charmes. Je raffurai l'innocente beauté , & lui exprimai pathéti-
quement toute ma reconnaiffance. Mes
difcours éloquens diffiperent fans doute
le refte des craintes de la jeune Veftale.
.... Le Moine allait en dire davantage ,
reprend l'amant de Rofette ; mais fon

compagnon, l'empêcha de pourſuivre, en lui mettant la main ſur la bouche. Le révérend Pere, malgré les fumées du vin, ſentit apparemment qu'il était trop indiſcret; car laiſſant-là ſon hiſtoire, il changea tout-à-coup de converſation.— Apprenez, dit-il, en s'adreſſant à moi, ſon auditeur attentif, que nous gagnons la Hollande, cet aimable Frere & moi. L'habit que vous nous voyez n'eſt point celui de notre Ordre; nous le portons ſeulement afin d'être mieux déguiſés juſqu'aux frontieres... Dans cet endroit de ſon diſcours, (continue Colin, après une petite pauſe) ſa révérence ſe laiſſa aller au ſommeil, & ſe mit à ronfler d'une force étonnante. Le jeune Frere, en louant le Ciel de ce que ſa narration était finie, le coucha de ſon mieux, & s'étendit à ſes côtés, ſelon ſa coutume. Pour moi, pourſuit Monſieur Colin, l'eſprit occupé de tout ce que je venais d'entendre, j'allai tâcher auſſi de m'endormir.

CONTINUATION

DE L'HISTOIRE DE COLIN.

DXXXV^e FOLIE.

LE lendemain les deux Moines se ré-
veillerent un peu tard ; le Soleil
avait fait la moitié de sa course, lorsque nous nous remîmes en route. L'on
marcha gaiement, sans parler de ce qui
s'était dit la veille. Le bon Pere se ré-
pentait peut-être de ses indiscrétions,
& je ne pouvais m'empêcher de les re-
passer dans ma mémoire, tant ses aventures me paraissaient singulieres. Le
jeune Frere s'efforça long-tems de me
tirer de ma rêverie, sans pouvoir y
réussir ; à la fin, sa bonne-humeur, les
agaceries qu'il me faisait, me rendirent
ma premiere gaieté, & ne me permirent
plus de m'occuper des anecdotes du
Révérend.

Quelques jours après que je me fus
associé mes deux compagnons de voyage, j'eus lieu de connaître que le jeune
Moine concevait pour moi une forte

amitié. Il ne ceſſait pas de faire mon éloge; mes moindres diſcours méritaient ſes louanges ; & il parlait de ma perſonne avec un plaiſir ſenſible. C'étaient mille prévenances; c'étaient chaque jour de nouvelles attentions; il lui ſemblait que la route était moins longue en marchant à côté de moi. Tout cela me paraiſſait fort naturel ; j'en attribuais la cauſe aux effets de la ſympathie. Mais cette vive amitié éclatait ſouvent par des tranſports qui me rempliſſaient de ſurpriſe. Le jeune Frere me conſidérait avec attention ; lorſque je ſurprenais ſes regards attachés tendrement ſur moi, il rougiſſait, & baiſſait les yeux. Quelquefois il me ſerrait la main, & découvrait par ſa confuſion qu'il ſe repentait de ſa ſottiſe. Peu s'en fallait que je ne montrâſſe le même embarras ; j'étais déconcerté d'un pareil attachement.

J'eus bientôt ſujet d'être plus étonné. Sa Révérence avait coutume de dormir après tous ſes repas; le ſommeil lui procurait une douce digeſtion. Un jour qu'il faiſait la méridienne, en attendant que la chaleur du Soleil fût tempérée, le jeune Moine me mena faire un tour dans

le jardin de l'auberge. Nous étant affis
fous une efpece de cabinet de verdure,
je remarquai que mon compagnon trem-
blait & qu'il pouffait de fréquens foupirs. Il me regarda un inftant fans parler ; faifant enfuite un effort fur lui-
même ; il s'écria : -- Mon cher Colin, je
ne faurais me taire plus long-tems ; la
paffion que vous m'infpirez m'arrache
mon fecret. Je vous aime, & je ne puis
vivre fans vous.

SUITE

DES AVENTURES DU MOINE.

DXXXVIᵉ FOLIE.

J'ALLAIS témoigner mon étonnement, quand le jeune Frere continua
de la forte. Votre furprife ceffera lorfque vous faurez qui je fuis. Vous me
prenez pour un petit Moinillon, un
Frere coupe-chou ; connaiffez votre erreur. Cet habit vous cache une jeune
Religieufe. C'eft moi, qui délivrai de fa
captivité le Révérend Pere dont vous
favez l'hiftoire, en le faifant paffer

dans la cave de mon Couvent. Nommée
Econome de la maison, en vaquant
aux differens emplois de ma charge, des
gémiffemens fourds frapperent mon
oreille. J'écoutai avec attention, fans
rien dire à perfonne, & je démêlai d'où
partaient les plaintes dont j'étais fi touchée; par un mouvement de pitié, ou
de curiofité, ordinaire à mon fexe, je
defcendis fouvent feule dans la cave
pour les entendre. J'avais une forte
envie de fecourir le malheureux qui
gémiffait; mais comment vaincre ma
timidité ? J'ofai enfin élever la voix;
vous favez la réponfe que je reçus. Un
levier de fer fe trouva fous ma main;
je l'employai avec tant d'ardeur à percer la muraille, que j'eus la fatisfaction
de réuffir. Peu s'en fallut que je ne me
repentiffe de ma bonne-œuvre; je fus
d'abord interdite de me voir feule avec
un homme. Je me raffurai infenfiblement, réfolue de profiter d'une occafion que j'avais tant defirée. Je maudif-
fais en fecret le féjour de mon Couvent;
& le cœur me difait qu'il me manquait
quelque chofe. Tandis que mes compagnes étaient au chœur, je courus chercher tout ce qu'il fallait pour rétablir

les forces de mon prisonnier. Pendant
qu'il se régalait de bonbons & de confitures, dont j'avais toujours une ample
provision, je me hâtai de faire mon
paquet; je ne laissai rien de précieux
dans ma cellule. Chargée de mon petit
bagage, je réjoignis le Moine, parfaitement restauré, & qui devait au vin
de la cave une partie de sa vigueur.
Dans le milieu de la nuit, nous traver-
sâmes le jardin; les murs en étaient très-
bas; je les escaladai la premiere; & le
Révérend suivit mon exemple. Il me
conduisit chez un marchand Fripier de
sa connaissance, qui nous affubla des
habits que vous nous voyez. Déguisés
d'une maniere qui nous rendait mé-
connaissables, nous prîmes bien vîte la
route de Hollande, marchant d'abord
jour & nuit, afin de faire plus de diligence. Je remerciai tout bas le Ciel qui
pourvoyait aux besoins d'une pauvre
fille.

Cependant je puis vous protester que
je n'ai jamais aimé le Moine avec qui
je voyage; ce n'est que l'envie extrême
d'abandonner mon cloître qui a pu me
contraindre de le suivre. Eh! Que n'au-
rais-je pas fait pour sortir du tombeau

où j'étais enfevelie toute vivante? Si
j'ai eu de la peine à vaincre le dégoût
que m'infpire fa Révérence, continua
la Religieufe en me lorgnant, qu'il
doit m'être indifférent depuis que j'ai
vu l'aimable Colin! Ah! Que n'eft-ce
vous, mon cher ami, que j'ai retiré
du cachot! Mon amour a fait trop de
progrès pour qu'il me foit poffible de
l'éteindre; je fuis décidée à me féparer
du Moine, & à vous accompagner par-
tout. Si vous refufez de m'emmener avec
vous, fi votre cœur eft infenfible à ma
paffion, je jure de me tuer à vos yeux.

SUITE DE L'HISTOIRE

DE COLIN.

DXXXVII° FOLIE.

C'EST ainfi que me parla la jeune
Religieufe. J'avais grande envie de
faire le petit cruel; mais un couteau
qu'elle tenait fiérement à la main, me
força de la traiter avec douceur: je
craignais qu'elle n'en tournât la pointe
contre un ingrat, avant de fe poignar-
der en Romaine. Je confentis donc à

l'enlever à son amant ; de joie elle me
sauta au cou, & faillit à m'étouffer.
C'était à regret que je me chargeais
d'une infante aussi vive. Soit que le
capuchon offusqua sa beauté, soit qu'elle ne fût pas naturellement trop jolie,
je lui trouvais sous le froc un air peu
attrayant.

J'espérais que la difficulté de nous
séparer du Moine mettrait long-tems
obstacle aux infidélités de la Religieuse.
Admirez mon malheur ; dès le soir même qu'elle m'eût découvert son amour
avec tant de modestie, elle trouva l'occasion de prendre la fuite ; & je n'osai
me défendre de la suivre. Sa Révérence,
n'ayant aucun soupçon du mauvais tour
que voulait lui jouer la perfide, vuida
quelques bouteilles de vin après souper,
afin, sans doute, de se délasser de ses
fatigues. Les fréquentes rasades de la
liqueur bachique qu'il avalait à notre
santé, lui procurerent un profond sommeil ; la tête appuyée sur la table, il
se mit à ronfler à son ordinaire. La Religieuse ne le vit pas plutôt dans cette
espece de léthargie, qu'elle s'empara de
tout son argent, dont elle remplit mes
poches ; elle me chargea aussi en silence

ce du bagage du bon pere. Les fenêtres de notre chambre donnaient fur le grand chemin ; nous nous glissâmes tout doucement dans la campagne ; & nous courûmes à toutes jambes à travers les champs.

CONCLUSION

DES AVENTURES DU MOINE.

DXXXVIII^e Folie.

Nous marchions depuis plusieurs jours par des routes de traverse, prenant au hasard le premier chemin peu fréquenté qui se présentait devant nous, lorsque nous arrivâmes aux environs d'une petite Ville. J'allais proposer à mon Hélene d'y séjourner quelque tems, afin de trouver l'occasion de m'en séparer ; tout-à-coup elle jette un grand cri, tourne brusquement le dos, & se met à courir de toutes ses forces du côté opposé au chemin que nous suivions. J'eus d'abord envie de la laisser courir toute seule ; mais je fus curieux de savoir d'où provenait cette boutade. J'attrapai mon infante avec

bien de la peine, qui m'apprit que la
Ville dont nous appercevions les clo-
chers renfermait son Couvent & celui
du Moine qu'elle avait mis en liberté.
En errant à l'aventure dans la campagne, & par des chemins inconnus, nous
nous étions approchés, sans le savoir,
d'un lieu dont nous pensions être fort
éloignés. Ce n'était point le Moine galant qui causait les allarmes de la Religieuse ; il devait être bien loin de-là ;
elle craignait qu'on n'eût ordre de la
poursuivre de la part des vestales de
son cloître, piquées de voir une de leurs
compagnes plus heureuse qu'elles. Dans
une conjoncture aussi embarrassante,
je ne trouvai rien de mieux que de
rebrousser promptement chemin. Nous
fîmes quelques lieues en courant comme des basques ; nous commencions à
nous rassurer, & à reprendre haleine,
quand nous nous vîmes environnés par
une troupe d'Archers. Ces Messieurs
reconnurent la jeune Religieuse, malgré
son déguisement ; on la leur avait si
bien dépeinte, qu'ils n'eurent qu'à l'en-
visager pour s'assurer que c'était elle :
l'un d'eux, persuadé sans doute que le
beau-sexe est trop délicat pour voyager

à pied, prit en croupe la vestale fugitive. Avant de s'éloigner de moi, ils me firent plusieurs questions, auxquelles je répondis si bien, qu'ils me souhaiterent un bon voyage, & tournerent bride vers le couvent de la Religieuse, qui me dit le dernier adieu d'un ton plaintif, & que j'entendis longtems sangloter. Je riais tout bas de ses doléances; & je me séparai de la belle avec d'autant moins de regret, qu'elle me laissa emporter son argent.

SUITE DE L'HISTOIRE

de Colin & de Rosette, & de celle du Baron d'Urbin.

DXXXIXᵉ FOLIE.

Il ne m'arriva plus aucune aventure jusqu'à mon village. Sans me donner le tems de me reposer, je courus pour embrasser ma chere Rosette. Son pere me reçut très-bien, parce que je lui prouvais que j'étais riche. Il m'apprit que sa fille était allée chez Monsieur le Baron d'Urbin; je volai ici avec le

dernier empreſſement. Vos gens me dirent que Roſette ſe promenait avec
vous dans le jardin, Monſieur le Baron ;
impatient de jouir du bonheur de la
voir, je la cherchai dans tout le parc.
Vous ſavez le reſte, le haſard me conduiſit dans la grotte où vous vous pré-
-pariez à mettre à mal ma naïve maitreſſe. Peu s'en fallut que je n'éteigniſ-
ſe pour toujours vos deſirs amoureux,
en vous envoyant dans l'autre monde.
Je benis le Ciel d'avoir réprimé ma fureur ; & je ſouhaite qu'une autrefois
vous ſoyez plus heureux dans vos galantes entrepriſes. --

Monſieur Colin termina par cette
raillerie le récit de ſes aventures. Le
vieux Baron le remercia de ſa complaiſance, & promit de s'intéreſſer à ſon
ſort, quoiqu'il fût perſuadé que, ſans
ſon retour, il aurait levé les ſcrupules
de la petite payſanne. Le villageois ſe
retire avec ſa maitreſſe, à qui le galant
ſeptuagénaire fait encore les doux yeux,
& qu'il accompagne poliment juſqu'à
la porte de ſon château, comme ſi elle
eût été une grande Dame.

Le mariage des jeunes amans ne tarde pas à ſe conclure ; le jour eſt pris

pour la cérémonie, tout paraît confpi-
rer au bonheur du tendre Colin. Monfieur le Baron, afin de faire fa cour à
la belle Rofette, fe charge des frais de
la noce ; il lui envole un corfet élégant, un joli jupon, deftinés à la parer dans le jour le plus brillant de fa
vie ; ce préfent eft accompagné d'une
agraffe, d'un clavier d'argent, & de
divers autres bijoux. Dans fon nouvel
éclat, Rofette va montrer le minois
piquant des Grâces, fous l'habit d'une
riche fermiere. Les cuifiniers de Monfieur d'Urbin travaillent à préparer un
repas magnifique, où le vin doit couler
avec profufion. Tant de générofité de
la part du vieux Baron eft l'ouvrage de
l'Amour ; il efpere que la charmante
payfanne ne fera plus fi rétive quand
elle vivra fous les loix de l'Hymen. --
Il eft tout fimple que je me flatte d'en
triompher bientôt, fe dit-il à lui-même,
en fouriant d'avance aux plaifirs qu'il
fe promet : que de fieres beautés font
devenues auffi douces que des moutons
dès le lendemain de leur mariage ! --

CONTINUATION

de l'histoire de Colin & de Rosette.

DXL^e FOLIE.

PLUSIEURS incidens burlesques troublerent les préparatifs de la noce; peu s'en fallut même qu'ils n'en causâssent la rupture. Le premier désordre fut occasionné par le pere de Rosette. Le bon-homme était fort intéressé, comme on doit l'avoir vu; quoiqu'il eût fait tant de façons pour consentir au mariage de sa fille, il ne lui donnait pourtant pas un sou de son bien; ce n'était qu'en mourant qu'il voulait se dessaisir de sa fortune. La belle Rosette ne portait en mariage que le bien de sa mere; mais fille jeune & jolie est toujours assez riche. La veille des noces, les parens & les amis des deux amans s'assemblent chez le pere de la future; on voit arriver Jeannot le marguillier, Thomas le carillonneur, Lucas le magister, le bon Guillaume, pere de Monsieur Colin, vieillard à cheveux blancs, qui contait toujours les histoires du tems paſſé; la groſſe Jácqueline, la commere Thereſe, la bavarde Perrette, dont la langue ne s'arrêta jamais; chacun ſe pavanant dans ſes habits des dimanches. On diſtingue auſſi dans cette vénérable aſſemblée Monſieur le Tabellion, la tête couverte d'une énorme perruque; ſon habit noir, trop court de trois doigts; une large cravate autour du cou; s'efforçant de prendre une mine grave, & n'ayant qu'un air empeſé. Tandis qu'il griffonne le contrat de mariage, les témoins font un bruit à rendre les gens ſourds; ils parlent tous à la fois, ſans s'entendre; mais ils ont grand ſoin de faire ſouvent des pauſes, afin de s'humecter le goſier. Qu'eſt-ce donc que de nous, dit le carillonneur? J'ons diantrement fréquenté le clocher dans ma vie; mais j'avons plus uſé les cloches à ſonner pour les morts, qu'à célébrer des réjouiſſances. -- Morgué! s'écrie le magiſter, le tems s'écoule bian vîte; je nous ſommes appliqué à montrer à lire à des Jeuneſſes qui portent à préſent des lunettes. -- Les femmes ſe chuchottent tout haut à l'oreille. -- Voyez-vous, dit l'une! les nouvelles mariées font envie le jour de leurs nô-

ces; mais quelques jours après, alles
font pitié. – Vraiment, reprend l'autre,
ces mijaurées-là s'imaginent que ça du-
rera toujours; j'avons de l'expérience,
nous; je me rappelle encore que défunt
mon pauvre mari était méconnaissable
la semaine d'après note mariage. --

Au milieu de cette cohue, le pere
de Rosette gardait le silence. Les brocs
de vin qu'il était forcé de faire passer à
la ronde, lui arrachaient le cœur. Tout
chagrinait son avarice. Sa mauvaise
humeur augmente considérablement,
lorsqu'il entend sa fille faire écrire sur
son contrat, selon l'usage, qu'en cas qu'elle meure sans enfans, elle donne son
bien à ses parens légitimes. -- Ingrate &
dénaturée, s'écrie l'intéressé vieillard,
outré qu'elle ne fasse aucune mention
de lui; tu ferais bien mieux de légitimer
ton pere. --

DXLIᶜ FOLIE.

A ces mots, il se leve en fureur, &
proteste qu'il ne veut rien signer. On a
beaucoup de peine à le retenir; il se
calme enfin; le Tabellion continue ses
écritures. On croyait la paix rétablie;
apparence trompeuse. La discorde vient

de nouveau troubler l'assemblée. Se l'i-
maginerait - on ? C'est Monsieur Colin
qui cherche querelle. Il a montré jufqu'à préfent une ame défintéreffée ; il
s'avife tout-à coup d'aimer l'argent. Il
lui paraît que le Notaire ne l'avantage
point affez ; il le prie de fonger à fes intérêts. Le Garde-notes répond gravement
que l'acte eft dans les régles , & qu'il
fait fon métier. Monfieur Colin infifte ;
la difpute s'échauffe ; on ne peut mettre
le holà. Le Tabellion traite le futur d'i-
gnorant ; & Monfieur Colin lui applique
un furieux foufflet. Alors tout eft en défordre , les deux champions fe coletent, fe
terraffent, la table eft renverfée , le contrat foulé aux pieds , les femmes jettent
les hauts cris, & les hommes s'entrepouf-
fent pour féparer les combattans.

Dans le plus fort de la bagarre , arrive le vieux Baron d'Urbin ; il venait
doter la future d'une certaine fomme ;
fa préfence en impofe ; il y eut d'abord
fufpenfion d'armes. Les deux partis lui
racontèrent leurs raifons. Comme Monfieur Colin eft très-animé contre le Garde-notes , le vieux Baron juge à propos
de le congédier , & d'en demander un
autre. Il fallut envoyer à plufieurs lieues

du village ; car il n'était illuftré que par un feul Tabellion. Le nouveau venu ne reffemble nullement à fon confrere ; au lieu d'une peiruque in-folio, il n'a que des cheveux gras & noirs, très-écourtés, collés contre fon vifage ; il eft vêtu d'un habit groffier ; on le prendrait plutôt pour un Labourenr que pour un Notaire ; mais ce n'eft pas à la mine qu'on doit juger du talent des hommes. Le contrat eft bientôt griffonné ; les difcours du Baron rendent Monfieur Colin plus fage ; tout le monde eft content. Concluons de la fcène extravagante qui vient de fe paffer, que dans tous les états un peu d'intérêt nous dirige dans nos actions, fur-tout lorfqu'il s'agit de mariage.

DXLIIᵉ FOLIE.

Le lendemain de cette étrange bagarre, eft le jour deftiné à la noce. Rofette fe pare des dons de M. d'Urbin. Sa taille mignonne eft preffée dans un corfet étroit ; fon joli pied eft renfermé dans une mule faite au tour ; elle couvre fa tête mutine d'un chapeau de fleurs, & porte en écharpe une guirlande de rofes. Mais ce n'eft point fa parure qui

attire le plus l'attention ; ce font les
charmes répandus fur toute fa perfonne.
A travers la joie qui brille dans fes yeux,
on démêle un tendre embarras : le rouge
de la pudeur , joint à celui qui colore
fon teint ; fa modeftie & fon air timide, rendent fes attraits plus piquans.
On marche vers l'Eglife ; les Ménef-
triers, raclant de leurs violons, voit
à la tête de la bande joyeufe, qui com-
pofe les gens de la noce; mais les yeux
ne s'arrêtent que fur la charmante future. La bonne mine de Monfieur Colin attire auffi les regards , & fur-tout
ceux des femmes.

Le Curé était à fe munir d'un ample
déjeûner , & ne vuidait que fa troifieme
bouteille, quand on vint lui dire que
la noce n'attendait que lui. Il fe leve de
table de très-mauvaife humeur, & court
s'acquitter de fon miniftère, impatient
de retourner à fes convives. Sa face
bourgeonnée s'eft enflâmée de colere;
il gronde toujours entre fes dents. Tout
le monde était rrop fatisfait du mariage de Monfieur Colin avec Rofette,
pour ne pas fe livrer à la joie; les plaifanteries qu'on fe dit à l'oreille exci-
tent des ris qui choquent le Pafteur;

la groſſe Jacqueline ſur-tout fait plus
de bruit que les autres. -- Faites taire
cette créature, s'écrie Monſieur le Curé. -- Choquée de cette épithète, la
payſanne met ſes mains ſur ſes hanches,
& apoſtrophant le Paſteur: -- Parlez-
donc, lui dit-elle; vous qui êtes un
homme d'évangile, ſavez-vous ce que
c'eſt qu'une créature? C'eſt la niéce d'un
Curé, Monſieur. -- Rougiſſant de honte
& de fureur, le Curé veut ſe retirer
ſans achever la cérémonie. Il fallut que
le Baron, préſent à la querelle, inter-
poſât ſon autorité; le Paſteur n'oſa réſiſter aux inſtances de ſon Seigneur,
& ſe hâta, tout en grondant, de faire
prononcer le *oui* fatal.

Voilà donc enfin Monſieur Colin l'é-
poux de ſa belle maitreſſe. On les conduit en triomphe dans le château du
vieux Baron, qui régale ſplendidement
toute la compagnie. L'on chante, l'on
danſe, les jeunes payſannes ſe trémouſ-
ſent de leur mieux; mais les revers de
la noce ne ſont point encore finis.

SUITE DE L'HISTOIRE

de Colin & de Rofette, & de celle du Baron d'Urbin.

DXLIII^e FOLIE.

L'HEURE arrive de coucher les mariés. Rofette fe dérobe tout doucement, au fignal de quelques vieilles dif-
crettes, qui la menent dans la chambre
de fon mari. Après une légere réfiftance,
(car les belles cachent fouvent, par de
petites façons, leurs amoureux defirs,)
les vénérables matrônes la déshabillent
& la mettent dans le lit nuptial. Elles
l'exhortent enfuite à la douceur, lui
apprennent quels font les devoirs auxquels l'hymen l'affujettit, & lui donnent
à ce fujet de fages inftructions. Cet ufage
eft banni des Villes; l'on a fes raifons
pour s'en paffer.

L'heureux Colin s'apperçoit le premier que la mariée eft difparue; il s'é-
clipfe auffi, fans qu'on y prenne garde,
& vole où il eft attendu avec impatience. Ivre d'amour & de joie, il ne

tarde pas à fe précipiter dans les bras
de fa chere Rofette. Il allait combler
fon bonheur, quand elle lui tint ce difcours: – Que je crains que notre félicité
ne foit qu'apparente! Le vilain Pierre-
le-Roux, ce forcier qui m'a tant pour-
fuivie, empêchera, fûrement, que nous
nous donnions les dernieres preuves de
tendreffe. J'ai remarqué qu'il a paffé
plufieurs fois autour de nous aujour-
d'hui; il pourrait bien nous avoir jetté
quelque fort. — J'ai la même idée que
toi, répond Colin. Il y a toute apparence que ce forcier va fe plaire à
nous tourmenter; voyons pourtant fi
mon amour triomphera des fortiléges. —
Notre nouvel époux embraffe alors fa
tendre moitié; mais......ô furprife!
ô douleur! c'eft la feule careffe dont il
eft capable. Il fait en vain plufieurs
tentatives; les feux dont il fe fent rempli ne fervent qu'à le défefpérer davantage. Honteux de fa difgrace, qu'il protefte n'avoir jamais éprouvée, il s'endort
en peftant contre tous les forciers du
monde, préfens & à venir. Mais la jeune
mariée les maudit encore bien plus.

Le pauvre époux fe leve dès la pointe
du jour; il court raconter fon étrange

malheur au Baron, perſuadé qu'il eſt le ſeul dont il puiſſe attendre de judicieux conſeils. Etonné de le voir ſi matin, le Baron ſe frotte les yeux, & croit rêver. Convaincu qu'il n'eſt point trompé par les illuſions d'un ſonge: - Quoi! c'eſt vous, Monſieur Colin, s'écrie-t-il! Eh! qui diable vous oblige de ſortir ſitôt du lit? Je me ſuis toujours douté que vous ne méritiez guère une auſſi jolie femme. Tout vieux que je parais, ma foi, j'aurais agi plus galamment que vous. -- Oh! Monſieur le Baron, réplique Colin, un peu remis de ſa confuſion, vous en auriez fait autant que moi. Apprenez qu'on m'a noué l'éguillette. -- Que voulez-vous dire par-là? -- La derniere cérémonie du mariage.... Je ne puis achever; un enchantement glace mes ſens auprès de ma femme. A cette ſinguliere confidence, Monſieur d'Urbin éclate de rire. Il a beau ſe moquer de la ſottiſe du nouvel époux, Colin perſiſte à croire qu'il eſt enſorcelé. Je ne conçois rien à ſa ſimplicité; car il n'eſt point dans le cas d'avoir beſoin de s'excuſer ſur les noueurs d'éguillette.

DXLIVᶜ FOLIE.

L'imagination frappée des deux époux
aurait fait durer long-tems le fortilége,
fi Monfieur le Baron n'avait pris fur lui
de les défenchanter. Plufieurs jours fe
font déjà écoulés, fans que la trifte
Rofette ait eu lieu d'être plus contente
de fon mari. La méfintelligence commence à fe glifter dans le nouveau ménage ; Colin parle même de fe féparer
de fa femme, tant il eft vrai que fous les
loix de l'hymen, ainfi qu'en amour,
il n'y a point de fidelle union fans le
plaifir des fens. Monfieur d'Urbin fait
venir les nouveaux mariés. -- Vous
faurez, leur dit-il, que je me mêle un
peu de forcellerie ; ne découvrez pas
mon fecret, autrement je mettrai
une douzaine de diables à vos trouffes.
J'ai connu par mon art qu'on vous avait
noué véritablement l'éguillette. Mais je
fuis en état d'en revendre à Pierre-le-
Roux, & à tous fes confreres fameux
en diablerie. Je vais lever le fort qu'on
vous a jetté; je me prépare de grands
travaux ; qu'importe, le fuccès me ré-
compenfera de toutes mes peines. Sur-
tout armez-vous de courage ; car fi vous

aviez peur, vous feriez perdus. --

Le rufé Baron avait fes raifons pour
rendre à Colin fa premiere vigueur.
Convaincu que l'hymen adoucirait la
cruelle Rofette, il penfe que fes fcrupules ne difparaîtront qu'après qu'elle
aura fait à fon mari un don précieux,
qui n'eft pas toujours le partage de Meffieurs les époux.

Monfieur d'Urbin ordonne qu'on ferme toutes les fenêtres, afin qu'aucun
rayon du jour ne pénétre dans la chambre. Il fait enfuite allumer deux bougies
jaunes, qui ne jettent qu'une lueur pâle,
& ordonne à tout le monde de fortir,
excepté aux jeunes mariés, principaux
acteurs de la Comédie. Pour mieux
jouer fon rôle, le vieux d'Urbin s'en-
veloppe d'une longue robe, ornée de figures de diables, qui lui fervait autrefois à fe mafquer; il s'affuble encore
d'un grand bonnet pointu. Armé d'une
prétendue baguette magique, il s'approche gravement des deux époux faifis d'effroi, trace plufieurs cercles autour
d'eux, leur pofe fur la tête une petite
couronne de papier peint; fait diverfes contorfions, en prononçant quelques mots barbares. Un bruit affreux

acheve de remplir d'épouvante Colin
& sa moitié ; une voix rauque & terrible se fait entendre alors ; elle prononce ces mots : -- Baron, je consens
à ta demande ; c'est malgré moi que
je désensorcele tes protégés ; mais tu le
veux, j'obéis. -- Monsieur d'Urbin redouble ses grimaces, approche une des
bougies magiques des deux époux, &
met le feu, sans qu'ils s'en apperçoivent, à leurs couronnes de papier, qui
renfermaient plusieurs serpenteaux. Les
petarades & les fusées firent jetter un
grand cri à Monsieur Colin & à la belle
Rosette, qui crurent que tous les diables
les emportaient. Les fenêtres se rou-
vrent, les bougies jaunes disparaissent,
Monsieur d'Urbin quitte son grotesque
épuipage, & assure les nouveaux mariés que le charme est rompu. --Vous
avez dû voir, ajoûte-t-il, sortir de votre
corps le malin-esprit qui voulait sans
cesse contrarier votre amour ; il a pris
la fuite dans un tourbillon de flâme
& de fumée. -- Le crédule Colin ne
doute pas qu'il ne soit désenchanté ; &
le prouve dès le soir même à sa tendre
compagne, qui avoue qu'elle a de grandes obligations à M. d'Urbin.

CONTINUATION

de l'histoire de Colin & de Rosette ;
& leçon frappante donnée aux Peres
de famille.

DXLV^e FOLIE.

A PEINE notre nouveau marié a-t-il joui de tous ses droits, qu'il songe à terminer une autre affaire. Le lendemain que sa femme est contente de lui, & que son amour-propre est tranquile, il cherche à se satisfaire sur un point qui l'intéresse beaucoup. Il faut savoir que Monsieur Colin s'était chargé de nourrir son pere ; il s'avise de regarder comme une tâche pénible ce qui n'était qu'un devoir. Il forme le dessein de se débatrasser du respectable vieillard, accablé d'années & d'infirmités ; mais dont l'enjouement fait oublier le grand âge, & dont la saine mémoire se plaît à retracer les événemens de sa jeunesse. Colin ne sait trop comment s'y prendre pour instruire son pere de ce qu'il médite ; un petit conseil avec Rosette

acheve de le décider ; il s'arme de réfolution, & vient dévoiler au vieillard
tout fon mauvais cœur. --- Mon pere,
lui dit-il, j'ai fait réflexion que nous ne
fommes guère en état de vous foigner ;
vos maux feraient plus adoucis dans une
de ces maifons bâties par la charité, où
l'indigence eft accueillie, & trouve tous
les fecours qui lui font néceffaires. D'ailleurs, confidérez que vous foulagerez
vos enfans, qui ne peuvent partager
leur fubfiftance avec perfonne. Le tems
eft fi dur ! les gens de la campagne font
fi malheureux ! Décidez-vous donc ; je
vous conduirai à l'hôpital de la Ville
prochaine, où rien ne vous manque-
ra. --

C'eft ainfi que Monfieur Colin déploie fon éloquence. Le bon Guillaume
fe trouble, rêve pendant un inftant, &
répond à fon fils, qu'il eft prêt à le
fuivre.

Le malheureux vieillard était loin
de mériter un traitement auffi indigne.
Ragaillardi par le bonheur de fes enfans, fe flatant de paffer avec eux fes
jours en paix, il venait de céder tout
ce qu'il poffédait à fon cher Colin, fans
fe rien réferver. La chaumiere qu'il

habitait autrefois; le champ labouré
par ses mains, qui lui rapportait chaque année de quoi se nourrir frugale-
ment; le petit jardin qu'il prenait tant
de plaisir à cultiver, où il allait souvent
goûter une joie innocente; tout enfin
avait changé de maître, & appartenait au mari de Rosette, qui héritait
avant la mort du possesseur. Le bon
Guillaume s'applaudissait de son ouvrage, quand l'ingratitude de son fils
vient lui porter un coup mortel. Voilà quelle est la récompense que reçoit
le vieillard pour s'être dépouillé de sa
fortune en faveur de ses enfans; & c'est
celle que doivent attendre les peres
qui commettent la même sottise.

DXLVIᵉ FOLIE.

Sans perdre de tems, Monsieur Colin
engage le bon Guillaume à partir. Le
terme de leur course n'est pas bien long;
il n'y a guère qu'une demi-journée de
chemin de leur Village à la Ville où ils
ont dessein de se rendre. Afin que le
vieillard voyageât plus commodément,
le mari de Rosette le fait monter sur
un grison docile, accoutumé à porter
les choux au marché; pour lui, il mar-

che de pied à côté de l'animal aux
longues oreilles, hâtant souvent sa lenteur de la voix & à grands coups de
baguette.

Après avoir gravement cheminé, nos
gens & leur bête arrivent sur une hauteur, éloignée d'un quart-de-lieue de
l'endroit où ils vont. Le bon-homme
arrête alors sa monture, pousse de profonds soupirs, en contemplant la triste
demeure qu'il doit habiter. Colin frémit, dans la crainte qu'il ne veuille
retourner sur ses pas, & le conjure d'a-
vancer promptement, afin qu'il puisse
être de retour avant la nuit. Sans lui
rien répliquer, le vieillard se met à
fondre en larmes, à se battre la poitrine; les sanglots lui coupent long-tems
la parole. -- Ah! s'écrie-t-il en redoublant ses pleurs, il faut que j'aille à
pied jusqu'à l'hôpital où mes jours vont
s'éteindre. Je dois descendre ici, &
marcher seul au tombeau préparé à ma
vieillesse. Adieu, mon fils; laissez-moi
poursuivre mon chemin; retournez dans
votre Village, sans vous inquietter d'un
pere, trop digne du châtiment qu'il
reçoit. -- Colin a toutes les peines du
monde à empêcher le bon-homme à se

jetter par terre, & à obtenir l'expli-
cation d'une douleur & d'une réfolution
dont il ne peut démêler la caufe.

DXLVIIᵉ FOLIE.

— Eh bien! mon fils, reprend le
vieillard, vous allez favoir pourquoi
je m'afflige précifément dans cet endroit; vous ne vous oppoferez plus à ce
que je defire. Apprenez que mon pere
fit pour moi ce que j'ai fait pour vous;
il m'abandonna fon héritage avant fa
mort. Sitôt que je n'eus plus rien à
attendre de lui, fa vieilleffe me devint
à charge. Je femblai de loin vous tracer l'exemple; j'engageai mon malheureux pere à venir fe renfermer dans le
même hôpital où vous me conduifez
actuellement. J'avais un âne, ancien
domeftique de la famille, il fervit de
monture à l'auteur de mes jours. J'ac-
compagnai votre grand-pere dans fon
dernier voyage. Mais moins humain
que vous à mon mon égard, quand
nous fûmes arrivés fur cette même hauteur, je l'obligeai à defcendre de l'âne,
& à gagner feul & à pied l'hôpital. Une
fauffe délicateffe m'avait faifi tout-à-
coup; il me parut honteux de conduire

mon pere dans l'afyle des pauvres. Le
vieillard me pria en vain d'avoir égard
à fes infirmités; je fus fourd à fes larmes, ainfi qu'au cri de la Nature. Je
le vis d'un œil fec s'éloigner lentement,
appuyé fur un bâton, tremblant à chaque pas; je fuis fûr qu'il lui fallut tout
un jour pour achever le peu de chemin qui lui reftait à faire. Sans m'inquietter de ce qu'il deviendrait, je montai fur mon âne, & regagnai bien vîte
le Village. Depuis ce tems-là, je n'ai
jamais fongé à avoir de fes nouvelles;
fi l'on n'était pas venu m'apprendre fa
mort, j'ignorerais encore fa deftinée.

En arrivant fur cette colline, je me
fuis reffouvenu de mon ingratitude. La
vue de ce lieu champêtre, où je me
montrai autrefois fi dénaturé, m'a rap-
pellé l'indigne traitement que j'ofai
faire à un vieillard refpectable. Ma confcience, endormie jufqu'à préfent, vient
de fe réveiller, & me livre aux remords
les plus fenfibles. Ces arbres, la place
où nous fommes, femblent me reprocher ma cruauté. Ah! ce qui m'arrive
eft une jufte punition. Abandonnez-moi
donc, mon fils; fans pitié pour ma faibleffe, laiffez-moi me traîner dans l'hôpital

pital que nous appercevons d'ici. Devez-
vous avoir aujourd'hui plus de douceur
que je n'en eus pour mon pere ? Adieu ;
depuis deux générations, dans notre
malheureuse famille, le fils conduit le
pere à l'hôpital ; puissent un jour tes enfans avoir plus d'humanité ! --

DXLVIII^e FOLIE.

Tandis que le bon Guillaume faisait
ainsi sa confession, Monsieur Colin réfléchit profondément ; le résultat du
conseil intérieur qu'il tient avec lui-
même, le porte à changer d'idée. Il déclare à son pere qu'il se repent de ses
procédés, & qu'il veut le ramener dans
sa chaumiere, pour avoir de lui tous
les soins possibles. Les effets suivent les
promesses: Colin tourne la tête du grison, lui fait reprendre la route du Village ; & l'excite à marcher avec encore
plus d'ardeur qu'il ne le pressait en allant.
Le vieillard est long-tems à revenir de
sa surprise. Il ne rappelle l'usage de
ses sens que pour se plaindre de la bonté de son fils ; il voulait expier les maux
dont il accabla son pere. Colin le console, pleure avec lui, & parvient à
calmer la voix de ses remords.

Tome. I I.   Q

Rosette ne s'attendait guère au retour du bon Guillaume ; elle ne le reçoit point avec une mine trop gracieuse : son cher mari s'apperçoit qu'elle est très-mécontente ; il la prend à part, lui raconte ce qui s'est passé, l'instruit des raisons qui le portent à garder le vieillard. La tendre épouse approuve sa conduite, & sourit au bon-homme.

Cependant, malgré toutes les apparences d'un bonheur durable, le pere de Colin n'en est pas moins malheureux. Il cesse bientôt de bénir le Ciel d'avoir un fils qui ne lui ressemble pas. Il demeure, il est vrai, chez ses enfans ; mais ils le traitent d'une maniere si dure, que son sort serait plus doux parmi des étrangers. Monsieur Colin, d'accord avec la belle Rosette, relegue le vieillard dans une espèce de grenier, duquel il lui est défendu de sortir. Un gros rustaud est chargé du soin de lui apporter à manger, & oublie souvent de s'acquitter de son emploi, mais sans profit pour ses maîtres ; car afin de mettre les choses en régle, il dévore la portion qui resterait. Monsieur & Madame Colin ne s'inquiettent nullement si rien ne manque à leur pere

dans fa prifon ; ils daignent à peine
le vifiter une fois par mois , & publient
de tous côtés que le bon Guillaume eft
en enfance.

DXLIX.ᵉ FOLIE.

L'infortuné vieillard obtient enfin un
jour la permiffion d'aller prendre l'air ;
il fe traine chez le meilleur de fes amis ,
riche fermier, qui, ayant eu la fageffe
de ne point avoir d'héritiers de fon vivant, fe voyait careffé, chéri de tout
le monde ; le bon Guillaume fe plaint
amérement de fon fort. L'ami auquel
il confie fes peines, en eft touché, rêve
un inftant au moyen de le rendre plus
heureux. A force de donner la torture
à fon imagination, il lui enfeigne un
expédient merveilleux pour fe faire confidérer de fes enfans ingrats.

Le vieillard, bien inftruit, rendu plus
difpos par l'efpoir d'adoucir fes malheurs, fe retire dans fon grenier d'un
pas moins tremblant. Dès qu'il eft arrivé dans fon gîte, il ferme foigneufe-
ment la porte, & fe met à compter une
centaine d'écus que lui a prêté fon ami.
Au fon des efpèces, qui retentit au
loin, tous les gens de la chaumiere ac-

courent fur le bout du pied voir par le
trou de la ferrure ce qui fe paffe chez
le bon Guillaume. Monfieur & Madame
Colin le prient de leur ouvrir, ils entrent, & demeurent immobiles, en
appercevant la table couverte d'écus.
Le bon-homme feint d'être déconcerté,
& s'efforce d'un air troublé de cacher
fon tréfor, mais fi mal - adroitement,
qu'on a le tems d'évaluer à-peu-près fes
richeffes. -- Eh! d'où diable vous vient
tant d'argent, s'écrie Colin, en fe frottant les yeux? Auriez-vous volé quelque
coche, comme dit le proverbe? -- Mon
fils, répond gravement le vieillard,
puifque vous me furprenez, je fuis contraint de vous découvrir un fecret,
qu'il m'eft impoffible de vous cacher
plus long-tems. Je n'ai point été affez
fou pour vous donner tout mon bien;
je ne vous en ai cédé qu'une très-petite
partie. Sachez, que je me fuis réfervé
toutes mes rentes. On me croit pauvre
dans le village; je vous ai laiffé auffi
dans l'erreur, afin de vous furprendre
agréablement à l'heure de ma mort. J'ai
accumulé ma finance, fans en dépenfer
un fou; je n'ai regardé ce que je poffédais que comme un dépôt qui m'était

confié pour vous le remettre. Mais je vais changer de conduite. Je goûterai le plaifir de dépenfer. Il faut bien que je fatisfatfe à tous mes befoins, puifque vous fouffrez que je manque même du néceffaire. L'argent que je comptais-là, n'eft qu'une année de mon revenu, que je viens de recevoir ; j'efpere l'employer au plutôt. Hélas ! que je ferais à plaindre, mes enfans, fi, en vous rendant maîtres d'une partie de mon bien, je n'avais eu la précaution de garder quelque chofe ! --

Pendant ce difcours, Colin & Rofette femblent être pétrifiés. Ne fachant que dire, ils font de grandes révérences au vieillard, le regardent d'un air refpec-tueux, répètent vingt fois mon cher pere, mon très-aimable pere ; tandis qu'ils ne l'appellaient auparavant que ce pauvre bon-homme.

D Lᵉ F O L I E.

Comme le vieillard achevait de parler, deux gros payfans, paraiffant plier fous le poids, lui apportent un épais coffre-fort. Il entre, à cette vue, dans une furieufe colere. -- Quoi ! dit-il aux deux porteurs, n'avais-je pas recom-

mandé au compere Mathurin, de m'envoyer mon coffre fecrettement. S'il
était las de l'avoir chez lui, devait-il
oublier qu'il m'avait affuré de le faire
placer ici fans que perfonne s'en apper-
çût ? Les payfans balbutierent l'excufe
du compere Mathurin, & fe hâterent
de s'efquiver. Le bon Guillaume murmure encore longtems après leur départ. Tout en grondant, il ouvre le
coffre-fort, rempli de facs, entaffés les
uns fur les autres, & dans lequel il ferre
l'argent qu'il vient de compter. Monfieur Colin & fa chafte époufe jettent
fur le coffre un œil avide, & fortent
pour cacher leur confufion & leur défefpoir.

Le bon Guillaume, refté feul, commençait à s'applaudir d'avoir fi bien
joué fon rôle, quand il voit entrer fes
enfans, la tête baffe, l'air contrit, qui
tombent à fes pieds & embraffent fes
genoux, en répandant quelques larmes.
-- Nous reconnoiffons nos fautes, s'é-
crient-ils tous les deux enfemble. Nous
avons outragé la Nature, déchiré votre
cœur paternel, manqué à la reconnaiffance & aux devoirs filials. Soyez touché
de nos remords, faites-nous grace en

faveur de notre repentir. -- Le vieillard attendri daigne leur pardonner, à condition qu'ils le traiteront mieux par la fuite.

D L Iᵉ F O L I E.

Monfieur Colin & fa tendre moitié, prennent, en effet, des fentimens plus humains. Leur pere n'eft plus renfermé comme un criminel ; il peut gaiement parcourir le village, & charmer fa vieilleffe du récit des hiftoires du bon vieux tems. Il raconte à fon ami le fermier l'adreffe avec laquelle il a mis fes leçons en pratique, & le remercie de lui avoir enfeigné un fecret dont les effets font fi prompts & fi admirables. Mathurin le félicite du fuccès de fa rufe, reprend fon argent, dont le vieillard n'a plus befoin, & lui laiffe fon coffre, qui peut encore être utile.

Il n'y a point d'attention que Colin & la belle Rofette n'aient pour le bon Guillaume, fes moindres defirs font prévenus. Au lieu du trifte réduit dans lequel il était confiné, on vous le loge dans une chambre prefque chaude comme une étuve, de crainte que le plus petit froid ne l'incommode. La pre-

miere place à table, les meilleurs morceaux, le lit le plus douillet, sont pour
le cher papa. S'il a quelque légere in-
disposition, un rhume, par exemple,
aussitôt l'allarme est générale ; l'on s'a-
gite, l'on s'empresse. — Eh ! mon dieu !
que vous faudrait-il ? N'épargnez rien.
Voudriez - vous ceci ? Voudriez - vous
cela ? Il me semble que vous êtes un peu
changé, tenez-vous bien chaudement.
Le cher papa ! Il est malade ; que de-
viendrions-nous, si nous avions le malheur de le perdre ? — Et les consommés
arrivent en foule chez le bon-homme.
Les sirops, les confitures, adoucissent
sa poitrine ; les vins exquis lui donnent de nouvelles forces. Il est mitonné
comme un directeur de Nones ; aussi
son teint est fleuri & vermeil. Le vieillard, confit dans les douceurs, tout ragaillardi de l'aisance qu'il éprouve, rit
sous cape de tant de soins intéressés.

CONCLUSION

de l'hiſtoire de Colin & de celle de Ro-
ſette ; & de la leçon frappante donnée
aux Peres de famille.

DLIIᵉ FOLIE.

MAIS un accident fort naturel empêche le bon Guillaume de jouir
de ſon bonheur ; la mort vint le frapper, lorſqu'il y ſongeait le moins. Voilà
comme la proſpérité touche ſouvent de
près aux plus crueis revers. Le vieillard
meurt entre les bras de ſes enfans, qui,
pendant ſa courte maladie, prévoyant
le danger dont il était menacé, jettaient
les hauts cris, s'arrachaient les cheveux.
A peine ſes yeux ſont-ils fermés, que
leur douleur ſe diſſipe, & qu'ils courent
au coffre-fort. Calculant d'avance les
richeſſes dont ils vont ſe rendre maîtres, ſe repaiſſant de mille châteaux en
Eſpagne, ils ouvrent avec précipitation
le coffre bienheureux, où ils ſe flattent
de trouver un tréſor. Mais qu'ils ſont
éloignés de compte ! Ils demeurent un

inſtant dans la même poſture, la bouche ouverte, les bras pendants; l'œil fixé ſur les objets qu'ils découvrent: à peine en veulent-ils croire le témoignage de leurs yeux.

Les cadenats, les barres de fer du coffre-fort, ſervaient à ſerrer précieuſement un bout de corde, long de deux aulnes, & un petit papier roulé. Un héritage auſſi modique, ne ſatisfait guères l'ambition de nos deux époux: ils commencent à regretter leurs dépenſes; ils s'apperçoivent que le bon Guillaume les a ſurpaſſés en fineſſe. Monſieur Colin, encore tout étonné, fait un effort ſur lui-même, déploie le morceau de papier, & lit à haute voix ce billet, qui contenait les dernieres volontés du défunt: « Je laiſſe cette corde, » afin qu'il s'en pende, à tout pere aſſez » imbécile pour ajoûter foi aux careſſes » de ſes enfans, & pour leur donner » tout ſon bien avant ſa mort ».

Monſieur Colin eſt furieux d'avoir été trompé; la belle Roſette voudrait bien que le vieillard fût à même de ſe reſſentir de ſa colere. L'un & l'autre ſont contraints d'avouer qu'ils ne peuvent tirer vengeance du tour qu'on leur

Joue ; & c'eſt ce qui les fait le plus en-
rager. Dans la fureur qui les anime
ils ſoutiennent que leur pere ne méritai
point les bontés qu'ils ont eues pour lui
ſon innocente ſupercherie leur paraî
le comble de l'ingratitude.

CONTINUATION

de l'hiſtoire du Baron d'Urbin.

D L I I Iᶜ F O L I E.

MONSIEUR d'Urbin ne manque
pas d'approuver les raiſons de ſa
chere Roſette. L'excès de ſa complaiſance ne ſaurait pourtant adoucir les
rigueurs de la jolie payſanne. Un jour
qu'il était ſeul, occupé, ſans doute, à
rêver aux charmes de ſon impitoyable
Dulcinée, il entend dans le village une
grande rumeur ; des cris perçans frappent ſon oreille ; on appelle au ſecours,
à l'aide. Le vieux Baron ne ſait que
penſer d'un pareil vacarme ; préſumant
que ſa préſence peut être néceſſaire, il
court tout effrayé à l'endroit d'où part
le bruit, il arrive au milieu d'un petit
carrefour, & a bien de la peine à fendre

la foule qui s'était affemblée. Il voit
quatre payfans, acharnés les uns contre
les autres, fe tenant fortement par les
cheveux, & qu'on tâchait en vain de
féparer ; les clameurs, les heurlemens
des femmes préfentes à la bataille,
répandaient l'effroi de tous côtés. Les
quatre vigoureux champions, entre-
mêlent leurs combats d'un dialogue vif
& ferré. Chaque coup de poing, chaque gourmade, eft accompagnée de ces
mots : -- C'eft toi qui en es la caufe. --
Non, tu en as menti ; c'eft toi-même. --
Que de reproches tu dois te faire ! s'é-
crie l'un. -- Malheureux ! réplique l'autre, c'eft à ta confcience à te tourmenter. -- Elle ferait encore envie & heureufe, dit celui-là. -- Tu n'avais que
faire d'être fi jâfeur, reprend celui-ci.
Et les coups de redoubler, les cheveux
d'être arrachés de plus belle ; & les
femmes de continuer à percer les oreilles de leurs cris aigus.

SUITE DE L'HISTOIRE

de la Marquise d'Illois.

DLIV^e FOLIE.

NE féparons point encore ces quatre payfans; ils font affez robuftes
pour continuer quelque tems leur combat. Je fuis plus preffé de m'occuper
de la Marquife d'Illois; l'état où elle eft
m'oblige de ne fonger qu'à elle feule.
Nous l'avons laiffée donnant les marques du plus violent défefpoir, & ne
voulant avouer à perfonne le fujet de
fa douleur. Elle fe réfoud enfin à fe
choifir une confidente; &, par une in-
conféquence toute naturelle à fon caractere, elle jette les yeux fur la premiere femme qui vient lui rendre vifite, après qu'elle s'eft décidée à n'être
plus fi myftérieufe.

-- Voyez fi mon malheur n'eft pas
inoui! s'écrie la Marquife, preffée de parler. Rien n'eft plus certain, je fuis groffe.
Pour avoir eu une fois dans fix mois
une feule complaifance pour mon mari,

il faut que je porte des preuves de ma honte; tandis que le peu de femmes qui voudraient procréer des héritiers à leur époux, ne peuvent souvent exécuter leur ridicule intention.... oh! ce qui m'arrive est unique! Je suis donc grosse! Que de bonnes épigrammes l'on va me décocher! Que dira de moi l'indolente Cidalise, à qui la seule idée de coucher avec son mari donne des vapeurs? Que va penser l'agréable Artémire, qui depuis le lendemain de ses noces ne souffre plus de son cher époux que de respectueuses visites, & vit très-familiérement avec une foule de jolis Seigneurs? Mais ce n'est point tant les brocards qu'on me lancera, qui me désesperent. Cette maudite grossesse va me défigurer horriblement. Je dois renoncer à la finesse de ma taille, qui, disait-on, me donnait un air de Nymphe. Je serai dans peu méconnaissable. On me verra toute ronde, portant en avant un ventre énorme; heureux encore si mon enfant se place bien, & si, pour me faire piéce, il ne se jette point tout sur une hanche : je serais alors une assez jolie pagode. Après mes couches, me rétablirai-je dans mon premier état?

Non, ma taille fera gâtée pour toujours ;
d'ailleurs, qu'eft-ce qu'une femme qui
a fait un enfant ? -- Les pleurs recommencent à couler ; les foupirs, les fanglots fe fuccedent avec violence.

D L Vᶜ F O L I E.

La Dame à qui la Marquife confie
fes allarmes, aurait pu lui dire , afin de
la confoler , qu'il y a par le monde un
grand nombre de femmes qui ne paraiffent avoir jamais été meres , & qui paf-
fent encore pour des Veftales. Eh! bon
dieu! que deviendraient tant de jeunes
beautés , qui affectent un air d'innocence , s'il était fi vifible qu'on a eu des
enfans? Mais, fans entrer dans toutes
ces raifons , la confidente plaint Madame d'Illois, lui donne les confeils
qu'exige fa fituation, lui fait efpérer
que fon infortune peut être cachée , &
lui repréfente qu'elle ne fera point la
feule , qui, dans pareille circonftance,
aura fu en impofer au public.

D'après les judicieux avis de fa confidente, la Marquife fe réfoud à employer tous les moyens poffibles pour
cacher fa groffeffe. Elle fe fait faire un
corps qui la ferre fans l'incommoder ;

une feuille de carton, appliquée avec art, empêche son ventre de trop s'enfler. Elle prévoit bien qu'elle ne peut se passer du secours d'une de ses femmes; elle jette les yeux sur sa favorite, qu'elle se décide à mettre de part dans son secret. Mais avant de lui rien découvrir, elle s'assure de sa discrétion par les plus horribles sermens. Elle songe ensuite à empêcher qu'on ne s'étonne dans le monde de la rondeur de sa taille, de l'embonpoint qu'elle va prendre chaque jour; elle insinue tout doucement qu'elle se porte à merveille, qu'elle engraisse à vue d'œil. Tant de précautions la tranquilisent un peu, lui font supporter sa grossesse avec moins de chagrin; elle ne craint plus qu'on la raille sur sa fécondité, & qu'on l'accuse de faire des enfans, comme les femmes du peuple.

DLVIᵉ FOLIE.

Malgré sa grossesse, & les incommodités qu'elle lui cause quelquefois, la Marquise ne retranche rien sur ses plaisirs. Elle n'en mene pas moins le même train de vie. Elle est de toutes les fêtes, de tous les soupers fins. Il n'y a point de beaux bals, sans la présence de Madame d'Illois ; étincelante de pierreries, elle danfe jufqu'à n'en pouvoir plus. Elle ferait très-mécontente, fi elle fortait de table avant trois heures fonnées, fans avoir vuidé fa bouteille de Champagne, & bu quelques petits verres de liqueurs fortes. Ce n'eft qu'au lever du Soleil, qu'elle fe met au lit, comme fi le jour lui faifait honte. Elle eft auffi fólle, auffi étourdie qu'autrefois. Sa vivacité, fa pétulance, femblent augmenter, au lieu de fe ralentir. Elle ne fe donne point la peine de marcher, elle court & faute toujours; & l'on dirait que fa tête, agitée d'un mouvement perpétuel, n'eft pétrie que de falpêtre. Celle de fes femmes qu'elle a mis dans fa confidence, l'avertit fouvent d'être plus pofée, & de fe bien donner de garde de tomber; eh ! qu'eft-ce que je rifque, répond la Marquife, en courant comme une folle ?

DLVIIᵉ FOLIE.

Les inftances réitérées de fa favorite, engagent Madame d'Illois à prendre une légere médecine, dont elle avait abfolument befoin. Elle croyait pouvoir paffer la journée dans fa chambre ; mais à peine la médecine eft-elle avalée, qu'on vient la prier, de la part de la belle Ducheffe de * * *, à une fête magnifique qu'elle donne le foir même. La Marquife fe trouve dans un étrange embarras. Comment fortir avec un maudit breuvage purgatif dans le corps? Il n'a qu'à faire fon effet, quand elle fera le plus occupée des plaifirs de la table, ou de ceux de la danfe; il lui femble même déjà qu'il commence à opérer. D'un autre côté, peut-elle fe réfoudre à manquer une partie de plaifir? On doit paffer toute la nuit; en faut-il davantage pour qu'elle fe rende chez la Ducheffe, morte ou vive.

La Marquife, réfolue de fe trouver à cette fête, envoie chercher fon Médecin, jeune Docteur, couvert d'effences, petit-maître de la fuite d'Efculape, dont les habits n'ont rien de lugubre, & qui eft d'une complaifance infinie pour fes malades. — Je me prépare à me bien divertir ce foir, lui dit la Marquife. Je vais chez la Ducheffe de * * *; on n'y danfera feulement que jufqu'au jour.... Eh! bien, Madame, interrompt en riant le galant Hippocrate, voulez-vous une ordonnance des plaifirs que vous devez goûter? — Point de

plaifanteries, mon cher Docteur ; j'ai
réellement befoin de vous. Sachez, que
j'ai eu le malheur de prendre médecine ;
j'ignorais la charmante fête de ce foir ;
il faut donc que vous m'enfeigniez quelque drogue qui arrête les effets de celle
que j'ai avalée ; demain vous me purge-
rez tant qu'il vous plaira. --

Le gracieux Médecin trouve la demande de Madame d'Illois fort jufte ;
il écrit fon ordonnance fur un papier
orné de vignettes, débite quelques douceurs, & va s'étendre nonchalamment
dans fon brillant équipage, qui le conduit rapidement chez une jeune Comteffe, où il va prononcer une favante
differtation fur les vapeurs. Madame
d'Illois, certaine d'être conftipée pendant un jour entier, & d'éprouver le
contraire le lendemain, fe met à fa
toilette, qui ne dure qu'un peu plus de
trois heures, & vole chez la Ducheffe.
Jamais on ne l'a vu fi folle, ni fi gaie ;
elle fait les ornemens de la fête, mange
de tout ce qu'on fert de meilleur, &
danfe jufqu'à fix heures du matin. C'eft
avec cette prudence que la Marquife fe
conduit dans fa groffeffe.

DLVIII^e Folie.

En dépit d'elle-même, pour ainsi dire, Madame d'Illois jouit d'une santé robuste. Elle cherche à faire de nouvelles connaissances, afin d'augmenter ses amusemens. La femme à qui elle a confié sa douleur d'être sur le point de se voir mere, vient lui présenter une jeune personne, dont la physionomie douce enchantait dès le premier coup-d'œil. -- J'ai réflechi, lui dit-elle, à votre confidence de l'autre jour; je me suis ressouvenue de Mademoiselle, qui s'est long-tems affligée pour un motif bien différent du vôtre. J'ai cru que vous supporteriez davantage votre disgrace, quand vous sauriez qu'on ne l'a pas toujours regardée comme telle. Je serais charmée d'ailleurs que Mademoiselle devînt votre amie; sa célébrité la rend digne de cet honneur. Vous voyez la fameuse d'Orninville, celle....Madame d'Illois ne la laisse point achever; elle saute au cou de la jeune personne. -- Quoi! s'écrie-t-elle, j'ai le bonheur de voir l'Héroïne d'une histoire qui a tant fait de bruit! Ce nom me rappelle tout ce que j'ai entendu dire si souvent. J'ai toujours cru votre aventure fabuleuse ; mais je suis tirée de mon erreur ; il ne me reste plus qu'à remercier mon heureuse étoile, qui me procure la connaissance d'une personne dont la renommée a publié tant de merveilles. —

Mademoiselle d'Orninville reçoit avec modestie les caresses & les éloges de la Marquise ; la sympathie les unit l'une & l'autre, ou plutôt le penchant qu'elles ont au ridicule. Elles deviennent bientôt inséparables. Madame d'Illois desire d'entendre de la bouche de son amie le récit de sa bisarre aventure, quoiqu'elle ne la fasse point changer de sentiment sur ce qu'elle regarde comme une cruelle infortune. Mademoiselle d'Orninville s'empresse de la satisfaire, & prend la parole avèc une grace infinie.

LA FILLE-FEMME,

ou *histoire de Mademoiselle d'Orninville.*

DLIXᵉ FOLIE.

VOUS savez que je descends d'une famille assez distinguée ; vous n'ignorez pas non plus que je jouis d'une fortune confidérable. A dix-huit ans je me trouvai maitreffe abfolue de mes actions, & de quarante mille livres de rente. Mon Tuteur était un homme à mener par le nez ; auffi me laiffa-t-il agir à ma fantaifie, ne fe mêlant que du foin de diriger mon bien, & de me fournir de l'argent. Il me parla deux ou trois fois de me marier, me repréfenta les grands partis que je manquais par ma faute ; je rejettai fi loin fa propofi-tion, je le priai fi férieufement de ne point me contredire, que le bon hom-me ne s'ingéra plus de me donner des confeils.

Il faut que je vous rende compte de l'antipathie que j'ai conçue pour le ma-riage ; elle vient des obfervations que j'eus le tems de faire dans la maifon pa-ternelle. Ma mere aimait le plaifir, les agrémens de la fociété ; elle n'ofait fe livrer à fes goûts fans le confentement de fon mari, qu'elle avait la fimplicité de craindre. Mon pere lui refufait fou-vent la permiffion qu'elle lui demandait d'aller au bal une partie de la nuit. Combien de fois l'ai-je vu toute en larmes, contrainte de garder fa cham-bre ! C'eft alors que je fis ferment de ne

jamais enchaîner ma liberté. Qui! moi,
me donner pour toujours un maître!
Le mariage n'est-il pas le tombeau des
plaisirs? On peut secouer le joug, il est
vrai; mais vous avez toujours une certaine gêne qui vous retient. Eh! quand
il n'y aurait que le désagrément de
porter toute sa vie un nom qu'on abhorre, n'en serait-ce pas assez? Il est si
doux de ne dépendre de personne! Il
est si doux de pouvoir se dire: il ne
tient qu'à moi d'épouser mon amant;
mais j'en peux trouver un autre plus
aimable que lui, qui me ferait repentir
de ma précipitation. Dans cette agréable incertitude, l'on vole de conquêtes
en conquêtes, chaque homme aimable
se dispute la gloire de vous subjuguer;
votre vie n'est qu'un songe délicieux.

Ce qui a dû vous surprendre, c'est
que le mariage m'inspirait seul une secrette horreur, & que j'aurais prodigué
tout mon bien pour avoir un enfant.
Le bonheur d'être mere m'a toujours
paru le comble de la félicité. Quelle
joie doit éprouver une femme sensible,
de voir une innocente créature, à laquelle elle a donné l'être, la caresser de
ses petits bras, l'appeller des noms les

plus tendres , & jouer autour d'elle à mille jeux enfantins ! voilà ce que je me difais à chaque inftant. L'image que je me traçais des plaifirs d'une mere , n'adouciffait nullement ma haîne pour le mariage ; il me femblait que mes vœux pouvaient être fatisfaits , fans recourir aux liens de l'hymenée. Je réfolus donc de ne jamais me marier, mais de me faire faire un enfant.

D L Xᵉ F O L I E.

Vous penfez bien qu'avec de pareilles difpofitions je ne devais pas être fort cruelle. Ma fageffe dura plus longtems que je n'aurais voulu. J'eus beau faire parler mes yeux ; on crut que leur langage ne fignifiait que le regret que j'avais d'être fille ; c'était bien à-peuprès cela ; on prit le change ; on ne me compta fleurettes que pour me poffeder en légitimes nœuds : je rebutai tout le monde.

Plufieurs Cavaliers fe mirent fur les rangs, fans qu'il s'en trouvât un dans la foule plus fin que les autres. Le jeune Comte de Flamini , beau comme on dépeint l'Amour, parut épris de mes charmes. Il me déclara fa paffion ; je lui
fis

fis l'aveu de la mienne. Je croyais toucher à mon bonheur ; point du tout ; le jeune Comte, tranfporté de joie, courut me demander en mariage ; & je ne voulus plus le voir.

Le Marquis d'Arimans, jeune homme d'un mérite accompli, fe diftingua de tous mes prétendans; il s'infinua doucement dans mon cœur, me fit fa cour avec affiduité, avant de me dire le moindre mot de tendreffe. Qu'avait-il befoin de s'expliquer? Ses attentions, l'air avec lequel il me regardait, ne m'apprirent que trop l'impreffion que je faifais fur lui. Je parvins à l'aimer à la fureur ; fa conduite m'annonçait que j'aurais lieu d'être contente. Un jour que nous nous entretenions familierement enfemble, que je lui témoignais plus de bonté qu'à l'ordinaire, il fe jetta tout-à-coup à mes pieds, me jura une ardeur éternelle. -- Eh! bien, lui dis-je, puifque vous m'aimez véritablement, il eft un moyen d'affurer ma félicité ; je fens que c'eft vous qui devez être mon vainqueur. -- Ce tendre aveu, s'écria-t-il, m'apprend ce que je dois faire. -- Eh! que vous propofez-vous? demandais-je en rougiffant. -- De combler mes vœux

& les vôtres, de hâter notre mariage. —
Je ne vous aime plus, repliquai-je, à ce
terrible mot. Allez, je vous déteste. —
Que signifie ce changement? s'écria
mon amant étonné. Lorsque je vais travailler à notre commun bonheur.... —
Eh! qui vous a dit que vous remplissiez
mes intentions? — Ne m'aimez-vous
pas? Oui, sans doute, je vous aime. —
Vous serez donc charmée que l'hymen
nous unisse au plutôt. — Non, Monsieur;
j'abhorre le mariage, puisqu'il faut vous
parler net. — Eh! bien, Madame, tant
de contradictions me prouvent que je
vous suis indifférent. — Le Marquis
disparut à ces mots. S'il s'était moins
pressé de se retirer, j'allais peut-être
lui expliquer l'énigme.

L'on cessa de briguer mon alliance;
on ne me regarda plus que comme une
Beauté insensible, qui, par froideur,
avait fait vœu de renoncer au mariage.

DLXIᵉ FOLIE.

Est-il donc possible que les hommes
soient si bornés? Je croyais mourir sans
goûter la douceur d'être mere. J'avais
atteint vingt-deux ans; mon bon-homme de Tuteur, afin de me laisser en-

core plus ma maitresse, venait de se faire enterrer, quand le Ciel m'envoya l'amant qu'il me fallait. C'était le Chevalier de Courti; sans avoir une belle figure, il l'a intéressante; sans être grand, sa taille est passable; son esprit n'est point brillant, mais il se tire d'une conversation; enfin, le Chevalier de Courti est un de ces hommes dont on ne dit rien, & dont on se contente, faute de mieux. Ce nouveau soupirant débuta comme tous les autres; il ne me parla que de son amour. Selon ma louable coutume, je l'écoutai sans fierté. Les choses allaient à merveille; il me pressait de lui déclarer si j'étais sensible à sa tendresse; mes soupirs, & jusqu'à mon silence, lui disaient assez qu'il ne m'était point indifférent. Vous l'avouerai-je? Je n'osai lui faire une réponse plus précise; je craignais que la certitude d'être aimé, ne le portât à me parler de mariage, ainsi que ceux qui l'avaient précédé. Vingt fois je fus sur le point de lui faire l'aveu de ma tendresse; vingt fois la parole expira sur mes lévres, tant je redoutais ce moment, qui me fut toujours si fatal. Je sentais pourtant qu'il faudrait en venir là. Je me décidai enfin à lui dire, *je vous aime* ; mais que cette épreuve me faisait trembler ! A ma grande surprise, le Chevalier entendit ma bouche l'assurer que je payais sa passion d'un égal amour ; & ne prononça point le terrible mot de mariage. Il devint seulement plus tendre, plus empressé ; & il me parut doué de toutes les qualités qui font tourner la tête aux femmes.

Le petit scélérat avait pourtant envie de m'épouser ; la conduite qu'il a tenue par la suite m'a découvert son horrible dessein. Ce qu'il entendit publier de ma froideur, & de la résolution où j'étais de ne me jamais marier, lui fit naître l'envie de tenter une entreprise où avaient échoué tant de preux Chevaliers. La gloire n'était point le seul motif qui l'animait ; Cadet d'une maison assez pauvre ; il avait peu de bien à espérer ; mes richesses auraient raccommodé sa fortune délabrée. Il s'agissait de vaincre mon antipathie pour le mariage ; il ne désespéra point de réussir. Le traître s'y prit d'une maniere fort adroite ; il s'imagina qu'en obtenant mes faveurs, il me forcerait de lui accorder ma main. Cette ruse aurait pu

être excellente, employée contre quelqu'autre Beauté rétive ; auprès de moi,
elle n'eut aucun effet ; & le pauvre
Chevalier se trouva bien loin de son
compte.

DLXIIᵉ FOLIE.

Mon fourbe sut se comporter avec
tant de finesse, que je le jugeai seul
digne de me faire jouir du bonheur que
je desirais depuis si longtems. Il ne m'en-
tretenait que de la félicité de deux
cœurs unis par l'Amour ; son éloquence,
ses tendres caresses, n'avaient pour but
que d'émouvoir ma sensibilité, & de
triompher de l'égarement de ma raison & du trouble de mes sens. Je par-
tageais ses transports, en affectant de
la colere ; je résistais afin d'augmenter le
prix de son triomphe. Qu'il me tardait
de céder à ses instances ! Combien il
me paraissait aimable ! Quel trésor
qu'un amant qui ne propose point le
joug du mariage ! Peut-on douter de la
sincérité de sa passion ? Son amour peut-
il être plus pur, plus désintéressé ?

Mon cher Chevalier me montra une
façon de penser si noble, si peu commune, que je cessai de feindre, & me

montrai tout-à-coup d'une complaifance extrême. Je mis pourtant de la
décence dans ma défaite. Je m'endor-
mis profondément à l'heure où le Chevalier avait coutume de me rendre vifite. Nous étions affez bien enfemble
pour qu'il agît fans cérémonie ; il entra ,
profita de l'occafion ; je me réveillai
juftement , quand je n'avais plus qu'à
me fâcher. Eus-je beaucoup de peine à
lui accorder fa grace ? Depuis cet heureux inftant il me devint encore plus
cher. J'avais peine à diffimuler la joie
que j'éprouvais. Sachant que le fripon
de Chevalier n'était pas trop riche, je
le contraignis d'accepter plufieurs préfens ; je remontai fes équipages ; je le
mis à même de faire la figure de l'aîné
de fa maifon. Pouvais-je trop récom-
penfer un homme qui prévenait fi bien
mes defirs , & affez fortement épris,
pour ne me point parler de mariage ?
Après avoir fi mal rencontré autrefois,
j'étais certaine de poffeder enfin la merveille des amans.

DLXIIIᶜ FOLIE.

Mon fort était digne d'envie, fans
doute ; mais il manquait quelque chofe

à ma félicité. Jugez de mon raviſſement,
je m'apperçus que j'étais groſſe. Le Chevalier apprit avec des tranſports inex-
primables que je ferais bientôt mere ;
nous nous réjouiſſions chacun pour des
motifs oppoſés ; lui , parce qu'il croyait
m'amener à vouloir être ſa femme ; &
moi, parce que j'étais enchantée d'avoir
un enfant, ſans le ſecours de l'hymen.
J'attribuais la ſatisfaction que faiſait
éclater le traître au ſeul plaiſir qu'il
avait de me voir heureuſe ; & ce dernier trait redoubla mon eſtime pour
lui. Ma généroſité ſuivit auſſi les progrès de mes tendres ſentimens ; j'aug-
mentai le nombre de mes dons ; je n'é-
tais occupée chaque jour qu'à en imaginer de nouveaux. Je ne ſuis plus ſurpriſe que les hommes ſe ruinent pour
de certaines femmes ; nous commençons
à les imiter ; peu s'en fallut que je ne
prodiguâſſe à mon amant toutes mes
richeſſes.

J'étais trop ravie de ma groſſeſſe ,
pour prendre aucune précaution afin
de la cacher. La rondeur de mon ventre
me rempliſſait de vanité. Toute ronde-
lette, & fiere de mon embonpoint , je
me préſentais hardiment dans le mon-

de. Mon heureufe fécondité devait-elle
me faire rougir ? Le titre refpectable
de mere ferait-il quelquefois un crime ?
Je n'en étais point redevable aux fuites
du libertinage ; je n'avais cédé à mon
amant qu'afin de goûter la douceur
d'être mere , félicité que je me peignais
au-deffus de toutes les autres. Parce
que j'abhorrais les chaînes de l'hymenée , fallait-il me priver d'un plaifir fi
légitime ? Fallait-il ne jamais fatisfaire
au premier vœu de la Nature ? Le pré-
jugé , il eft vrai , me faifait paraître
coupable ; on me regardait en riant ; les
prudes reculaient à mon afpect , & mé-
difaient de moi à l'oreille de leurs voi-
fines.

DLXIVᵉ FOLIE.

Le Chevalier s'attendait chaque jour
que j'allais le preffer de hâter notre
mariage ; voulant cacher l'envie qu'il
avait de devenir mon époux , il fe pré-
parait à faire le petit cruel ; il n'aurait
paru céder qu'à mes inftances redou-
blées. Il affecta même un peu de froideur , & plufieurs jours fe pafferent
fans qu'il daignât fe rendre chez moi.
Loin de prendre l'allarme , comme il

fe l'imaginait, je ne m'apperçus aucunement qu'il changeait de conduite ; il commençait à m'être un peu indifférent ; je n'avais plus rien à defirer de lui.

Le pauvre Chevalier, tout furpris de ma tranquilité, crut que j'étais retenue par la honte ; il réfolut de faire la prémiere démarche ; & vint chez moi dans l'intention de me tirer d'embarras. Il me demanda des nouvelles de ma grosfesse, afin, fans doute, de m'enhardir à lui repréfenter qu'il devait m'époufer. Je lui parlai de mon état avec une aifance, avec une gaieté à laquelle il ne s'attendait guère. Voyant que j'éludais toujours l'importante propofition, il prit la parole avec une dépit marqué. — Penfez-vous donc, Mademoifelle, me dit-il, que j'ignore mes devoirs? Non, je fais ce qu'exige la fituation délicate où vous vous trouvez. Peut-être avez-vous voulu voir comment j'agirais dans de telles circonftances. Eh bien!, fachez que je fuis homme d'honneur ; je ferais au défefpoir de vous abandonner. D'ailleurs ce n'eft point à une perfonne de votre naiffance qu'on fait de pareils affronts. Remerciez pourtant le Ciel d'avoir fi bien placé votre choix. Que de jeunes

R 5

gens, à ma place, se feraient un jeu
de votre douleur, vous trahiraient indignement, & publieraient par-tout votre faiblesse & leur infidélité! Je ne refuse point de m'unir avec vous; je consens même que vous soyez mon épouse
le plutôt qu'il sera possible. Il n'y a que
ce moyen de réparer votre honneur, &
la probité m'engage de le saisir. —

J'écoutai jusqu'au bout ce singulier
discours, sans avoir la force de l'interrompre, tant j'étais surprise de m'être
trompée si long-tems sur le compte du
Chevalier. Indignée de le trouver si peu
digne des sentimens que je lui avais prêtés, je lui tournai brusquement le dos, &
ne lui repondis que par de grands éclats
de rire, en me retirant dans un cabinet,
dont je fermai la porte après moi. De-là
j'observai la contenance du pauvre Chevalier : il resta un moment immobile,
confondu de la maniere dont je le traitais, lorsqu'il lui paraissait que je devais
être si reconnaissante; revenant ensuite
à lui-même, il sortit furieux.

DLXV^e FOLIE.

Je m'en croyais débarrassée pour toujours; mais dès le lendemain, il m'ho-
nora d'une nouvelle visite. Il m'abor-

da d'un air refpectueux, & me pria très-humblement de confidérer le tort que j'allais me faire, fi je dédaignais de lui donner la main. -- On ne s'imaginera jamais, ajoûta-t-il, que c'eft vous qui me refufez; fachant ce qui s'eft paffé entre nous, on trouvera plus naturel de pen-fer que c'eft moi qui vous refufe. Je me fuis peut-être attiré vos procédés d'hier par la maniere peu circonfpecte avec laquelle je vous ai parlé d'un ma-riage néceffaire. Ne voyez dans ma con-duite que l'ouvrage de l'amour; fi je fuis coupable, n'en accufez que la paf-fion que vos attraits m'infpirent. --

Il me débita plufieurs autres raifons, dont je n'ai eu garde de charger ma mémoire. Je l'écoutai auffi froidement que je l'avais reçu. Je lui répondis, fans m'émouvoir, que je voulais bien con-tinuer d'être fon amie, qu'il pourrait me venir voir quelquefois; mais que j'étais décidée à ne me jamais foumet-tre au mariage; & que je lui défendais de m'importuner davantage par une pro-pofition auffi impertinente.

DLXVI^e FOLIE.

Cet arrêt glaça les fens du Cheva-

R 6

lier, de plus en plus anéanti ; il balbutia quelques mots , commença vingt
phrafes qu'il ne put achever, fit je ne
fais combien d'extravagances, & finit
par fortir, en paraiffant au défefpoir.
Je fus plufieurs jours fans entendre parler de lui ; l'on m'écrivit enfin ce qu'il
était devenu , & j'en appris d'étranges
nouvelles. Le pauvre Chevalier, me
mandait-on, fait pitié à tout le monde ;
la tête lui a tourné ; il eft abfolument
fou ; vos rigueurs actuelles lui ont troublé l'efprit. Il n'a pu comprendre pourquoi vous rejettez fon alliance , malgré
votre groffeffe avancée. Une femme qui
fe laiffe faire un enfant, doit époufer,
felon lui, l'amant auquel elle accorde
fes faveurs, quand il daigne encore vouloir d'elle. Tout lui paraiffant renverfé
dans ma conduite, pourfuivait - on ,
fa cervelle s'eft renverfée auffi. Il court
les rues à pied, les cheveux en défordre, l'air penfif, & s'écrie par intervalles : quelle bifarrerie, qui s'y ferait attendu ? Comment donc faire pour la
contraindre au mariage ? Je doute qu'il
foit un meilleur moyen que celui que
j'ai employé. -- Puis tout-à-coup il entre en fureur, frappe l'air à grands coups

de poing, qui eſt fort innocent de ſon
infortune. On dirait enſuite qu'il veuille
prendre la Lune avec les dents; & c'eſt
en quoi il montre quelque raiſon: n'a-
t-il pas un juſte ſujet d'en vouloir à cet
aſtre, puiſqu'on prétend que la Lune
agit ſur la tête de la plupart des femmes? --

Voilà ce qu'on me marquait; que le
détail de tant de folies contînt la vérité,
ou que ce ne fût qu'une fiction, il ne laiſſa
pas de m'amuſer. Je ne ſais ſi c'eſt à
force d'en rire, ou ſi l'heure de mes
couches était venue; tout ce que je
puis vous dire, c'eſt que les douleurs
vinrent m'aſſaillir au milieu de la gaieté
que m'inſpiraient les travers de mon
imbécile amant. Je ſupportai avec courage les ſouffrances inouies qu'il en
coûte pour être mere; je mis au mon-.
de un gros garçon, & j'oubliai tous les
maux que je venais d'éprouver.

DLXVIIᵉ Folie.

Je commençais à me rétablir de la
maladie que j'avais bien voulu avoir;
j'étais au douzieme jour de mes couches, lorſque je vis paraître le Chevalier auprès de mon lit; je crus démêler

dans ſes yeux quelque choſe d'égaré. Je
ne fus point maitreſſe d'être ſaiſie de
frayeur à ſon aſpect; je diſſimulai ma
poltronnerie, je fis la réſolue. Que me
voulez-vous? lui criai-je d'un ton ferme. -- Vaincre votre obſtination, ou
mourir, me répondit-il en tremblant.
Si l'amour ne vous porte pas à me donner la main, que ce ſoit donc par amitié pour mon fils & le vôtre. Devez-
vous balancer à lui aſſurer un nom, un
titre? Voulez-vous que cette innocente
créature ignore quel était ſon pere?
Pouvez-vous lui ravir un avantage dont
jouit le dernier des hommes? -- Je l'a-
vouerai, il fallut toute ma haîne contre
le mariage, pour m'empêcher de me
rendre à ces dernieres raiſons. Encore
un peu émue, je répliquai au Chevalier,
que les ſornettes qu'il me débitait ne
me faiſaient aucune impreſſion; que
j'étais charmée que mon fils ſe diſtin-
guât de la foule; & qu'il était trop commun d'avoir un pere.

Je ne ſais ſi l'opiniâtre Chevalier s'apperçut de mon trouble, ou ſi ma réponſe
lui parut trop inconſéquente pour devoir lui ſuffire; il inſiſta ſur ſes prétentions, & fit de nouveau retentir à mon

oreille le maudit mot de mariage; alors
j'entrai dans une colere épouvantable.
Je lui ordonnai de ne plus fe montrer
devant moi; & tout de fuite, je fonnai
tous mes gens, les menaçai de les chaf-
fer, s'ils le laiffaient entrer davantage.
J'ai voulu avoir un enfant, continuai-je
en m'adreffant au Chevalier; vous avez
eu l'efprit de combler mes vœux. Je
fuis mere d'un gros garçon; je n'ai plus
befoin de vous.

DLXVIII^e FOLIE.

Ces paroles acheverent de confterner
le ga'ant de cour. Il me voyait décidée
à ne jamais l'époufer : adieu la brillante
fortune qu'il s'était promife; fes magnifiques projets s'en allaient en fumée. Dans
cet inftant douloureux, où fes plus cheres
efpérances s'évanouiffaient fans retour,
la voix de la Nature fe fit fans doute
entendre; n'ayant plus d'ambition, il
s'avifa d'être bon pere. Emporté par un
mouvement dont il n'était point le maître, il fe jetta avec précipitation à genoux contre mon lit. -- Puifque vous me
banniffez pour toujours de votre préfence, s'écria-t-il en fondant en larmes,
ne me privez pas de mon fils; il me con-

folera de votre cruauté fans exemple; il me tiendra lieu de fa mere, que je ne cefferai jamais d'aimer, toute barbare qu'elle foit à mon égard. --

Je trouvai que le Chevalier aurait joué à merveille dans le tragique; en prononçant fon difcours, il fe battait les flancs, tirait d'énormes foupirs du plus profond de fa poitrine; & reffemblait affez aux graves perfonnages qu'on voit au théâtre. Avait il plus de fens-commun que quelques-uns des héros qu'il imitait? J'éprouvai la même fenfation que l'on reffent quelquefois à certaines tragédies; j'eus envie d'éclater de rire; la fimplicité du Chevalier me paraiffait tout-à-fait divertiffante. -- Je ne conçois rien à votre extravagance; lui répondis-je en me contenant de mon mieux: vous me prodiguez des épithetes de barbare, de cruelle; en bonne foi, quel fujet ai-je donc donné à vos plaintes? Peut-on en agir avec vous plus honnêtement que j'ai fait? Sans reproche je vous ai comblé de préfens; tous ceux qui courtifent les belles feraient fort heureux fi leurs peines & leurs foins étaient fi libéralement récompenfés. En vérité, je crois que vous êtes

fou, mon cher Chevalier. Vous récla-
mez l'enfant que je viens de mettre au
monde, comme s'il vous appartenait.
Vous en êtes le pere, à la bonne-heure;
mais ne vous l'ai-je pas bienpayé? Allez,
il me coûte affez cher pour qu'il foit
entierement à moi.--

C'eft à-peu-près la réponfe que je fis
au lamentable difcours du pauvre Chevalier. Les gens qui étaient dans ma
chambre approuverent mes raifons, lui
feul eut l'impoliteffe de n'être guère
fatisfait. Ses doléances & fes répliques
éternelles m'ennuierent à la mort; pour
m'en débarraffer, je fus prefque contrainte de le faire mettre à la porte.

CONCLUSION

de la Fille-femme, ou de l'hiftoire
de Mademoifelle d'Orninville.

DLXIX.ᵉ FOLIE.

Vous douteriez-vous du bifarre expédient auquel recourut cet étonnant Chevalier? Il s'avifa de m'inten-
ter un procès, difant que les loix de-

vaient m'obliger à l'époufer, puifque
j'avais un enfant de fa façon, & qu'il
était éperdu d'amour ; qu'arriva-t-il de
cette extravagance ? Il fut honni de
tout le monde ; au lieu que je jouiffais
de l'eftime générale, & que j'allais par-
tout tête levée.

Les incidens inventés par la chicane
firent durer plufieurs années ce fameux
procès ; de mémoire de normand, on
n'en a jamais vu d'auffi ridicule. Les
Avocats étaient fort embarraffés, &
feuilletaient en vain & Cujas & Bartole.
Il y avait tout à parier que je gagne-
rais ma caufe ; elle était fur le point d'ê-
tre jugée, quand on apprit que le Chevalier, qui était depuis quelque tems
à l'armée, venait d'avoir la tête em-
portée par un boulet de canon. Cet événement imprévu me délivra du plus
opiniâtre époufeur que j'aie rencontré
de ma vie. Depuis cette aventure on a
ceffé de prétendre à ma main ; je vis
heureufe & tranquile. On me dit fouvent
qu'on me trouve aimable ; mais jamais
on ne me parle de mariage ; & j'en
rends grace au Ciel.

Je fais élever mon fils auprès de moi ;
je ne rougis point de paffer pour fa mere.

Je le mene partout où je vais ; on le ché‑
rit, on le carefſe ; c’eſt le plus bel enfant
du monde ; il a un eſprit, un caquet
étonnant, & m’amuſe chaque jour par
ſes eſpiégleries. Je ſuis au déſeſpoir qu’il
ne m’ait point accompagnée aujour‑
d’hui ; mais la premiere fois que j’au‑
rai l’honneur de vous rendre viſite, je
vous le préſenterai ; vous verrez un petit
bon-homme tout réſolu. --

SUITE DE L’HISTOIRE

de la Marquiſe d’Illois.

DLXXᵉ FOLIE.

LA Marquiſe aſſure de nouveau Ma‑
demoiſelle d’Orninville de toute
ſon amitié, la remercie de ſa complai‑
ſance, & lui fait promettre de venir la
voir ſouvent.

Ce n’eſt pas ſeulement une amie qu’il
faut à une femme ; elle deſire encore
un ami ; & même quelque choſe de plus.
Le lecteur ſe ſouviendra, s’il lui plaît,
que Madame d’Illois avait cru rencon‑
trer tout ce qu’elle ſouhaitait, dans
un certain petit-maître ; mais qu’elle

avait connu qu'on ne doit jamais juger
fur l'apparence. L'affront qu'elle reçut
ne fe pardonne guères ; auffi l'a-t-elle
toujours fur le cœur, & ne cherche-t-
elle qu'une occafion pour fe défaire honnêtement d'un homme dont la mine eft
fi trompeufe. Madame d'Illois n'a point
la patience d'attendre le départ du petit-maître, pour lui choifir un fuccef-
feur. Elle fait attention aux brillantes
qualités du Vicomte de l'Enclufe, &
s'étonne d'y avoir été fi long-tems infenfible. L'amant d'ancienne date s'apperçoit que fon mérite ne fait plus la
même impreffion ; il fourit des caufes
de fa difgrace, & va chercher à tromper la bonne-foi de quelqu'autre femme. Nous le verrons pourtant revenir auprès de Madame d'Illois, & en être
fort bien traité : fans doute que le
beau fexe n'a pas toujours à s'en plaindre.

Il paraît par le choix que la Marquife fait du Vicomte de l'Enclufe,
qu'elle ne veut plus courir les rifques
d'être cruellement mortifiée. C'eft un
gros garçon qui n'a rien d'éfféminé ; la
fleur de la jeuneffe & de la fanté brillent fur fon teint ; fes joues rebondies

font colorées d'un rouge vermeil ; il a
l'éclat & la fraicheur des rofes ; fon œil
eft vif, étincelant ; fes dents font blanches, parfaitement bien rangées. Il eft
grand, fait à peindre, quoiqu'un peu
chargé d'embonpoint. Qu'il eft différent de la plûpart de nos jolis Seigneurs,
maîgres, exténués, qu'on prendrait pour
des femmes, s'ils étaient moins évaporés ! Le Vicomte agit fans façon ; c'eft
un gros réjoui, familier avec tout le
monde, qui rit toujours d'un appétit
charmant. Son caractere n'eft pas tout-
à-fait fi aimable que fa perfonne. Il eft
malin, fe plaît à médire de fes meilleurs
amis ; c'eft fur-tout contre les femmes
qu'il décoche plus volontiers les traits
de fa fatyre. Les fréquentes bonnes-fortunes que lui a procuré fon air robufte,
lui font juger que le beau-fexe eft généralement facile ; de-là vient le mépris
qu'il affiche ; de-là fes railleries fanglan-
tes contre les coquettes, les prudes, &
contre les Dames en général.

Voilà quel eft l'homme dont s'engoue
la Marquife ; elle commence par rire
des anecdotes fcandaleufes qu'il débite,
& finit par foupirer en fa faveur. Elle
regarde comme un pur badinage les dif-

cours qu'il tient férieufement, & fe
flatte qu'il la refpectera. Le Vicomte eft
trop accoutumé aux avances des femmes, pour tarder à s'appercevoir des
intentions de la Marquife; il daigne ne
pas faire le petit cruel; il attaque une
place à demi-vaincue, qui fe rend après
une légere refiftance : Madame d'Illois
& fon nouvel amant font bientôt enfemble du dernier mieux.

DLXXIᵉ FOLIE.

Le Vicomte fait l'effort pénible d'être
difcret pendant trois grands jours. Ne
pouvant porter plus loin fon extrême
retenue, il donne carriere à fon humeur
médifante. Ses amis intimes font d'a-
bord inftruits de fon commerce avec
Madame d'Illois; mais avant de leur
rien découvrir, il tranquilife fa confcience, en leur faifant jurer qu'ils garde-
ront le fecret; vous êtes le feul, dit-il
à chacun d'eux, à qui je raconte les faibleffes de cette femme. Ses amis épui-
fés, il fait fes confidences dans toutes
les maifons où il fe trouve; c'eft fur-
tout à table, après que vingt bouteilles
de champagne ont été décoeffées, que
le Vicomte eft le plus indifcret. -- Bu-

vons à la santé de la petite d'Illois,
s'écrie-t-il en riant de tout son cœur.
Elle est folle de ma personne, je l'ai
depuis quelques jours, & je puis dire
comme César: j'ai vu, j'ai vaincu. Je
n'ai point l'honneur de connaître Monfieur son époux; mais je lui fais mon
compliment; il peut se vanter d'avoir
la femme la plus douce de Paris. —

Non content d'être aussi peu réservé
dans ses discours, le Vicomte fait entrer le portrait de Madame d'Illois
dans son ample collection de tableaux.
Je dois apprendre à ceux qui pourraient
l'ignorer, que le Vicomte de l'Enclufe
a un cabinet enrichi des plus belles peintures; ce sont les portraits de toutes ses
conquêtes rendues au naturel. Chaque
tableau est placé à son rang, selon la
date des tems; & pour que tout soit
mieux dans l'ordre, on lit dans un cartouche, l'année, le mois, & jusqu'au
jour, où le galant Vicomte a eu sujet
d'élever ce trophée. C'est dans ce cabinet qu'il introduit ceux dont il recoit
la visite; il fait observer la beauté des
Dames qu'on y voit représentées, &
raconte leur histoire avec un plaisir ma-

lin. Quel dommage que ce fameux cabinet ne subsiste plus !

CONTINUATION

de l'histoire du Marquis d'Illois.

DLXXIIe FOLIE.

LES indiscrétions du Vicomte font
trop de bruit, pour que Monsieur
d'Illois puisse les ignorer ; il apprend
qu'on se loue hautement de la complaisance de sa femme. Le récit qu'on vient lui
faire des fredaines de la Marquise, sans
se douter qu'il doive y prendre quelque part, puisque peu de personnes savent qu'elle est sa femme, ne lui cause
aucune émotion : il rit le premier de
tout ce qu'il entend dire sur le compte
de sa tendre moitié ; il se comporte de
maniere qu'on ne s'imaginerait jamais
qu'il soit intéressé dans l'aventure. Ce
n'est point par politique que Monsieur
d'Illois agit de la sorte ; il suit l'usage
reçu dans un certain monde.

Le hasard lui fait connaître le Vicomte
de l'Encluse ; il se lie d'amitié avec lui,
quoiqu'il

quoiqu'il ait sujet de lui en vouloir. C'est
à un grand souper, donné par un de
ses amis, qu'il s'attache à ce redoutable destructeur de la vertu conjugale. Le
Vicomte & le reste des convives étaient
persuadés qu'il est garçon; dans cette
idée, que leur inspire le silence que garde le Marquis au sujet de sa femme,
leur malignité s'exerce librement aux
dépens des pauvres maris, qu'une égale
fatalité menace tour-à-tour, & qui fi-
nissent par avoir le même sort. Monsieur
d'Illois parle comme les autres, & tâche de se distinguer. A la fin du repas,
le Vicomte de l'Encluse prie toute la compagnie de venir souper chez lui le lendemain. L'on ne manque pas de se rendre à l'invitation; & les plaisirs & les
malins propos surpasserent ceux de la
veille.

Aussi pétillant que le champagne qu'il
vient de boire, le Vicomte se met à réciter ses exploits amoureux, soutient
qu'il n'y a point de vestales, & qu'on
est bien malheureux de ne pouvoir rencontrer une seule Beauté rétive. — Afin
de vous convaincre, poursuit-il, que les
Lucrèces sont très-rares, je vais vous montrer le portrait de toutes les femmes dont

j'ai éprouvé la douceur. Vous jugerez,
en voyant le nombre de tableaux que
possede un petit particulier tel que
moi, combien un grand Prince pourrait en raffembler; & de l'immenfe collection qu'on ferait en réuniffant toutes les peintures en ce genre, qui peuvent être dans l'univers. -- A ces mots,
il ouvre le cabinet, qu'il a eu foin de
faire bien éclairer; & l'on s'y précipite
en foule. Le premier objet qui frappe
les yeux du Marquis, c'eft le portrait
de Madame d'Illois.

Le Vicomte faifi de joie au milieu
des trophées qu'éléve fon amour-propre, autant que le defir de perpétuer
les faibleffes de fes conquêtes, fait un
précis hiftorique en montrant chaque
peinture. -- A la tête de ma collection,
vous voyez dit-il, la vieille Amarille;
elle fut, fans doute, curieufe d'éprouver les talens d'un jeune homme; & moi
je voulus favoir comment à fon âge l'on
pratique l'amour. A côté de cette due-
gne, vous découvrez l'innocente Flori-
fe, qui ne m'accorda fes faveurs que la
veille de fon mariage, afin qu'elle n'eût
point la honte de porter à fon mari ce
qu'elle s'imaginait qu'une fille laide ré

fervait feule pour l'hymen. Ce joli minois repréfente la Comtefle de Mornon, qui croit pouvoir prodiguer fans fcrupule fes faveurs à un amant, pourvu qu'elle aime toujours fon époux. Ici eft la dévote Hafpie, qui prie le Ciel en public de lui pardonner les péchés qu'elle commet en particulier. Cette femme qui paraît fi fiére, c'eft la grande Duchefle Clhoé: elle me céda avec une dignité pétrifiante ; au bout de trois jours, je la furpris dans les bras d'un de fes laquais. Plus loin vous découvrez la fémillante Princefle de Brontin, qui me rendit heureux tout en riant, & ne cefla de rire que lorfque je me fus éloigné ; le lendemain, elle ne fe reffouvenait plus de fa faibleffe, & me dit que fes faux-pas n'étaient qu'un badinage fans conféquence. —

DLXXIII^e FOLIE.

Après avoir parcouru un grand nombre de tableaux, le Vicomte de l'Enclufe arrive enfin à celui qui réprésente Madame d'Illoïs. — Connaiffez-vous cette jeune Beauté ? demande-t-il au Marquis. — Je crois que j'en ai quelque idée, répond celui-ci, un peu embarrafsé. —

Mais à propos continue le Vicomte, elle porte votre nom; par quel hasard? – Oh! elle m'est un peu parente. -- A la bonne-heure, reprend le Vicomte; je ne risque rien d'achever mon histoire. - Ces yeux éveillés, poursuit-il, cette mine friponne, annoncent la pétulance de son caractere, & la désignent assez. C'est la Marquise d'Illois, femme si vive, qu'elle n'a pas la patience d'attendre qu'un amant lui fasse la cour; elle le prévient, & lui épargne la peine d'exprimer son tendre martyre. Je l'humanisai dès le premier jour que je lui contai fleurettes: elle est, parbleu, charmante, & n'est jamais si jolie que dans l'instant qu'elle se livre à son humeur folle; mais je veux que vous examiniez de près ce portrait, afin que vous me félicitiez de ma bonne-fortune. -- En parlant de la sorte, le Vicomte détache le tableau, & le remet entre les mains du Marquis.

Dans l'instant que Monsieur d'Illois feint d'être le plus attentif à observer la peinture qu'il tient, un de ses parens, jeune homme nouvellement sorti du collége, & qui connaissait à peine le Vicomte de l'Ecluse, entre précipitamment dans le cabinet, & s'écrie : -- Ah!

mon cher cousin, voilà le portrait de
Madame la Marquise votre épouse ; que
ses traits sont bien exprimés ! -- A cette
découverte inattendue, le Vicomte jette
un grand cri, & sent la sottise qu'il a
faite, & paraît couvert de confusion,
malgré son effronterie ordinaire ; les
spectateurs se regardent d'un air déconcerté, sans pouvoir ouvrir la bouche.
Se voyant démasqué, Monsieur d'Illois
ne perd point la tête : loin de rougir,
ni de témoigner le moindre embarras,
il se met à éclater de rire ; & ceux qui
sont avec lui suivent son exemple. -- Par
ma foi, dit le Marquis, en se tenant encore les côtés, voilà un coup de théâtre
des plus surprenans ; je voulais garder
l'*incognitò*, afin de m'amuser davantage des propos du charmant Vicomte.
Lorsque je m'y attendais le moins, un
maudit importun tombe des nues, me
trahit, me décèle ; je suis confondu,
pétrifié. Eh bien ! oui, Messieurs, je
suis l'époux de la complaisante Madame
d'Illois ; mais sa conduite m'inquiette peu ;
il est juste que nous nous amusions chacun de notre côté. Je ne veux pas moins
être l'ami du Vicomte ; si quelque jour
il a l'imprudence de se marier, j'espere

que je me dédommagerai des torts qu'il
aura pu me faire. -- On trouva que le
Marquis prenait fort bien la chose ; &
les ris recommencerent.

-- Qui diable t'amene ici, parent
de mauvais augure? demande ensuite
Monsieur d'Illois au jeune homme qui
vient de le découvrir. -- Sans l'aventure la plus étrange, je ne serais point
venu vous chercher jusques dans cette
maison, répond le Chevalier d'Iricourt ;
(c'est le nom du jeune parent du Marquis.) J'ai apperçu votre carrosse à la
porte ; & je suis vîte accouru, dans le
dessein de vous faire part de ce qui
vient de m'arriver. Je suis à peine remis de mon trouble. Ecoutez-moi, vous
conviendrez que ma frayeur est excu-
sable... -- Le Lecteur est prié de permettre que je renvoye à un autre endroit l'aventure nocturne que va raconter le jeune d'Iricourt.

Il se présente ici quelques réflexions
sur la maniere dont le Marquis sup-
porte les preuves qu'on lui donne des
infidélités de sa femme. J'ai déjà dit
que chaque état adopte des usages différens ; ce qui est ridicule parmi le peuple, est souvent toute autre chose chez

les gens d'une condition relevée. Je dirai bien plus ; on remarque à-peu-près la même diverſité d'uſages, d'opinions, dans chaque ordre de citoyens, que l'on obſerve de Religion, de coutumes oppoſées aux nôtres, au milieu des Sauvages de l'Amérique. Un ſimple bourgeois, qui ſerait à la place de M. le Marquis d'Illois, ſe croirait déshonoré, & ſe verrait contraint de faire renfermer ſa femme. Un mari grand Seigneur a bien plus de ſageſſe ; ou il ne fait nulle attention à la mauvaiſe conduite de ſa chere moitié, ou il n'en fait que rire. S'il agit autrement, il ſe couvre de ridicule ; tout le monde le blâme.

CONTINUATION

de l'hiſtoire de la Marquiſe d'Illois.

DLXXIVe FOLIE.

MADAME la Marquiſe d'Illois a occaſion d'apprendre combien les gens du commun ſont délicats ſur l'article de la foi conjugale ; & remercie le Ciel de l'avoir fait naître dans un rang élevé. Une nuit qu'elle venait de

fouper chez Mademoiselle d'Ormin-
ville, & fe retirait fort tard, à fon
ordinaire ; comme fon carroffe tournait
dans une petite rue, elle entend une
grande rumeur & des cris perçans.
Elle voit tout le monde aux fenêtres,
& plufieurs perfonnes dans la rue, les
unes en chemife, les autres dans le
déshabillé le plus grotefque : la fcène
était éclairée par quelques bouts de chan-
delles, dont s'étaient munis les curieux.
Mais ce qui attire le plus l'attention de
la Marquife, c'eft un homme monté au
haut d'une échelle, qui paraiffait avoir
brifé une fenêtre, & criait de toutes
fes forces : -- Oui, mes chers voifins,
ma coquine de femme n'eft point à la
maifon, elle eft allée coucher avec un
de fes galans. --

Curieufe de favoir en détail la caufe
de ce vacarme, Madame d'illois fait arrêter fon carroffe ; elle interroge en vain
ceux qui fe trouvent auprès d'elle ; ils
ne peuvent lui donner l'éclairciffement
qu'elle defire. Sa curiofité redouble par
les difficultés de la fatisfaire. En jettant
les yeux à droite & à gauche, afin de
chercher quelqu'un qui lui paraiffe
mieux inftruit, elle démêle dans la foule

un Marchand qu'elle a vu porter fouvent chez elle diverfes denrées ; joyeufe
de cette rencontre, elle le fait appeller par un de fes gens. Le Marchand
s'approche avec refpect. -- De grace,
mon ami, lui dit-elle, apprenez-moi
ce que fignifie la fcène dont je fuis témoin. -- Oh ! Madame la Marquife,
répond le Marchand, en faifant plufieurs courbettes, l'hiftoire eft un peu
trop longue pour vous la raconter à
l'heure qu'il eft. Si Madame veut le permettre, j'aurai l'honneur d'aller demain
lui faire la narration qu'elle me demande. Quoique Madame d'Illois foit fort
impatiente de fon naturel, & qu'elle
trouve qu'il y a encore bien du tems
jufqu'au lendemain, elle accorde au
Marchand le délai qu'il propofe, & s'é-
loigne en lui recommandant d'être chez
elle de bonne-heure ; elle laiffe l'homme
grimpé au haut de l'échelle, continuer
fes cris & fes clameurs.

HISTOIRE

DU MARI JALOUX.

DLXXVᵉ FOLIE.

LE Marchand n'eſt point trop exact
à tenir ſa parole; il ne ſe rend qu'aſſez tard dans l'après-diner chez Madame d'Illois, qui ſe hâte de le faire
entrer dans ſon appartement, ſitôt qu'on
le lui annonce. -- Pardonnez-moi, Madame la Marquiſe, lui dit-il, ſi j'ai
un peu trop tardé à vous obéir; ce n'eſt
pas manque d'empreſſement à exécuter
vos ordres. Je ſerais venu bien plutôt,
ſi je n'avais voulu attendre le dénouement de l'hiſtoire que vous m'avez chargé de vous raconter. Au reſte, Madame, vous ne pouviez mieux vous
adreſſer qu'à moi : outre que je ſuis voi-
ſin du héros de l'aventure, j'ai toujours
aimé à ſavoir ce qui ſe paſſe chez les
autres : à force d'aller, de venir, de
faire des queſtions, j'ai l'art de pénétrer dans les actions les plus ſecrettes
d'autrui. -- La Marquiſe, contente de
ce début, s'étend nonchalamment dans

sa chaise-longue, fait approcher un fauteuil sur lequel elle oblige le Marchand
de s'asseoir, qui commence en ces
termes l'histoire de son voisin, après
s'être recueilli un moment.

L'homme que vous avez vu, Madame, au haut d'une échelle, la nuit
passée, & qui se plaignait si publiquement des infidélités de sa femme, est
un simple Bourgeois, nommé Desperces.
Il est marié à une jolie brune, dont
l'œil vif & ardent, le nez retroussé,
les manieres étourdies, font augurer
que la froideur n'est point dans son caractère. S'il est vrai que le mariage change par la suite ses douceurs en amer-
tume, c'est sur-tout aux yeux de Desperces & de sa femme qu'il doit paraître un cruel supplice. Jamais on ne
réunit ensemble deux personnes d'humeurs plus opposées; l'Hymen qui fit
cette belle alliance achève de nous montrer qu'il est aussi aveugle que l'Amour.
Monsieur Desperces est un vilain avare,
qui se chagrine en dépensant une obole;
Madame Desperces jetterait volontiers
son bien par la fenêtre: l'un se tient
renfermé comme un hibou, gronde
toujours, ne veut voir personne; l'autre

S 6

petille quand elle est forcée de garder
la maison, chante, rit du matin au soir,
n'aime que les plaisirs, la société. Vous
jugez bien que le ménage ne devait pas
être souvent d'accord. Les disputes y
étaient fréquentes; le mari voulait avoir
seul raison, & se servait du droit du
plus fort pour faire avouer à la pauvre
femme que la justice était de son côté.

Je n'ai pas encore parcouru toutes
les mauvaises qualités du sieur Desperces.
Notre Bourgeois est d'une jalousie affreuse ; sûrement qu'il ne dormait que
d'un œil, afin de tenir l'autre ouvert
sur l'objet de ses inquiétudes. La moindre chose lui donnait de l'ombrage,
lui faisait penser qu'on était d'intelligence pour le déshonorer. Si quelqu'un
regardait par hasard sa chere épouse,
ou si elle levait par distraction les yeux
sur un homme, aussitôt il se mettait
martel en tête. Toujours espionnant,
toujours rempli d'allarmes, sa vie n'a
dû être, depuis l'instant de son mariage,
qu'un tourment continuel. Eh! quels
chagrins n'a pas dû ressentir la malheureuse obligée d'essuier ses humeurs som-
bres, ses bisarres soupçons? Ce qu'il y
a de tout-à-fait singulier, c'est qu'en

veillant à la conduite de fa femme,
Defperces était perfuadé qu'elle trouvait moyen de le tromper. Je crois qu'il
a raifon d'être convaincu qu'il éprouve
un fort pareil à celui de la plûpart des
maris; mais ce font fes mauvais procédés qui lui font partager une difgrace
trop commune.

DLXXVI^e FOLIE.

M. Defperces ne vit point de fes
rentes; un commerce peu confidérable
le fait fubfifter tout doucement. Combien de fois a-t il maudit fon négoce,
qui l'oblige à faire de fréquens voyages, très - courts à la vérité; mais il
fallait quitter fa femme: que cette
féparation devait coûter à un jaloux
tel que lui! & quelle était la force
de fon avarice! Dans fes différentes
tournées, fa chere moitié était toujours préfente à fon efprit. -- Je fuis
certain, difait-il à fes amis, que mon
indigne compagne fe confole de mon
abfence; elle eft trop coquette pour
ne pas fe plaire à être courtifée par
les galans. -- C'eft ainfi que l'extrava-
gant Defperces cherchait à fe déshonorer lui-même. Il entrait dans une fu-

rieufe colere, lorfqu'on s'avifait de le contredire. On l'a vu un jour vouloir parier cent louis que fa femme ne s'était jamais piquée d'être cruelle.

Pendant les petits voyages de fon mari, Madame Defperces allait manger chez fes parens ; fon bon-homme de pere faifait fon poffible pour lui procurer de l'amufement ; il la menait aux fpectacles, aux bals, à la promenade ; de forte qu'elle n'était jamais fi contente qu'alors. Ce pere, fi complaifant, eft veuf depuis quelques années ; fon âge lui permet encore de fe divertir ; il eft ennemi de la mélancolie, & n'engendra jamais de chagrin. Convaincu de la vérité du proverbe qui dit que *plus on eft de foux, plus on rit*, il fit entrer dans les parties de plaifir qu'il formait avec fa fille, un jeune homme, dont l'humeur joviale lui plaifait infiniment. Madame Defperces fut enchantée de l'aimable Cavalier ; & tout en le lutinant, tout en lui faifant mille niches, elle le lorgnait quelquefois d'une maniere fort tendre : de fon côté le jeune homme n'était pas moins fatisfait de la fille de fon ami. Enfin, nos jeunes gens devinrent amoureux l'un de l'autre, trouve-

rent occafion de fe découvrir leurs fentimens mutuels, & furent bientôt d'intelligence. Cependant Madame Defperces fe contentait de rire, de badiner ; fi le jaloux s'était tenu tranquile,
il en aurait été quitte pour la peur.

Comme les amans croient toujours
avoir mille chofes à fe dire ; quand
ceux-ci ne pouvaient s'entretenir, ils s'é-
crivaient des lettres fort paffionnées,
que le bon-homme de pere portait lui-
même, fans fe douter du contenu des
galantes miffives.

D L X X V I Iᵉ F o l i e.

Par malheur que les voyages du jaloux
n'étaient pas de longue durée; fon retour
diffipait tous les plaifirs des deux amans.
Il leur reftait encore la confolation de
s'écrire ; la fortune fe laffa de les laiffer jouir de cette faible douceur ; fon
inconftance ordinaire vint troubler leur
innocent commerce. Madame Defperces
fut affez étourdie pour laiffer tomber
de fa poche une des lettres du jeune-
homme. Les yeux de lynx du jaloux, qui
obfervaient fes moindres actions, apperçurent bien vîte le papier ; il le ra-
maffa fubtilement, & n'eut rien de plus

preffé que de le lire. La miffive ne contenait que de fimples galanteries, que de ces fadeurs ordinaires, qu'il femble qu'on fe foit donné le mot de débiter à toutes les femmes. Mais notre époux vifionnaire crut avoir des preuves certaines de la mauvaife conduite de fa moitié. Dans les tranfports de fa rage, il fut tenté d'étrangler la perfide. La réflexion modéra fon emportement ; il craignit que la Juftice ne fût affez difficile pour ne point approuver fa vengeance. Il réfolut de diffimuler, & de fi bien efpionner fa compagne, qu'il eut le bonheur de la furprendre en flagant-délit.

Un autre aurait caché fon prétendu déshonneur ; Monfieur Defperces trouvait du plaifir à le publier. Il courut chez le meilleur de fes amis, lui raconta la découverte qu'il venait de faire, étala l'écrit fatal, & fe plut encore à groffir le mal de toutes les vifions qui lui paffaient par la tête. L'ami lui remontra fagement qu'il avait tort de fe défefpérer, & qu'il était peut-être plus heureux qu'il ne penfait. — Eh bien ! s'écria le jaloux, je me réfigne à la patience. Vous m'avouerez pourtant qu'a-

près avoir surpris une pareille lettre,
j'ai de fortes raisons pour me défier
d'elle. Je serais donc blâmable si je lui
donnais trop de liberté, quand je suis
contraint de la laisser seule. Rendez-
moi l'office d'un bon ami, tenez-vous
toujours auprès d'elle dans le tems de
mes maudits voyages, & veillez soigneusement à ses actions. -- Après quelques façons, l'ami consentit à se charger de la garde de Madame Desperces;
le jaloux, au comble de ses vœux, bé-
nissant le Ciel de lui avoir inspiré un
tel dessein, notifia ses intentions à sa
moitié, & voyagea plus en repos.

Admirez, Madame, la fatalité qui
poursuit les pauvres maris, & conve-
nez qu'ils ne peuvent souvent éviter leur
destin. Celui en qui Monsieur Desperces
mettait sa confiance, aimait secrettement sa jolie compagne. La liberté de la
voir à toute heure, d'être témoin chaque jour de son enjouement, de ses
folies, augmenta l'amour qu'il nour-
rissait au fond du cœur, lui fit naître
l'envie de rendre réelles les craintes du
jaloux. -- En sera-t-il plus malheureux,
se disait-il tout bas? Non; il croit depuis long-tems que son infortune est

complette ; je n'ajoûterai donc rien aux
peines qu'il éprouve. -- Ce nouveau prétendant aux faveurs de Madame Desperces, ne voulut point faire connaître
ses sentimens qu'il ne fût certain du succès ; il tâcha de gagner l'estime de sa
maitresse. Loin d'être un surveillant à
charge , ce n'était qu'un ami officieux,
prompt à saisir les occasions de se rendre agréable. Il sut s'insinuer avec tant
d'art , il eut des attentions si obligean-
tes , qu'il parvint à mériter la confiance
de la Belle. La premiere preuve qu'elle
lui en donna, fut de lui apprendre
étourdiment le cas qu'elle faisait du jeune-homme présenté par son pere ; & de
le prier de lui procurer les moyens de le
voir quelquefois. Un tel aveu n'était pas
trop flatteur ; peu s'en fallut qu'il n'o-
bligeât l'ami à changer de conduite.
Il se consulta sur ce qu'il venait d'entendre , & prit un parti qui fait honneur à son esprit. Voyant que la Dame
en tenait pour un autre , il résolut au
moins de partager un bien qu'il ne pouvait avoir en entier. Il l'assura qu'il
s'intéresserait à ses amours, si elle daignait payer sa complaisance par quelques bontés ; il y a toute apparence que

la Belle accepta la propofition ; ce qui
s'eft paffé entr'eux eft démeuré fecret , &
ne peut que fe deviner. Madame Defperces était laffe d'être en bute à de
faux foupçons ; & puis il eft fi doux de
tout faire pour l'objet qu'on aime , &
de fe venger des mauvais traitemens
d'un mari !

DLXXVIII^e FOLIE.

Les yeux de l'argus qui devait veiller
à la conduite de Madame Defperces fe
fermerent tout-à-coup ; on le vit exécuter avec foumiffion les ordres de celle
qui devait recevoir fes loix. Afin qu'elle
eût plus de liberté, fans que le jaloux
en conçût d'allarmes , il lui fit lier connaiffance avec fa fille , jeune perfonne
d'une effronterie finguliere , vrai dragon de méchanceté , regardant les hommes comme des efclaves foumis à l'em-
pire du beau-fexe , intriguante , fine-
mouche , toujours prête à rendre fervice
à fes amies, pourvu qu'il y eût quelque malice à faire. Il y avait trop de
rapport dans le caractère de ces deux
femmes , pour qu'elles puffent ne pas fe
convenir ; auffi defiraient-elles fans ceffe
d'être enfemble.

C'eſt une nouvelle ſurveillante que
je donne à votre épouſe, diſait l'ami
de Monſieur Deſperces. Le jaloux ap-
plaudiſſait à tout, & admirait les ſoins
qu'on prenait pour lui conſerver précieuſement le tréſor qu'il avait confié.
Pouvait-il s'inquietter de la liaiſon que
ſa femme formait avec une jeune perſonne de ſon âge, de ſon ſexe; &,
par-deſſus tout cela, fille du gardien
vigilant qui conſervait ſon honneur? Il
fallait bien leur permettre quelquefois
les plaiſirs innocens de la promenade.
L'adroite confidente procura aux deux
amans de fréquentes entrevues; elle ſe
chargeait même de porter leurs tendres
billets; elle avait ſoin que le jeune-homme ſe trouvât dans les promenades où
elles allaient étaler leurs charmes, plutôt que reſpirer la fraîcheur; il paraiſſait les aborder par haſard; & il ſemblait que la ſimple politeſſe l'engageât
de leur tenir compagnie. M'accuſerez-
vous, Madame la Marquiſe, de mal
penſer de mon prochain, ſi je crois que
la bonne - amie de Madame Deſperces
rendit aux deux amans des ſervices plus
ſignalés? Elle eſt trop malicieuſe pour
n'avoir pas joué de plus mauvais tours

au jaloux. D'ailleurs, le jeune-homme aurait-il été affez fimple pour fe contenter des foupirs de fa maitreffe? Et puis encore, une femme vive, étourdie, que courtife un galant aimable & de vingt ans, & qui a de juftes plaintes à faire de fon mari, doit-elle être foupçonnée de cruauté?

Notre Bourgeois s'avifa de voir de mauvais œil les promenades de fa femme & de fon amie, foit qu'il eût l'art de deviner, ou qu'un génie favorable aux époux les avertiffe en fonge des piéges que l'Amour tend à la foi conjugale. Quoi qu'il en foit, il forme le deffein de les épier. Tandis qu'il couve ce funefte projet, on lui demande la permiffion d'aller paffer quelques heures fur les Boulevards; il l'accorde avec joie. A peine les Dames font parties, qu'il fe met à les fuivre. Elles rencontrent bientôt ce qu'elles cherchaient; il voit un jeune-homme les aborder, fe placer au milieu d'elles, & leur parler très-familierement. Perfuadé qu'il n'en fait que trop pour être convaincu de fon malheur, il fe hâte de fendre la foule, & fe préfente devant les trois objets de fa rage, l'œil étincelant. Son aspect imprévu causa une terrible consternation. Madame Desperces pâlit, se troubla. L'amant n'avait jamais vu le jaloux; mais se douta bien à son air refrogné, à la consternation que causa son abord, que c'était-là le mari de Madame Desperces; il demeura interdit & fort embarrassé de sa personne. L'amie, un peu moins déconcertée, riait sous cape, & se mordait les lévres, en faisant signe au jeune-homme de se retirer. Le galant, pétrifié, conçut enfin ce qu'elle voulait lui dire, & prit assez brusquement congé de la compagnie. Soulagée d'un pesant fardeau, & sans donner le tems au jaloux de prononcer un seul mot, elle se mit à rire à gorge déployée. --Je gage, dit-elle au mari étonné d'un tel transport de joie; je gage que vous vous êtes imaginé qu'on en voulait à votre femme? Toute autre que moi vous laisserait dans l'erreur; mais j'ai pitié des tourmens que cause la jalousie; apprenez que le jeune-homme que vous venez de voir est mon amant, & qu'il doit m'épouser dans peu de jours. -- Notre Bourgeois trouva quelque apparence dans ce que lui disait la fine-mouche; ses doutes acheverent de se dissiper, quand son ami, à qui l'on avait donné le mot, lui eut tenu le même langage. Il ne se tranquilisa pourtant point encore.

 *Fin du Tome second.*

ERRATA.

Les premieres lettres des quatre dernieres lignes de la page 257 étant tombées, *lisez :* dont j'ai porté la livrée ; voilà les phénomènes qui arrivent dans le monde. Que de métamorphoses aussi étonnantes que la mienne !

Imprimé en France
FROC031310220120
23240FR00011B/162/P